徳間文庫

警視庁心理捜査官

KEEP OUT

黒崎視音

徳間書店

目次

第一話　所轄署刑事《カッデカ》　5
第二話　二二五　38
第三話　筋読み　100
第四話　ノビ師　133
第五話　ニューナンブ　166
第六話　動機　196
第七話　相勤者　229
第八話　地蔵背負い　259
第九話　至急報　287

運命がどんなに仮借するところなく苛酷であろうと、空のよく晴れわたった日には、人間はどうして希望をもたずにいられようか?

——モーパッサン

『女の一生』

(新庄嘉章訳・新潮文庫)

第一話　所轄署刑事《カッデカ》

春は、どこでだって生きていける……そう思える季節だ。

「主任！……吉村主任！」

呼ばれたときには、吉村爽子《さわこ》は稚気の残る白い顔を、古い捜査記録の簿冊から上げていた。紙上の過去に代わって、現実が一気に大きな瞳に飛び込んでくる。

ほぼ一フロアを占めた大部屋には、机が係ごとに集まり、それぞれのシマをなしている。磨いてはあるが細かい傷でくすんだリノリウムの床と、古い紙の紙魚《しみ》と昼夜交代で詰め続ける人間の体臭……、どんなに風を通そうが消えない空気の澱《よどみ》。

刑事部屋《デカべや》。

「聞こえてた」爽子は支倉由衣《はせくらゆい》に向けて答え、席を立った。「行きましょ」

緊急ブザーの後、無線室から流れた放送の余韻が、まだ耳に残っている。

〝貝取町石田方より、夫が、叩いても揺すっても目覚めず呼吸脈拍もないと、妻より通報！　関係所属は臨場のうえ、事件性の有無について捜査願います〟

コリー犬のように逸《はや》る支倉をつれて廊下へ飛び出した途端に、女性警察官の採用条件ぎりぎりの爽子の小柄な身体が、長身で大柄な男とばったり鉢合わせしそうになる。

「朝っぱらから変死か、ついてねえ」男は手にしていた缶コーヒーを一口あおった。

男は爽子と同じ強行犯係で、名は伊原といった。歳は三十代後半、やぶにらみの眼がおさまったごつい顔は、採掘場に転がる岩といったところ。

「おい三森、用意はいいな」伊原は飲み干した缶を、無造作に近くの屑籠に投げ込む。

どいてください！……爽子は口から飛び出しかけた言葉を飲み込んだせいで、口元を引き結んだ。

爽子は背後で「はい！」と答える三森の声を聞いたが、その小太りの男が現場記録用具の詰まったバッグをさげ、あたふたと追いついて来るまえに、無言で伊原のわきをすり抜ける。

二十七歳の爽子と伊原は、年齢の差こそあれ同じ巡査部長で、ともに強行犯係の主任だ。

だが、これまで最低限の口しかきいていない。

それは、伊原が署の食堂で、転属したばかりの爽子にこう言ったのがきっかけだった。

〝あんた、銜《くわ》えてる顔はそそるな〟——と。

爽子は食べかけの春巻きを口にしたまま、一瞬怪訝《けげん》な眼で伊原を見た。が、その卑猥《ひわい》な意味に気づいて顔を強張らせた拍子に、前歯で嚙みちぎった春巻きが皿に落ちてソースが飛び散った。けれど爽子は、台無しになったおろしたてのワイシャツに構わず、伊原が気まずそうに背を向けるまで、冷ややかな怒りの視線を向け続けたのだった。

業務以外で言葉を交わさなくなったのは、その日以来だ。

けれど——、どんなに嫌いな奴がいても、署には限られた数の捜査車両しかない。

「まったくよう、事件認定する係長が一番とろくてどうするよ」伊原が後部座席で言った。

「出します？」支倉が運転席から尋ねた。

爽子は助手席から、一言答えるのにとどめた。「待ちましょう」

——苛立たないなんて言えば、嘘になる……、でも……。

お優しいねえ、と伊原が鼻で笑うと、その隣から高井が「まあまあ……」と民間から転職した者の如才ない愛想で取りなす。横に並んだ捜査車両の運転席から、佐々木が窓越しの視線をちらりと送ってきたが、これはいつも通りの能面だ。

署の玄関から、よたよたと走って姿を現した堀田係長が隣の車両に乗り込むと、佐々木の運転で散光式警光灯を光らせて駐車場から走り出し、爽子らの車両も続いて、大通りへと飛び出した。

「もと捜一の血が騒ぎます？」支倉は回していたステアリングを戻し、ウィンカーが落ちると言った。

「――別に」爽子は言った。「いいから前を向いて運転して」

もうすこし違う言い方があったかも……と、爽子は前を向いたまま後悔した。支倉に他意はなく、単純に、ほぼ特別捜査本部《とくそう》専門の、強行犯主管部署への好奇心が言わせたに過ぎないのだから。支倉は盗犯《うかんむり》から強行犯《ゆみへん》へ、署内異動したばかりの若い女性捜査員だ。

爽子は異動前の、敬愛する上司の助言を思い出す。――最初に自分の良いところを周りに印象づけちゃいなさい。そうすれば調子の悪い日でも、今日だけなんだなって、周りは思ってくれるでしょ？　初めて人を使うんだもの、そういう気くばりには気をつけて。

柳原主任、と爽子は胸の内で呟《つぶや》く。――いえ、係長。私には、できそうにありません……。

爽子は臨場を前に無用にさざ波たつ心と、詰め込まれた車内の人いきれが――、特に背後にいる伊原の気配とヤニ臭い息が鬱陶《うっとう》しくて、窓を細く開けた。

途端に流れ込んできた、草木の薫りをたっぷり含んだ春の空気に髪が揺れ、毛先が頬を撫でた。

……小さな頃から、うなじより髪を短くしたことはない。黒くまっすぐな自分の髪が好きだった。

けれど、昨年の事件で短くせざるを得なかった。単独で逮捕しようとした犯人に逆に監禁されて激しい暴力をうけ、その時、いつも纏《まと》めていた、肩まであった髪は犯人に断ち切られてしまったのだ。

それだけでなく、無謀な単独捜査は、捜査一課から放逐される理由にもなった……。

あれだけの愚かな逸脱をしでかした以上、捜一からの事実上の永久追放に等しい処分にも、不満をいえる立場ではなかった。それどころか、命が助かっただけでも、幸運といえた。

感謝を捧げるとしたら、免職の危険を冒してまで助け出しに駆けつけてくれた、藤島直人にこそ感謝しなくてはならない。

藤島にはもうひとつ、想いを受け入れてくれたことも。

事件は解決したものの爽子は、体中に負った傷で入院を余儀なくされた。二週間の入院後は、病院で繰り返された検査にかわり、警務部人事一課監察係の微に入り細をうがつ、揚げ足をとるような聴取を、警視庁本部二階に並んだ参考人取調室の一室でうけた。

藤島と柳原に責任はないと主張しながら、私がなにもかも悪いのだから……と諦めてもいた。

あのとき――東京の空に雪が舞った、あの凍えるような夜。ひとりで被疑者逮捕に向かった私は捜査員……いえ、それどころか警察官でさえなかった。ただの馬鹿なひとりの女に過ぎなかったんだ――。

でも、と爽子は助手席で顔を上げる。空気のくすんだ霞が関の警視庁からこの所轄への異動は、心身ともに傷つき、日々晒《さら》される捜査の緊張に堪える自信をなくした私には、むしろ幸いだったのかもしれない。もっとも、捜一での勤務は一年に満たなかったのに、敬愛する柳原明日香や鷹野管理官との別れが、思いがけないほどの鋭さで心を刺したのには、自分でも戸惑ってしまうほどだったけれど。

そして現在《いま》。

サイレンを響かせ緊急走行《きんそう》する車両の助手席で、爽子はふと、特徴的な大きな眼を前方からそらす。ガラスごしに後ろに流れてゆく風景は都心とは違い、道路は広く計画都市の趣で、市街を取り囲んだ山々の潤みはじめた新緑が、眼にやさしい。

東京都内、第九方面。多摩、稲城両市を管轄する多摩中央署が、心理応用特別捜査官の資格を持つ、吉村爽子の新しい勤務地だった。

現場は多摩市役所に近い、丘を造成した住宅地の瀟洒《しょうしゃ》な洋館だった。

門前には第九方面自動車警ら隊《きゅうじら》、第三機動捜査隊《さんきそう》の車両が数台と、鑑識係のバンが停まっていた。

現場では鑑識優先だ。だから爽子は捜査車両から降りると現場に入る前に、署の二階が分駐所で、いわば同居人の三機捜の捜査員と九自ら隊員、第一臨場者の交番勤務員に話を聞く。

亡くなったのは石田光男、五十八歳。都内で貿易業を経営。昨夜は十二時頃帰宅、一時頃に就寝した。通報者の妻、佳奈は二十四歳。元看護師、現在は主婦。家族は他に一歳の長男あり。周囲の聞き込みでは悲鳴や物音を聞いた者、及び不審人物の目撃者なし。

「ただ、近所にホトケの妹が住んでる。ほら、あの家。そこでオバチャンから兄は一億近い生命保険に入ってる、とまくし立てられてな。なにをかいわんやだが。……どうした？」

最後の問いかけで、爽子はふと目をとめてしまった若い機捜隊員から、話していた中年の機捜隊員に慌てて眼を戻し、メモに書き留めた。

「いえ、なんでもありません」

――藤島さん、元気かな……。

藤島直人は、蔵前署から第二機捜に異動した。藤島の勤務考課が評価されたのはもちろんだろう。けれど藤島自身といえば、数ヶ月前の事件で爽子とともに、警察上層部の秘密の一端に触れたそのことと、所轄刑事課からの栄転が繋がっているような気がしているのか、複雑な表情をしていた。

俺、素直に喜んでいいのかな……。そう口にした時の顔が、自分の命を救うために職を賭《と》させてしまったのとはまた別の負い目になり、爽子に藤島との心の距離を縮めさせるのを許さなかった。

――どうしたんだろう、私。今朝は、余計なことばかり思い出してしまう……。

爽子は機捜隊員に礼を言うと、ふっと息をついて、小走りにその場をはなれた。

簡単な現場記録で終わったのか、ほどなく鑑識係員に玄関から呼ばれた。「いいですよ」堀田係長に伊原が続き、爽子も白手袋をはめて折り返して記章を表にした警察手帳の紐《ひも》を、首にかけた。玄関で脱いだ靴の代わりにビニールの足カバーを履いて階段を上り、二階の寝室に入る。

「めぼしいブツはねえ。あんたらの判断待ちだ」

紺色の作業服姿の近藤鑑識係長が堀田に耳打ちした。背のあまり高くない、定年まぢかの熟練者で数少ない鑑識総合上級資格保持者であり、刑事部屋のある署庁舎三階にある、資機材が雑多に並ぶ小部屋の主だ。

「足痕《そくこん》跡採証が必要なら、声かけてくれ」

足痕跡――これは足跡だけを指すのでなく、犯行に使用されたあらゆる物品《ツールマーク》の跡など、現場に残されたすべての痕跡の総称だ。

「奥さん、この度は……。御主人の身体は、動かしてないんですね」

背が高いわりに風采の上がらない堀田が、現場が荒れぬよう鑑識の保護カバーが周りに敷かれたベッドの脇で問うと、悄然《しょうぜん》と佇《たたず》む石田佳奈は小声で言った。

「ええ……はい」

なるほど若い、と爽子は佳奈を見て思った。目鼻立ちのはっきりした美人だ。絨毯《じゅうたん》がやや派手な淡いピンクなのも納得できる。夫が歳の離れた妻の趣味に気を遣ったのか……。けれどもう、目の前のダブルベッドでシーツを胸元まであげ、ゴルフ焼けした顔で眠っているように見える石田光男は、二度と目覚めることはないと、爽子は思った。……若い、なりたての未亡人を前に、無慈悲な感想だとひとはいうだろうか？　いえ捜査員は――刑事は、相手の過去を遡《さかのぼ》ることで身近に感じ、……時に心が感応さえする。だからいまはこれでいい。

「それでは、調べさせてもらいます。写真、頼む」

カメラを構えた鑑識係がうなずくと、堀田はシーツをそっとはぐった。シャッターを切る音と同時にフラッシュの閃光《せんこう》が石田光男の全身を漂白する。と――。

殺し……？　爽子は眼を見開いた。

それからスリと同じで眼だけを動かす捜査員の仕草で遺体から視線をやると、ベッド脇で伊原はぎょろりと眼を光らせ、堀田も普段は不景気にしょぼしょぼさせている瞬きを止めて、見返している。爽子も眼顔で同意して、視線を再びベッドに落とす。

青いパジャマ姿の石田は、肉付きはよいが年齢の割に引き締まった身体つきだった。頸《けい》部《ぶ》、頭部、腹部に目立った圧痕《あっこん》、索状痕《さくじょうこん》、外傷は見あたらない。しかし――問題はその手だった。

左手は腰の脇で手のひらを自然な感じでシーツに伏せていて問題はない。

けれど右手は、太股の上にのっていて、しかも手のひらを天井に向けている。

――さっき奥さんは、遺体は動かしてないと言ったけど……。

爽子は無意識に白手袋をはめ直す。

石田光男の右手は、第三者が死体を動かすことでしかあり得ない状態だった。

……〝殺しの手〟だ。

「主人がいつ――亡くなったのかは、わかりません……。この子、この間からずっと熱っぽくて、私、かかり切りで……あまり寝てなくて」

佳奈は腰掛けた応接間のソファで、そっと傍《かたわ》らに目をやる。産着《うぶぎ》に包まれた男の子の、熟れた白桃のように艶やかな顔がのぞいている。

「そうですか」爽子は佳奈へじっと強い視線を注いでいたが、男の子に目を移すと、自然に眼も頬も緩《ゆる》んだ。――どうしてだろう？　女は子どもを見ると微笑むようにできている。私はお母さんには、なれっこないのに。

多分、十歳のあの日から……。

「立ち入ったことをお聞きします」爽子は表情を改め、佳奈に眼を戻す。「旦那様とはお歳がかなり離れてますよね。お二人が知り合われたのは……？」

「二年前に、私の勤めてた病院に主人が胃潰瘍で入院してきたのが切っ掛けで……、半年ほどお付き合いして……プロポーズされました」

どちらの病院でと聞くと、府中の仁愛葉病院で、と佳奈はぽつりと答えた。

「そうですか。御主人、日頃からなにか持病はおありだったんでしょうか？」

「えっ、……いえ胃潰瘍は完治しましたし……あ、でも」佳奈は目を上げた。「そういえば、ここ二、三日、頭痛がするって――ええ」

「頭痛、ですか」爽子は抑揚なく繰り返してから、さり気なく言った。「どうでしょう、お辛いでしょうけど、亡くなった原因をはっきりさせるために、病院でお医者に検査していただいたら。……」

そうすれば死因がはっきりする。自然死か、あるいは殺しなのか。

「検査……？　解剖のことですか？」佳奈は弾かれたように顔を上げ、声を上擦《うわず》らせた。

「夫の身体を切るなんて、絶対嫌です！　やめてください！」

「奥さん、落ち着いて――」

「私は元ナースです、病気はみれば解《わか》るんです！　全身解剖になるんでしょう？　そんなの必要ないです！　原因は頭部内の、病因性疾患です！　私、許しません！　どうしてもするっていうんなら、私、警察を訴えます！」

頬を紅潮させる佳奈を、爽子は無表情手前の微笑で押しとどめる。が、相手の怒りをはぐらかす表情の裏で、疑惑の幹が伸びてゆくのを感じる。

――これほど解剖を嫌がるのは、やはり……。

さきほど眼にした〝殺しの手〟と考え合わせれば、目の前の若い妻が夫の死に関わったのは間違いない。そして状況が不自然なら、死因を疑うのは常識だ。医者ではない警察官は死因を死体から三割、現場から七割で読み解く。つまり、大部分の根拠になる状況に不審があるのだから。

――やはり夫をその手で……？

外表所見に現れない毒物、特殊な絞殺方法……佳奈を見詰めたまま、爽子は脳裏で記憶のカードを凄まじい勢いでめくってゆく。頸部に圧痕を残さず窒息死させる方法には、たしか看護師が日常的に使う医療器具を使うやり方があったが、どんな方法で殺害しようと、解剖すれば監察医は見逃さないだろう。

爽子は過去、変死の初動捜査でのおざなりな処理が、幾多の犯罪を見抜けず、それに味を占めた犯人が次々と累犯する事例を知っていた。

でも、と爽子は思い返した。――ここは、二十三区内じゃない……。

二十三区内なら監察医制度があるので、この事案のような異常死の場合、監察医務院で行政解剖にふすことができる。死体解剖保存法により、遺族の許可はいらない。

だがここ多摩市は、監察医制度未実施地域だ。遺族の許可を得なくては、承諾解剖はおこなえない。

――そうすると、刑事訴訟法に則《のっと》って鑑定処分許可状をとるしかないけど、令状を請求するにも根拠が必要だ……。

見詰めながら考えているうちに、戸口から堀田に呼ばれた。「吉村君、ちょっと」

「捜査一課《そういち》の現場資料班からせっつかれてね」堀田は廊下で、爽子らが雁首そろえると言った。「事件性の有無の判断はまだか、とね」

「……うるせえなあ」伊原がぼやいた。「これから署にホトケ上げて、検案でしょうが」

「まあとりあえず、いろいろ不審な点はあるが、一課には病死と一報――」

「係長もあの〝殺しの手〟、見たでしょうが」伊原が吐き捨てた。

そうだね、と堀田は眼を瞬かせて俯《うつむ》いてしまう。

いつもこうだ、と爽子は堀田の優柔不断を見ていて悲しくなる。指示に伊原が異を唱えると堀田はそうだね、と答え、爽子が伊原に反論するとやはり、そうだね、と困った顔で眼をしょぼしょぼさせる。

「では係長、資料班にはこう答えてください」爽子は言った。「事案がどう転ぼうと、特別捜査本部《とくそう》にはならない、と」

捜一内の三個強行犯捜査、十四個の殺人係が出動しない場合がある。殺人でも現行犯逮捕されるか、あるいは――ほぼ被疑者《マルヒ》が割れていて逃がしようがない、濃鑑《のうかん》事案だ。

「あの若い女房、か?」伊原が探るように爽子を見た。

ええ、と爽子はうなずく。「はっきりとは解らないけど、夫の死に石田佳奈が関わってるのは間違いないと思います」

「なにしろ元看護婦だしな」

差別するつもりはないけど、と爽子は思った。頭が良く体力も度胸もあって、おまけに……医学知識もある。看護師が犯罪者になると、手がつけられない。もちろん大多数の彼女たちは、能力のすべてを患者を治すのに傾注しているけれど……。

「堀田係長。遺体の状況、そして妻の証言には不審な点があります」爽子は言った。「捜査の必要があります。——よろしいですか？」

「まあ、吉村主任がそこまで言うなら……。検視の終わるまでなら、ね」

「それでかまいません」爽子は上司の許可を得ると、指示をだした。「支倉さん、石田佳奈から目を離さないで。目的は逃亡、自殺の防止。——高井さんと三森さんは、府中の仁愛葉病院へ聞き込み。佐々木さんは遺体と署に戻って、検視の状況を知らせてください」

そのとき、玄関に立番の制服警察官が顔を覗かせた。一斉に爽子ら強行犯係の視線を浴びて、すこし鼻白みつつ遺体運搬車の到着を告げると、堀田は「わかった」と答えた。

「で、俺は？」伊原は爽子に眼を戻し、皮肉とも揶揄《やゆ》ともつかぬ表情で言った。

——二十七の小娘に仕切られて、さぞ不愉快でしょうけど、こっちだって……。それとも、お手並み拝見、ってこと？

「伊原さんは、私と近辺の聞き込みをお願いします」爽子はぶすりと答えた。

「で、どうなの？　やっぱりあの女が犯人？」

亡くなった石田光男の妹、常世は爽子と伊原を居間に通すなり、テーブルに身を乗り出した。歳は五十代半ば、髪にきついパーマをあてて染め、化粧を厚塗りした顔に、色つきの大ぶりな眼鏡をかけている。

幼く見えすぎる自分が嫌いで、歳を重ねるのに抵抗のない爽子でも、こうはなりたくはない、と思う見本のような中年女性だった。

「いえいえ手順通りですよ、こういう場合の。で、奥さん――」伊原が素っ気なく言った。

爽子が答えなかったのは、常世への強い嫌悪感で一瞬、口が塞《ふさ》がれたからだ。確かに私も佳奈を疑っているのは同じだ、と爽子も思う。けれど、それは職務だ。可哀そうに、こんな義妹が近所に住んでたら、心の安まる暇はなかっただろうな……。

「だいたい図々《ずうずう》しいのよ、いまの若い娘は。あの女は特にそう。話してみて解ったでしょ。死んだ人の悪口は言いたくないけどね、兄さんも馬鹿よ。ちょっと優しくされたからってさ、すごい額の保険金かけられて、このざまよ。あっちは看護師で、当然のことしただけなのにさ」

「まあ、そういうのは、ここだけの話にしといた方がいいですよ。ところで……」

「――その保険って、入ったのはいつ頃でしょう?」爽子は初めて口を開いた。

「一年くらい前、かな」常世は歯切れ悪く言った。「あの女、兄さんから言い出したっていうけど、どうだか……ねえ?」

それからしばらく石田佳奈への中傷を吹き込まれたあと、爽子と伊原は、部屋中のきつい化粧品の臭いから逃れるように辞した。

「ひでえオバハンだな。ホストクラブかなんかに入れ込んで大借金でもあって、その返済に遺産を期待してたんじゃねえのか?」

「さあ。若い看護師さん上がりにさらわれたって気持ちが——」爽子は素っ気なく答えていたが、言葉を切った。「……なぜ石田佳奈は、一一〇番通報したんでしょう?」

普通なら一一九、救急を要請するはずだ。まして佳奈は元看護師だ。たとえ冷たくなっていても一縷《いちる》の望みを医療に賭けるのではないか。しかしそうしなかった……なぜ?

医師、そしてかつては自らもそうだった看護師たちの眼力を恐れたのか。

「そいつは確かに、な」伊原も言った。「病院で亡くなった方がもっともらしいというか……、世間への説得力があるわな。だが医者に見抜かれて犯行がばれりゃ、元も子もねえ。だから、捜査の端緒を与えたとしても、警察なら御しやすいと考えた、と。……そういや、救命行為のあとが現場にはなかったな。元看護師なら心臓マッサージくれえしても——」

爽子の腰で、携帯電話が振動した。二つあるうちの業務用だ。

「佐々木です」無表情な声が爽子の耳に当てた携帯電話から聞こえた。「署の霊安室で検視、始まりました」

爽子はふと、あなた本当に生きてるんですか、と佐々木に問い返しそうになった。表情と同じく死んだ魚のような声だったから。私も笑顔は得意じゃないけど……、あなたのは温かさの回路が凍り付いているみたい——、そう思ったが続けた。

「それで……？」

「詳しくはまだですが」佐々木は前置きして続けた。

外傷はなかったが、顔面の鬱血《うっけつ》、眼瞼《がんけん》及び眼球の結膜には点状出血——、いわゆる溢血《いっけつ》点が外表所見として上げられた。

けれどこれらはすべて、いわゆる急死を示しているに過ぎない。薬物の中毒死なのか特別な方法での絞死か。警察官の検視、警察医の検屍でも正確な死因の特定は無理で、解剖するしかないのだ。しかし——。

「ただ、トランクスが前後ろ逆です」佐々木が告げた。

石田光男は、間違いなく死んでから誰かに服を着せられた。電話を切って佐々木から聞いた内容を伊原に告げた。

「あんたや支倉みたいにぶら下げてねえ奴と違って、男なら絶対に、たとえ暗闇でもはき間違えたりしねえ」

「前半は余計です」爽子はあえて無味乾燥に言った。「私、二十七年〝ぶら下げて〟ないんです。いまさら教えていただかなくても結構です」

鼻息あらく歩き出して、爽子は頭に血が昇ったせいか、佳奈の証言を思い出した。石田光男はここ二、三日は頭痛を訴え、それが死因ではないか、と。だが佳奈のいうとおり脳の疾患が死因なら目の窪みが青藍色になるはずだ。しかし、そんな所見はなかった。また、しても佳奈の証言とは矛盾する。

佳奈は本当の死因を隠そうとしている。間違いなく。では、ことさら石田光男が頭痛を訴えていたと強調するのは何故だ。そういえば、頭蓋内出血と薬毒物を使用した殺人では所見がよく似ているはずだ。

――石田佳奈は医学知識を悪用した……？

そんなことを考えながら近所で聞き込みを続けるうちに、正午過ぎ、府中へ向かった高井と三森から連絡があった。

「あ、主任、どもども、お疲れさまです。元職場の病院に当たりましたが――」

高井の報告によれば、石田佳奈の評判は悪くないらしい。

「刑事さん、なにかご不審の点がおありなのかも知れませんけど、私は、あの子を看護学生の頃から知ってるんです。純粋な子で……。そうそう、学生時代のアルバイト中、おむつ交換した患者さんが次の日に亡くなったことがあって、あの子、おむつのあて方が悪かったせいでは、と随分落ち込んでしまって。たまたま偶然で、なにも関係ないのに……。そんな子が怪しいわけありません」

だが、次に向かった石田光男の会社の社員からは、気になることが聞けた。

「え、社長が？　そんな……。――え、頭痛、ですか？　そんな話聞いてないな。昨日の晩も取引先と終電まで飲んで、ぴんぴんしてたのになあ」

「解りました」爽子は携帯電話の向こうの高井に言った。「迅速ですね」

新宿まで京王線一本とは言え、駅からは距離があったはずだ。

「タクシーを奮発しました。もし誉めてくださってんのなら――」高井は続けた。「主任、今度の集まりには、ちゃんと顔だしてくださいよ。御自分の歓迎会だって途中でいなくなっちゃうし。ね、お願いしますよ、吉村〝主任〟」

主任……巡査部長を日常では言いやすさのためと親しみを込めて、〝長さん〟、あるいは姓に〝長〟をつけて呼ぶ。けれど、よっちゃん、さわっち……、どう呼ばれてもことごとく黙殺、無視してきた爽子を〝吉村長〟と呼ぶものはいない。

――みんなから見たら私は、……周囲と馴染もうとしない、得体の知れない女に見えるんだろうな……。

爽子は、高井が階級と勤務年数は自分に及ばないながら、年長者として諫言《かんげん》してくれてるのは解る。解るけど……でも。

「お疲れさま」爽子は言った。「……検討します」

爽子が電話を切って、内容を伝えると伊原は嬉しそうに言った。「ぴんぴんかあ。あんな若い女房とならよ、――」

爽子は深いため息をつき、眉根を寄せた上目遣いで睨《にら》んだ。「不謹慎です」

「あ？　ほんとのこったろ、逆にその歳でわからねえ振りする方が卑猥だろ」

爽子が心底げんなりした顔をして見せると、伊原もさすがに口調を変えた。

「酒を飲んでた、か。そういや今朝は春先にしちゃ冷えたが、裸にして転がしとくだけでも――」

また爽子の携帯電話が鳴った。石田佳奈に張り付いた支倉からだった。

「あの、吉村主任？　お昼、どうしようかと思って。石田さん、作るから一緒に、と」

「台所にはできるだけ入れないで。特に刃物は絶対持たせないこと、いい？　それから食事はもちろん、彼女の淹《い》れたお茶も口にしないで。とにかく、抱くように確保しといて」

「じゃあなにを食べれば……」

「ピザでもお蕎麦でも、なんでもいいから店屋物とって」

「それで、お話ってなんですか……?」石田佳奈は言った。「光男さん、まだつれて帰っちゃいけないんですか」

多摩中央署三階、刑事組織犯罪対策課《けいそ》の取調室だった。佳奈の座った椅子の背後、鉄格子の入った窓には、逢魔《おうま》ヶ時の薄闇の帳《とばり》が降り始めている。

「少し、まだ不明な点をお聞きしたくて」机を挟んだ正面の席で、爽子は言った。

臨場した際の証言との食い違い、〝殺しの手〟で疑義を差し招いた石田光男の状態。受け取りが一億円を超える保険金。死因特定に繋がる解剖を、頑《かたく》なに拒否する態度。そして目の前の、朝、未亡人になったばかりの若い女は、相応の医学知識を持っている——。

「どうでしょう」

爽子は特徴的な大きな眼を見据えて、口を開く。

「……御主人の解剖を承諾していただけませんか」

「なんで、どうしてですか?」佳奈はほつれた前髪のしたで顔を上げた。大きく開いた訴えかけるような眼に、涙が溢れかかっている。

「私たち夫婦のことなんです!　もう、そっとしておいてください!　お願いですから!」

「石田佳奈さん」爽子は動かない視線を据えたまま言った。

「なにを隠してるんですか、あなた」

「……なにも」佳奈は一瞬言葉に詰まった。「……そんな、なにも！」

「御主人の死因について知ってることを、全部、話していただけませんか」

「なんで……」佳奈の眼から涙が頰に筋を描いてこぼれ、唇をふるわせて泣き伏した。

「もう……いやあ！……どうして……みんなして、……私……！」

爽子はしばらく、机に顔を押しつけて泣く佳奈の背中を見詰めていた。やがて支倉と交代し、逮捕ではないことを示すため開けたままのドアを抜け、取調室を出た。

「……しばらくかかりそうだな」

爽子が隣の調べ室にはいると、伊原がマジックミラーへ厳《いか》つい顔を向けたまま口を開く。

枠の中で、石田佳奈はめそめそと泣き続け、支倉がハンカチを差し出し、必死になだめている。

伊原だけでなく、堀田や三森、高井と佐々木も顔をそろえていた。

「状況としては濃厚……、でも、具体的な供述を迫る物証は——」

爽子はぽつりといい、鼻をすすり上げる佳奈の横顔を見た。

可哀想に……。ふと爽子は思い、そう思った自分に戸惑った。

被疑者の涙は、必ずしも後悔を意味しない。人はその場の感情で泣く。手に掛けた被害者を思ってではなく、いま取調室にいる己を救いたくて、被疑者は滂沱《ぼうだ》の涙を振り絞る。石田光男は前後を逆にトランクスを穿いて死亡していた。その上——〝殺しの手〟だ。この二つは死後、遺体が動かされた事実を示している。とすれば、佳奈が夫の死因を隠蔽しようとしているのは、間違いない。それに、財産相続や莫大な保険金という動機もある。

けれどそれでも、爽子は石田佳奈が可哀想だと思った。

あの様子なら追及すれば自供する、と爽子は同情を振り払うようにして思った。死因が解れば、殺害した方法や犯行時及びその前後の状況も解る。もうなにも隠せない——、と爽子が胸の内で思った瞬間だった。頭の中で、たったいま考えたばかりの言葉と記憶がぶつかって、火花を散らし、爽子は前髪のかかった額をはじかれたようにあげた。

〝私たち夫婦のことなんです！〟

隠す、という単語とぶつかった記憶は、佳奈の証言だった。

「まさか……」

爽子は自らの過ちに気付いて、呆然とマジックミラーごしに、佳奈の涙に濡れた横顔を見た。

「こうなりゃポリグラフ検査《ポリグラフけんさ》にかけるか」

伊原が爽子の様子に気付かず、隣の取調室の様子を見たまま言った。

「いや——裁判所で鑑定処分許可状《ふだ》もらって、ホトケを割るのが一番だな」

そうだ、確かに解剖は必要だ。——だけど、死因の特定や事件性の有無の判断には、もう必要ない。

「うーん……」堀田が長いため息とも唸りともつかぬ声を上げた。「……解剖の許可のみに絞って、説得してはどうかな」

そうだ、それが一番いい。そしてそれをするのは、私でなくてはならない。……佳奈をもっとも疑った、この私でなくてはならない……。

「——私が、説得します」爽子は小さく息をつき、静かに告げた。


「佳奈さん、私の話を聞いてください」爽子は取調室の席に戻ると、言った。「そして、間違いがあったら教えてください」

「……え?」佳奈は泣きはらした顔を上げた。脅えた表情で、肩をすぼめている。

狭い取調室には、爽子と佳奈しかいない。支倉は爽子に促されて出てゆき、ドアは閉められている。外界から完全に遮断された中で、警察の描いた筋書きを無理矢理に認めさせられ、自供をとられる……、佳奈がそう考えているのが解った。

「大丈夫……怖がらないで」爽子は安心させるように笑いかけた。

大きな瞳は細められて峻厳《しゅんげん》さが雪が溶けるように消え、矢をつがえた弓のように引き締まっていた口元が、柔和に和らげられた。子どもかそれとも、被害者にしか向けない笑みだった。

……となりの取調室から見ていた伊原が言った。「――あの顔の方がそそるな」

「やだ、また」支倉がぽつりと吐き捨てる。「いやらしい……!」

「なに言ってるんですか、伊原長」高井が言った。

「できるんなら普段からしてろよ」三森が鼻を鳴らすと、「できない人もいる」と佐々木が無表情に言った。……

「佳奈さん……」爽子は見詰めた。

「は、はい……」

「御主人は昨夜――、あなたと……愛し合われたあとに亡くなったんですね?」爽子はそっと言った。

「えっ……」

性行為後の突然死――。まさしく佳奈の言うとおり、夫婦の間のことだ。決して人前に暴かれることのない営み……。

目覚めると、隣で光男は息をしていなかった。佳奈は恐慌をきたしただろう。

「あなたは自分が御主人の命を奪ったように思えてならなかった。——あなたが看護学生の時の話を聞きました。そんなことない、病死だと解っていても、あなたは心と気持ちを納得させられなかった」

そして、日常的に重くのし掛かり、締め上げてくる他者の眼にも恐怖しただろう。

底意地の悪い光男の妹、常世だ。ことさら保険金を強調したが、長男が生まれて石田が万一を想定したとしたら、加入した時期は矛盾しない。聞き込みで常世の口がそこだけ歯切れ悪くなったのはそのせいだ。さらに——

「……お子さんの体調も悪かった。そんなときに御主人とそういう事をしたと知られるのは、堪えられない。それに、きっと殺したように言われる……。だから睡眠中に亡くなったように見せるために服を着せたんですね」

けれど佳奈は、救急に通報すれば運ばれた先の病院での、医師とかつての同業者の眼を恐れた。

「昨夜のことに気づくかも、と。だから全身解剖が嫌だったんですね。でも……」爽子は言葉を切った。「精巣までは通常なら調べません」

「あ……」ぼんやりしていた佳奈の口から、声が漏れた。

「警察に通報すれば状態だけ見て判断し、処理すると考えたんですね」

しばらく、女性捜査員と若い未亡人は、蛍光灯の白い光の中で黙っていた。

「……恥ずかしかったんです！」佳奈は泣きながら言った。「……ほんとに、いつもいつも意地悪ばっかり……言われてて、それで……！」

心不全だと薄々は察してたからこそ、咄嗟《とっさ》に脳内出血、と答えてしまったのね……。

爽子は佳奈の震える手を、両手で包み込んだ。

「ひどい女ですよね……私」

佳奈は爽子の手から伝わるぬくもりにはげまされたように、続けた。「……光男さんが死んでしまったのに、私、自分のことばかり、考えて……あんなに大切にしてくれたのに……！」

「そんなことない」爽子は言った。「あなたのしたことは、罪にもならないしひどくもない。むしろ、私たちがもっと早くに――」

「……朝からずっと、ばれたらむしろ疑われるって気づいて不安で、……子どものこれからを考えると、死にたくなったりも……でも女の刑事さんがいてくれて……」

ありがとう、支倉さん……。爽子は手をさすってやりながら思った。

その支倉がお茶を運んできた。少し潤んだ眼で佳奈を見て、被疑者用の軽いプラスチック製ではなく来客用のカップを置き、出ていった。

「――でもね、亡くなった理由だけは、きちんと確かめた方がいいと思う」

「どうして?」佳奈はカップを口元で傾けたまま、頑なさが消えた幼い表情で聞き返した。

「だって、もう……」

「それはね」爽子はカップを置いた。「なぜ亡くなったのかを、きちんといま調べとかないと、あとで悪意の噂が流れたとき、潔白が証明できなくなるから」

ためらうように視線を落とした佳奈に、爽子は続けた。

「ごめんね、辛いよね……。でも私は警察官になって、何度も人の死を見てきた……。どんな亡くなり方をしても、残された身体はその人の最後のメッセージなの。ある人は絶対犯人を捕まえてほしいって訴えて、ある人は生きてる間の苦しみを……。だから、大切なあなたへの悪意にそんなことはないって訴えるのが、きっと御主人の最後のメッセージだと思うから」

それは爽子が感応した石田光男の意志だった。多分、佳奈を求めたのは酒に酔った勢いで、育児に疲れ切った彼女に対し、決して誉められた行為ではない。でも、普段は若い妻に気を遣う、優しい男ではあったのだろう……。

佳奈は、涙をこぼしてうなずく。

「力になれることがあったら、教えてね」爽子は静かに言った。


刑事部屋の窓の外は、完全に闇が覆っていた。

夜は更けて、署内は当直体制になり、人はまばらだった。

石田光男の承諾解剖は明日、慈恵医大で行われる。

爽子は支倉に送られ帰宅する佳奈に、官名刺を渡しておいた。もっとも、いくら申し訳ないと思い同情していても、規則通り、裏に佳奈の名前と渡した理由を書くのは忘れなかったけれど。

「一日かけてこれか、とんだ手間だったな、おい」伊原はどさりと席に座っていった。

「……どうもすみませんでした」

爽子は伊原だけでなく、全員に頭を下げた。

「事件性なし、って確定しただけでも収穫じゃないんですか?」高井が明るく言った。

「どうですかねえ、伊原長のいうとおりの気がしますけどね」と三森。

「いや、あとでごたごた言われるよりはいい。それに、最後は主任自身が落とした」

佐々木の口調は相変わらず無表情で、弁護された爽子も一瞬、気づかない程だった。

「それにしても吉村主任、また戻っちゃったじゃないですか。笑顔はただですよ。それになんか、その、可愛かったですよ、な？　佐々木さん」

「ええ」佐々木が表情をかえずに同意した。

「それは――どうも。でも」爽子は複雑な表情になった。「私、ファストフードの店員じゃありませんから」

「……まあいいか」伊原は立ち上がり、上着を肩に掛けて出口に向かった。「吉村主任殿、次からは慎重に、かつ迅速にたのんますよ」

「あ、伊原長、お帰りですか」三森がすかさず後を追っていった。

高井と佐々木も帰り支度をし、短い挨拶を残して帰っていった。「じゃあ主任、今度の集まり、楽しみにしてますから」

お疲れさま、と爽子は苦笑一つして見送ると、入れ違いに佳奈を自宅へ送り届けた支倉が姿をみせた。

「下ですれ違いましたけど、伊原さんすっごく不機嫌でしたよ。〝馬鹿じゃないのか〟って」支倉はくすくす笑う。「〝俺もふくめてだがな〟と」

爽子もくすりと笑った。――へんな人。

「ああ、すまんね」堀田は、署長に報告を終えて席に戻り、爽子がお茶を置くと言った。

爽子が係長席の机に湯呑をおくと、堀田が顔を上げて言った。堀田は署長に変死事案の顚末を報告し、刑事部屋に戻ってきていた。

「今日は、ほんとうに……」

「いや、あれでいい。なにしろこの前まで殺し専門だったんだ。一応疑うのはわかる」

大部屋には、ほとんど人影は無かった。刑組課の宿直員は無線室のそばだろう。

「——係長、一つ教えてくださいますか」爽子は、目を瞬かせて茶をすする堀田に言った。

「石田さんが、性行為後の病死だと見抜いてらっしゃったんですか？」

本部捜一へ病死の報告をしようとしたとき、事なかれの心理ではと疑った。けれど佳奈への聴取を、承諾解剖への同意に絞れという指示は、死因を見抜いていたからこそ——。

「しかし確証がなかったからね。調べてみるにこしたことはない、そう考えただけだよ」

堀田はまたお茶をすする。「まあ結果的に、石田佳奈さんの気の毒な立場が解ったわけだが……、すこし精神的な支援がいる感じだな。どうだ、ちょっと気に掛けてやってくれないか」

「はい」爽子はうなずいた。——私から言おうとしたのに……。

通夜に参列し、解剖の結果を佳奈に告げることで、さりげなく親戚筋に印象づけてもいい。とにかく、守ってあげたい。

堀田はふうっと……息をついて、人の数倍は瞬きをした瞼が疲れたのか目頭をもみ、椅子にもたれた。

「ただひとつ心配なのは吉村主任、これで君が萎縮《いしゅく》してしまわないか、だ。今回くらいのことなら、かまわんよ。君はこれからの人だ」

爽子は無言だった。

「私は上に怒鳴られて、頭を下げるくらいしか役に立たん人間だ。だが強行犯にそういうぼんくらは、一人で十分だからね」

爽子はじっと堀田を見詰めた。

――いいえ、係長……堀田秀夫警部補。そんなこと言わないでください……！

秘めた思いは、胸からあふれ出しそうになる。けれど爽子は結局、深く頭を下げることで堀田の独白を否定して、強行犯係の上座にある係長席に背を向けた。

――私は、あなたが優しくて勇敢で、立派な警察官であることを知っています……。

爽子は背中に堀田の怪訝そうな視線を感じて歩きながら、胸の内で続けていた。

第二話　一二二五

脅迫電話の台詞《せりふ》など、決まり切っている。

誘拐のそれも、例外ではない。

「梶原さんのお宅だな……、お子さんは預かった」初老とも中年ともつかぬ声の主は、驚愕《きょうがく》で息を止めた家人にかまわず、淡々とよどみなく続けた。「長男、信彦の方だ。身代金は一千万。――」

ここまでは、例えば〝犯罪者実用会話集〟通りといえた。

けれど最後だけは違った。

話がようやく頭の芯に達し、酸欠の金魚のように喘《あえ》ぐ家人の鼓膜に、犯人の声は響いた。

「――警察に言いたいなら言え。好きにしろ」

吉村爽子は、孤立していた。

　だがそれは、多摩中央署、強行犯係の同僚達からではなかった。

　同僚達とは、内心に踏み込まれない程度に馴染んできてはいる。現に、学生時代をふくめて避け続けてきた酒の席に、付き合いもした。

　爽子はどんな名目であれ、馴れ合いながらも日常の力関係の延長でしかなく、さらに酒の力で日頃のうっぷんを晴らす酒席には、生理的な嫌悪感しかなかったのだが。

　けれどそのときばかりは、逃げるわけにもいかなかった。なぜならその飲み会、警察でいう〝反省会〟は、先日の変死事案で死因特定を遅らせた吉村爽子巡査部長の責任を追及する、という名目を掲げていたからだった。

　永山駅前にある署員行きつけの居酒屋「のび」では、飲めない酒は形ばかり口をつけるだけですんだが、二次会のカラオケボックスでは、覚悟を決めない訳にはいかなかった。

　宇多田ヒカルの大ヒット曲の前奏を地球破滅のカウントダウンのように聞きながら、マイクを握らされた爽子は意を決して、イントロが終わるやいなや、喉《のど》から声を弾かせた。

「な、七回目の――――！」

　酒のせいでなく恥ずかしさで真っ赤になり、稚気の残る顔立ちがますます幼くなった爽子を、同僚達はソファから一同呆然と見て……それから歓声をあげた。

「主任かわいい！」支倉由衣が黄色い声援を送る。

「おお、拍手拍手！」高井が調子よく手を叩きながらとなりの三森をつつくと、三森は「ふん、まああだろ」と目をそらし、佐々木はいつもの能面でうなずいた。「なかなかだ」

自分にとって大切なことを教えてくれる相手を想う歌……、私は誰を思い描いて歌ってるんだろうと、爽子は思った。——藤島さんのほかに、いないよね……。

普段まったく口にしないアルコールと、学生時代にも縁の無かったカラオケで歌う高揚のせいか、爽子の胸の奥で、ぽうっと温かさが広がった。

だがそれも、飲み過ぎと騒ぎすぎでソファに沈没していた伊原が、頭をもたげて叫ぶまでだった。

「脱げ！」

爽子の声は宙返りし、支倉は怒って両手で伊原の頭を太鼓のように叩いた。

「ああもう、伊原長のばかばか……！」

これが一週間前の出来事だった。——心の頑なさは、自分自身ではどうしようもないけど……、でも少なくとも垣根は低くなった気がする……。

だからいま、爽子の感じる孤立は、長男を誘拐された梶原庸介宅に詰めている捜査員のうち、自分以外はみな警視庁本部捜一、特殊犯捜査の捜査員であったからだ。

身代金目的誘拐事件で最優先されるのは、何より人命保護である。

そのため、被害が出た上での捜査となる強行犯、つまり殺人、強盗、放火、性犯罪などとは異なり、誘拐が現在進行形の犯罪である以上、高度な秘匿捜査が展開される。

そして、その中心となるのが特殊犯捜査係、いわゆる特殊班だ。

無論、特殊班のみで対応するのではなく、本部刑事部長名の緊急電報で、刑事部全体と管内全所轄の捜査員が大量動員されるのだ。

ほぼ警視庁を挙げての総力態勢だが――、通報を受けて最初に臨場するのは他の事件とおなじく所轄の捜査員であり、保護者の両親である梶原庸介、紀子から聴取したのは堀田係長と爽子だった。

被拐取者――、誘拐されたのは長男で中学二年生の長男、信彦。二日前、普段なら学校から帰宅しているはずの時刻にも信彦が帰ってこず、気をもんでいたところに身代金要求の電話があり、夫婦は相談の上、身代金を――。

「え、振り込んだ……んですか」爽子はノートから顔を上げた。「指定の口座に」

犯人が最初の架電で〝警察に知らせてもかまわない〟と告げたのも奇妙なうえに不気味だが、両親の対応も常軌を逸してるように爽子は思った。

「……ええ。主人が〝相手の目的は金なんだから、払えばきっと信彦は帰ってくる。届け出るのはそれからでもいい〟、と申しまして……」

「つまらない粗《あら》を探すより、さっさと捜査にかかったらどうなんだ！」

事情を聞かれる紀子の傍らで腕組みしていた庸介が、爽子の言葉が癇《かん》に障ったのか、怒鳴った。

「あんた達に頼めば、必ず無事に信彦が帰ってくるのか、ええ？　親が子どものために出来ることをして、なにが悪い！」

あなた……と紀子はやつれた顔でなだめ、堀田も、やんわりと手を挙げて制した。

「お気持ちは解ります。親御さんにとっては、信彦君の安全が第一でしょうから」

そうかも知れない……、と爽子は思い直し、それ以上は聞かなかった。まずなにより、被害者の信頼を勝ち取るのが誘拐事案の鉄則だ。それに過去に、警察が動き出す前に身代金を支払った例が無かったわけでもない。

しかし、身代金が振り込まれても信彦は帰ってこなかった。もう少し様子を見よう、と迷う庸介を紀子が金切り声で押さえ、通報したのだった。

事件性あり、誘拐の可能性大――。

堀田の一報を受けた多摩中央署、河野刑組課長は本部通信指令室に報告し、それを受けた刑事総務課は本庁舎六階に刑事部対策室を開設。刑事部長、参事官、捜査一課長と対策官、鑑識課長など刑事部幹部と百名近い警察官が、課員三百六十四人を擁する捜一の大部屋より広い対策室に結集し、数百人規模の捜査態勢を急ぎつつある。

　だが、初動の段階では特殊班の被害者対策班《マルK》が現着するまで、爽子と堀田で対応しなくてはならない。誘拐事案解決の生命線である電話の発信元調査――逆探知の同意書や、犯人からの架電の際に話し中を防止するためのキャッチホン加入の有無など、確認すべき事はいくつもあった。また、警察官が被害者宅にいないかを疑っての探り電話、つまり疑電《ぎでん》対策も必要だ。

　堀田の報告から三十分ほどで、女性警察官ひとりを含む五人の被害者対策班《マルK》は梶原家に秘匿潜入し、堀田はそっと裏口から署に戻ったが、爽子は被害者宅に残った。

　所轄署捜査員は、本来ならば犯人が狡猾《こうかつ》な場合には被害者宅や指揮本部の置かれる所轄署の動きを監視すると想定し、警備課の下で秘匿警戒を行い、通行人や車両をすべて記録するのが任務だ。大勢の応援の捜査員や資機材が、多摩中央署から離れた場所に設けられた拠点に集結を完了するまで、伊原や堀田、支倉も配備に着いているはずだ。

　本来なら同僚とともに秘匿警戒配置である爽子が梶原家に居続けているのは、紀子の希望だった。

聴取を終えると、紀子は席を立ち、せわしなく歩き回り冷静さを失っていた。また、もしかして近くまで信彦が帰ってきているのでは……、と表に出ようとさえした。

爽子が落ち着いて、と肩においた手をふりほどき、今にも玄関から飛び出しかねない様子で、紀子は言った。

「で、でも私、なにかしてないと気がおかしくなりそう……！　あの子が……、信彦がいまどんな思いでって考えると……！」

「私たちは全力を尽くします」爽子は母親の肩を包むように抱えた。「そして、連絡は必ずあります。そのときはお母様が直接、信彦君を勇気づけられるチャンスなんです。ですから、電話から離れないでください」

紀子は日が覚めたような顔で肯《うなず》き、以後、ずっと爽子を頼るようになったのだった。

爽子に残留を許可した特殊班員らは、無線機や自動録音装置を設置しながら、便利な雑用係ができたくらいにしか思っていないのが見え見えの表情だった。……まあ、紀子から信頼を得たのは素直に喜ぶとしても、と爽子は皮肉に思いかえす。

――〝お警ちゃん〟……もっとひどいときはP子、あるいはパー子と部内で呼ばれる女性警察官は、刑事捜査の一線ではまだまだ貴重だものね……。

爽子の胸の内に関係なく、秘匿捜査の包囲網は密かに整いつつあった。

だが――肝心の犯人からの架電はない。電話は三十畳はあるモダンな広い居間の真ん中で、沈黙を続けている。身代金の振り込まれた口座も、港区のオンライン情報集約施設、通称〝ミックスセンター〟で、全国のどの金融機関から引き落とされても即座に判明するよう監視されているが、不思議なことに身代金は引き落とされておらず、手つかずだった。

振り込みから時間が経過し、引き落としに現れる被疑者を押さえるＡＴＭ《ＣＤ》配備はもはや手遅れだったが、捜査幹部の警戒心を刺激するには十分だった。

「だがマル被は、入金の確認だけは行ってる。口座名義人の捜査からなにか出たか」

「ネットの闇サイトで売られた通帳のようです。名義人の主婦は無関係です」

「怨恨の線も視野に入れるべきか……。おい、マル害には心当たりはなかったのか」

「梶原庸介は急成長したアパレルメーカーの取締役で、業界では遣《や》り手だが強引との評価ですが、本人は〝諍《いさか》いはしょっちゅうだがこれほど恨まれる覚えはない〟と第一臨場の所轄捜査員には話したそうです。ただ……」

「ただ、なんだ?」

「はい。梶原庸介は一ヶ月ほど前、雑誌の記事に取り上げられたそうです。不況に負けないプランナーという扱いで、顔写真も大きく掲載されて。それをみて被疑者が犯行を思い立った可能性も……」

「――なんにせよ、金を手にしながら信彦君を解放しないとなると……」

金銭目的ではない。被拐取者の命が差し迫った危険に晒されているか、あるいは――。

被疑者からすれば、あえて解放する理由はないのだから。

指揮本部が焦りでじりじりと熱せられ始めた頃、梶原家の電話が鳴った。

「金は振り込んだようだな。……殊勝なもんだが、もう一度だ」

「あなた、あなた誰なんです……！　ノブ君は無事なんですか、声を聞かせてください！」

「あんたは誰だ、女房じゃねえな」

爽子を含め、その場にいる全員がテーブルの電話機を見詰めて息をひそめる中、犯人の声は不気味なほど落ち着いていた。

「私ですか？　私は紀子の妹です、ノブ君の叔母です！　声を聞かせて！」女性特殊班員は録音装置付き受話器を耳に当て、迫真の演技で迫った。「お願いですから……！」

「アカデミー賞ものだな、劇団桜田門は。また連絡する」

声を……！　と通話を引き延ばす女性警官に、犯人の男は「逆探知はごめんだ」と素っ気なく電話を切った。

爽子は、「あなた……！」と梶原にすがりつく紀子に寄り添いながら、スピーカーから流れた会話を反芻《はんすう》して、思った。

――マル被は捜査を察知しながら落ち着いてる……。おり込み済みなのか、捜査の実態を多少は知っているのか……。だとしたら、なぜいまさら逆探知を気にした？

現在のデジタル回線では架電した時点で発信元番号が判明するのは、発信番号通知サービスの利用者なら、誰でも知っている。膨大な回線を繋ぐクロスバースイッチャーを、技術者が手作業で探し回ったアナログ回線時代は、遠い昔のはずだけど……。

「前進本部被害者対策班《マルK》から多摩中央指揮本部《L2》、架電内容は傍受したか？　どうぞ！」

「L2了解！　先行追跡、身辺警護、捕捉、外周配備の各班へ、現場設定に備えられたい！」

特殊班の捜査員らが無線機に向かい、この事案専用の放送系を通して矢継ぎ早に指示するのを聞きながら、爽子は沈んだ紀子の肩を抱いて考え続けた。

「あなたは、吉村さんは一緒に来てくださらないの？」紀子は言った。

……数分前、犯人から二度目の電話があり、具体的な身代金授受の方法を指定してきたのだった。

「前進本部被害者対策班《マルK》から多摩中央指揮本部《L2》！　傍受のとおり、マル被は持参人に奥さんを指定、一時間後の一七時に府中駅前ロータリーにて現金受渡を指示！　目印は赤いボストンバッグ！　以上了解か？　どうぞ！」

「多摩中央指揮本部《L2》、了解した！　採証工作《あんこいり》済みの紙幣をそちらに搬送する。なお持参人の人着《にんちゃく》及び髪型《はつ》、これの詳細を送れ」

紀子は着替えをすませ、マルK班員から周囲の捜査員に状況を知らせるサインのやり方などを事細かに指導されたあと、爽子を不安げに見た。

爽子は小さく首を振るマルK班員をちらりと見てから、紀子に目を移した。「……ええ、ここでお待ちします」

同行して、紀子が不安のあまり自分に依存した態度を見せれば、怯《おび》えと緊張で神経を鋭敏にした被疑者は、察知する危険が高い。全体の指揮をとる特殊班にしてみれば、この決定的な逮捕の好機を、トウシロの捜査員に潰されるわけにはいかない……。それが本音だろう。すでに認知前に一度、身代金が振り込まれてしまった。

「ここにいる捜査員も、同行する大勢の捜査員もみな優秀です」爽子は、これは方便よね……、と思いながら続けた。「大丈夫、こういった事件で解決できなかったものはありません。冷静に、指示に従ってください」

これまでずっと黙っていた梶原がぼそりと言った。「……どうだかな」

「あなた……！　刑事さん達は……」

「あ、いや。失礼しました」

紀子が咎《とが》めると、さすがに梶原も気がひけたのか爽子達に頭を下げ、紀子に向き直った。

「おまえ……すまない」

「あなたが謝ることじゃないでしょ」紀子は努めて明るく言った。

夫婦の様子を見定めてから、特殊班の捜査員は無線に告げた。「前進本部より多摩中央《L》指揮本部《2》、持参人の準備完了、指示を願う。どうぞ！」

「先行班から現場指揮官車《L3》、マル審は認められず……どうぞ」

オートバイで編成された先行追跡班、通称〝トカゲ〟が、ジャケットで隠した秘匿無線機で報告してきた。

「L3、了解。従事中の各局、現場は人通りが多い、持参人及び周辺の警戒を厳にされたい。捕捉班、どうぞ」

「捕捉一班、了解。どうぞ」

「同じく捕捉二班、了解。どうぞ」

「L3、了解。マルK、持参人の位置は？　どうぞ」

「駅エントランス東、百メートル。およそ三分後に現着する。どうぞ」

「L3了解。従事中の各捜査員にいま一度確認する。母親とマル被の間で身代金授受がなされても、すぐにはマル被に触れるな！　連絡役《レポ》の可能性もある、人混みから外れた時点で職務質問《ばんかけ》し、現行犯逮捕《げんたい》せよ」

「捕捉一班、了解」

「捕捉二班、りょ――」

「至急至急、こちら多摩中央指揮本部《L2》！」別の声が割り込んだ。「前進本部に犯人から入電！　受け渡し場所の変更を要求している！」

「こちらL3、詳細を知らせてください！　どうぞ！」

「こちらL2、L3及び従事中の各局は了解しろ！　至急、府中公園、繰り返す府中公園、これに移動し配置せよ！　時刻は三十分後を指定！　先行班はただちに当該地へ出向して実査のうえ、状況を報告せよ！　こちらからも捕捉班を編成、向かわせる！」

「こちらマルK、持参人はどうすればよろしいか？　どうぞ」

「L2よりマルK、まて！　捕捉班の配置、現場設定完了まで動くな！　完了の時点で前進本部から持参人の携帯電話に発信、伝達しろ！」

「警視庁刑事部対策室《L1》からL2！」雲の上からの声まで割り込んだ。「下命を承認した、それでやらせろ！」

　混乱をのせた電波は雑踏の上を飛び交い、もつれ、さらに錯綜していった。

「こういう事件を解決できなかったことはない、あんたそう言ったよな？　ええ？　そう言ったよな？」

　梶原は喚《わめ》いた。「それがこの様だ、どういう事か説明してもらおうか、おい！　なにが刑事はみな優秀です、だ。犯人が現れなかったのは、その優秀な刑事の誰かが見つかったからじゃないのか！」

　数十人の捜査員が張り込んだ府中公園に結局、犯人はおろか連絡役も現れなかった。

だが犯人が公園に潜んでいたのは確かで、綺麗にぬぐわれたプリペイド式携帯電話が繁みに投げ捨てられていた。警察の頼みの綱、逆探知をあざ笑うように。もっとも、携帯電話は違法に取得したもので名義人は不明、犯人は被害者宅にかけるとき以外は電源は切っていたから、位置情報も得られなかった。

　二時間あまりも極度の緊張と恐怖のなか立ち続けたあげく、意気消沈して帰宅した紀子を少しでもねぎらってあげたいと、雑用係の爽子は全員にお茶を淹れたのだが、梶原はそれに手をつけず、爽子を責め続けていた。

　爽子は盆を抱えて黙って目を伏せていたが、やがて頭を下げた。「申し訳ありません」

「あなた、落ち着いて。ね?」紀子は梶原の、爽子を睨んで震える肩に手を添えた。

「だから俺は、インタビューはいいが写真は嫌だと言ったんだ……！　それを社長が勝手に……！　だから、こんな！」

「あなた、もうやめて」紀子が言いつのった。「お願いだから」

　梶原は憤然と居間を出てゆき、紀子も爽子に小さく頭を下げ、後を追った。

「あそこまで言うこたねえのによ」特殊班の一人が、自動録音機をいじりながら言った。

「だいたい、最初の脅迫があった時点で通報してくれてりゃ……」

「よせ」もう一人の古手の捜査員が言って、爽子を見た。「よく堪えてくれたな」

「いいえ」爽子は首を振った。「これくらいしか、役に立てませんから」

「あんた、たしか……もと第二特殊犯捜査四係《とくよん》、だったよな。俺は野々山だ」

　爽子も緊張の連続で自己紹介がまだなのに気づいて、名乗った。

「まったく厄介なヤマだ」野々山はお茶をすすった。「一度は身代金をせしめてるってのに、まだ脅してくるとはな……。おまけに現場設定させねえようにかき回しやがって、太え野郎だ」

「私にはマル被が……こちらの動きを読んでるように感じられるんですけど……?」

「ああ、そいつは俺もな」野々山は言った。「二二五の前科者か。それとも……考えたかねえが……」

「警察関係者、ですかね？」自動録音機をいじり続けながら、別の捜査員が皮肉に言った。

確かに考えたくない、と爽子は思い、でも、と思い返した。……詳しいのは、それらの者だけだろうか？　誘拐の犯歴者……、退職現職を含めた警察官……、他には……？

そのとき脳裏をひょいと思考の影がよぎり、爽子は目を上げた。

――いえ、まだいる……？

「どうした？」野々山が爽子の表情を見て言い、テーブルに茶碗をおいた。「お茶、ごちそうさん」

「え？　いえ」爽子は慌てて茶器を盆に集め、台所に立った。

こんなこと考えるなんて、どうかしてる……。爽子は小さく息をついた。

「ごめんなさいね、うちの人が八つ当たりして」紀子がシンクで茶器を洗いながら言った。

「気にしてませんから――、あ、いえ」爽子は布巾《ふきん》を持つ手を止めて、隣を見た。「御主人のおっしゃったことは、真摯《しんし》に受け止めます。ですからそういう意味では……」

紀子は疲れた顔の口元だけで微笑んだ。「ええ」

「――すいません」

「謝らなくてもいいのよ」紀子は、ふっと息をつくように笑った。「でもね、主人のために言い訳すると、普段はあんな人じゃないの。子どもに一度だって手を挙げたことなんてないし……。苛立って苛立って、どこへも感情をやりようがなくって……だから」

「こんな時ですから……普通じゃいられません」

「でも――あんなに怒鳴るあの人を見るのは、久しぶりだなあ」

「そうなん……ですか？」爽子は茶碗を拭き終えて、紀子を見る。

「ええ」紀子は蛇口を止めて、微笑んだ。「若い頃のあの人はね、それは気が荒くて。よく仕事場を喧嘩で飛び出してたものよ。でも、……今の会社に入る十五年くらい前から、このままじゃいけないって急に言いだして、人がかわったように働きだしたの。それからは子ども……、信彦も生まれて……生まれて……ずっと……これまで……！」

語尾は泣き声にかき消された。紀子は流しに手を掛けたまま、床にへたり込んだ。

「奥さん……！」爽子も膝をついて、紀子の両肩を抱いた。

「――お母さん、どうかしたの？」

次男の信次が、台所の入り口に立っていた。「お兄ちゃんに、なにかあったの……？」

「大丈夫、お兄ちゃんはなんともないの」爽子は微笑んで見せた。「でも、お母さんは辛くてね……。信次君、おそばについててあげて。そうすればお母さん、とっても安心すると思うから」

うん、と戸惑いながらも小学生の次男はうなずき、おずおずと近づいてきた。「お母さん。――」

粘つく闇の夜が明けた翌日、犯人から二度目の現金授受を指示する電話があった。時刻は夕刻を回っている。

この二日間、酸に浸され続けるように緊張にさらされた捜査員たちの疲労は限界に達しつつあったが、それでも同時に、これが犯人逮捕の最後の好機だと直感してもいた。

「多摩中央指揮《L2》本部より各局、従事中の全捜査員に告げる。……発生から三日、人質の体力は限界に近いと推測される。よって、最大動員態勢をとり、全力で被疑者検挙にのぞむ！　もう後はないぞ！　各自任務を完遂されたい、以上！」

そして今回、犯人が持参人に指定してきたのは、父親の庸介だった。

「……トイレに行って来る」梶原庸介は、マルK班の捜査員に現場での注意を事細かにされたあと、言った。

爽子の目の前を視線も合わさず通り過ぎた横顔は蒼白だった。紀子が陰で強くいさめたのだろう、怒鳴られることは無くなったが、相当に感情を溜め込んだ表情だった。

「吉村さんも、行ってしまうの？」紀子は夫を見送ってから、言った。

「はい」爽子は口元で申し訳なさそうに微笑み、うなずいた。「現場に行くよう命令があって……、女性警察官は少ないものですから。あまりお役に立てませんでしたけど――」

紀子は首を振った。「いいえ、十分。身の回りのことだけじゃなく家事まで……。信彦とうちの人をどうか、どうかお願いします。あなたも怪我しないようにね」

はい、と爽子は黙礼し、紀子の気丈ながらもすがるような眼を見詰め返して思った。

全力を尽くします。でももし、考えたくはないけれど最悪の結果を迎えた場合は、私があなたに御報告します。

紀子から受けた労《いたわ》りに応えるために、爽子は誰もが嫌がり、被害者と同じ悲痛にさらされる役目を引き受ける覚悟を決めた。

「――御主人、遅いな」野々山が、テーブルの前で言った。

「私がお呼びしてきます」

爽子は、雑用係としての最後の仕事だなと思いつつ、居間をでて洗面所に向かった。

「……私も苦しんだんだ……！」

トイレのドアの内側からくぐもった声がして、爽子はノックしようとした手を止めた。

「……十五年……！」

——極度の緊張を、たった一人の場で吐きだしてる……

妻の前で醜態の上塗りもできず、崩れそうな意志をなんとか奮い立たせているのだろう。何があったか知らないが一念発起して、ここまで登り詰めた。十五年。長い年月だ。爽子はそっと息をつき、手を下ろした。

——それにしても、奥さんに聞いただけでなく、ここでも十五年だ……。

しばらくして爽子は声を掛けた。「——梶原さん、大丈夫ですか」

中から水の流れる音と身繕いの気配がして、ドアが開いた。

「大丈夫だ」梶原の相変わらず血の気のない顔は、むしろ強張りが増したように見えたが、声だけは平静を装うのに成功していた。

爽子は梶原を居間まで送り届けると、そっと梶原家を辞去した。受け渡し現場に一刻も早く駆けつけたい衝動と、闘いながら。

犯人が現金受渡の場所に選んだのは立川市、昭和公園だった。

武蔵野台地の一端にあることから、戦時中、立川は飛行場を中心とした軍都として栄えた。その名残が広大な跡地を利用した各省庁の施設で、警察も多摩総合庁舎を置いている。

爽子が梶原家を出て、駆けつけたのはこの総合庁舎だった。

庁舎の裏手、自動車警ら隊の長大な車庫の前に、捜査員達が集結していた。

「お、帰ってきたか」伊原が、駆けよった爽子に言った。

「お役御免になりました。堀田係長は……？」

「あっちで幹部連中の打ち合わせだ」

「あ、主任！」文倉が声を掛けてきた。

「お疲れさまです」爽子は多摩中央署の同僚達を見回して、言った。

愛想良く答える高井も素っ気ない三森も、佐々木の能面も、緊張してはいるがいつもの顔ぶれではあった。

幹部連中の間で編成が決まったのだろう、堀田とともにやってきた本部捜一の、知らない捜査員が爽子達に声をあげた。「よし、集まってくれ！」

広い操車場のあちこちで同様の声があがり、編成される班の数だけ捜査員の輪ができてゆく。

「我々は外周配備三班だ」鳥羽と名乗った捜一の捜査員は、爽子たちに囲まれた輪の真ん中で言った。

「……現場の外れもはずれじゃねえかよ」伊原がぶつぶつ言った。

「ですよねえ」と小声で三森が相づちを打つと、高井が「まあまあ、ここは本部の仕切ですから」といさめる。

「犯人検挙は捕捉班を中心に行うが、警戒もおろそかにできない」

「……うまいこといいますね」

支倉がこっそり呟《つぶや》いてきたので、爽子も呟きかえす。

「馬鹿な男達みたいな事、いわないの」

「僕はなにも言ってませんが」佐々木がぽつりと言った。

「どんな些細《ささい》な異常も見逃すな！――あんたらちゃんと聞いてんのか？　ええ！」

「聞いてます」爽子は顔を鳥羽に向けた。「具体的な指示を願います」

緊張と不快で顔を歪《ゆが》めた鳥羽からの視線を、爽子は静かに受け止めた。

警察官は様々な序列の中に生きている。業務歴、勤務考課。捜査員なら捜査講習の受講年次、各種賞詞の回数。巡査部長は所轄でこそ主任だが、本部ではものの数に入らない。だから、巡査ながら自らを所轄捜査員より格が上と見なす鳥羽のような捜査員もいるが、結局、鳥羽に口を閉じさせたのも、その格のせいだった。

爽子の噂を聞いていたのかも知れない。警察官として許されざる行動だったとはいえ、連続殺人犯を単独で追いつめたことを。

なにより――、警視庁で唯一人、特殊な資格をもつ捜査員であることを。

「とにかく犯人検挙、人質救出の最後のチャンスかも知れないんだ。よろしく頼みますよ」

鳥羽は捨てぜりふのように言った。

公園の夕闇に街灯が輝きを増しつつあった。

あかね色を残す空は、人工の照明に浸食されることなく広い。けれどのんびり空を見上げる余裕など、爽子も含め、百数十人の捜査員には無かった。それぞれが木立や繁みを利用して風景にとけ込む中、逮捕の要となる特殊班捜査員を中心とした三個捕捉班は、不安げな持参人――梶原庸介を、視線の端に入れている。

「――いま何時?」爽子が口を動かさずに言った。

「一九時です」支倉も囁《ささや》いた。「もうすぐですね」

爽子も支倉もTシャツにジャージ姿だった。爽子は下手なストレッチをしていた。勤めを終えてトレーニングにいそしむOLに見えるかどうかは、全く自信がないけれど。

だが利点もあって、ヘッドホンステレオのイヤホンを耳にランニングする人も公園内には多く、ウォークマンのポーチから伸びたイヤホンならば、中身が受令機だと気づかないだろう。その受令機も、現場指揮官車《L3》からの警戒を促す注意以外、ほとんど鳴らない。

　現在のところ、異常なし。もっとも、遠すぎてここからではよく見えなかったが。

　公園には、思ったより人通りがある。散歩する人、帰宅の抜け道にしているらしい人。この中の誰が……？　そう思うと、表情を読もうとつい強い視線を向けてしまう。犯人も猜疑《さいぎ》と人目に怯えながら、こちらを窺《うかが》っているのだろうか……？

　駄目だめ、と爽子は息をついて目をそらす。ダイエットに励むＯＬは、人の顔をじろじろ見たりしない。

「やあ、吉村さん達、ランニングかな？」

　顔を上げると、犬をつれた中年の男性がいた。堀田だった。夕食前の犬を散歩させる近所の住人にしか見えない。見事にとけ込んでいる。

　ええ、と爽子がぎこちなく笑顔になると、堀田は言った。

「熱心なのはいいけど、暗くなるから気をつけるんだよ。それじゃ」

　堀田が行ってしまうと、爽子はさすが……、と感心しながら見送る。もし犯人が見ていたら、三人とも近所の住人だと思うだろう。

「捕捉一から各局……！」押し殺した声が鼓膜を打ったのは、そのときだった。「持参人に男が一名、近づいてくる……！　北の木立付近！」

――――！　爽子は支倉と顔を見合わせた。支倉も杏形《あんず》の目を見開いている。爽子は口の動きで、落ち着いて、と伝えて振り返った。それからゆっくりと伸び上がるようにして、丈の低い植木の上に顔を出そうとした。……ついに来た。

街灯の落とす光の輪の中に、手にバッグをさげ、きょろきょろと見回しながら、左右の足にせわしなく重心を移しかえている梶原の姿が遠く見えた。

「現場指揮官車よりL3《L３》各局、警戒せよ！　持参人と接触するまで動くな！　捕捉一、人着を送れ！」

「捕捉一よりL3……、上は暗色のジャンパー、下は綿パン様のズボン、髪はもじゃもじゃの長髪……！　中年、――痩《や》せている。身長は百七十程度」

「L3了解！　従事中の各局も了解しろ！　捕捉一、持参人と不審者《マルしん》の距離は！」

「現在、二十……メートル！」

どこ……？　爽子は小柄な身体を精一杯伸ばして、眼だけをなんとか覗かせ、薄闇と木立を見透かそうとした。同じ姿勢でうかがう、頭一つ爽子より背の高い支倉が囁いた。

「主任……あれ！」

――いた！　報告どおり木々の間の小道に、男の姿がうっすらと浮かび、梶原に近づいてくる。

「L3より各局！　まだだ、まだ触れるな！」

「捕捉一より各局！　あと……十六メートル！」

緊張で身体が張りつめる。心臓が締め付けられる。

「あと……十三」

血の気がひいて手足が冷たくなるように感じる爽子の視界の先で、梶原は落ち着きなく動かしていた身体を止めた。顔をあげて——、近づく男に気づいたように、見えた。

このまま確保か……？　と爽子の脳裏をかすめた瞬間だった。

予想外のことが起こった。

梶原に近づいていた男が、突然きびすをかえして駆けだした。しかも、それと同時に梶原までもバッグを抱えて走り出したのだった。

「え……、どうして……？」爽子は思わず声を漏らしていた。

緊張のあまりパニックに襲われたのか。

「しゅ、主任？」支倉も動揺した声で囁きかけた。

束の間、無人になった歩道に、潜んでいた捜査員達がどっと木立から湧いて出た。大勢が地面を踏みならす音がここまで響いてくる。

「捕捉一より各局！　至急至急！」受令機のイヤホンから噴きだした声は割れかけていた。

「マル審が、いやマル被が逃走！　現在捕捉一が追尾！　なお持参人も――」

「L3より捕捉一、どうなった状況は！　持参人は！」

「マル被が逃走！　捕捉一が追尾中！　持参人も駆けだした！　現在位置不明なるも、捕捉二が追尾中！　指示を願う！　L3、聞こえてますか！」

「L3より捕捉一班、落ち着け！　マル被の逃走方向は！」

「接触地点から東！　繰り返す東へと向かった！」

東……？　爽子はすっと息を飲んだ。

――こっちに来る！

「支倉さん、急いで！」爽子は考えるより前に走り出していた。

「は、はい！」支倉も一拍遅れて後を追う。

受令機からは指示が流れ続けている。「L3より外周配備！　先ほど傍受ずみのマル被……暗色のジャンパー及び綿パン様のズボン着用で痩せ形、もじゃもじゃ髪、これに合致する人着のものを確保せよ！」

ああ、もう……！　爽子は木立のなか枝先に体中を引っかかれて走りながら、発育不良の我が身を呪った。身長があれば、もう少し早く走れるのに……！

「L3より各局！　捕捉はまだか！　捕捉一、マル被は！　捕捉二、持参人はどうか！」

「こちら捕捉一、マル被見あたらず……さらに検索中！」

「捕捉二、マル索続行中！」

――被疑者と持参人、どちらも見失った……？

おかしい、被疑者はともかく、なぜ持参人の梶原庸介まで？

走りながら掻《か》き分けていた繁みが、急に途切れた。まったく唐突に、目の前を覆ってい
た木の葉が消え、身体と腕を押し戻していた枝の抵抗感が無くなった。

爽子が、あっ、と思った時には、転がるように歩道へ飛び出していた。

荒い息を繰り返しながら、木っ端や枯れ葉だらけの髪を振り乱して、左右を見回した。

「どこ行ったの……！」

「主任……！」支倉も繁みから、飛び出した。

「おい、いたか！」伊原も歩道を走ってきた。三森を連れている。

「いえ。――そっちは？」爽子が尋ね返した。

「伊原長、吉村主任！」高井と佐々木も息切れしながら姿を見せた。

「お前ら、マル被と持参人、どっちか見たか？」

「い……いえ……、自分……らは」高井が肩で息をしながら答えた。

「くそ」伊原は吐き捨てた。「探せ、探すしかねえ！　ここで逃がしゃ人質がやべえ」

「しかしどこを」佐々木が呼吸は荒いが、顔色も変えずに言った。

「――大丈夫」爽子は自分に言い聞かせるように言った。

こんなときこそ、落ち着かなくてどうする。判断を間違えれば、限られた頭数、なによ
り貴重な時間を浪費してしまう。

爽子は、大丈夫、ともう一度繰り返してから口を開いた。

「マル被は、こちらの反応をうかがえるだけの冷静さを持ってる。それに、まだ目的を果
たしてない。だから、どこかに潜んでる。木の陰、繁み……」

「するってえと……」

伊原が顔をあげ視線を向けると、爽子を含めた全員がそちらを見た。

少し離れたところに公衆用トイレがあった。

「……行ってみましょう」

爽子が走り出し、伊原達も続こうとした。その瞬間――

男の悲鳴が響き渡った。

ぎゃあああっ……！　と刃こぼれしたような断末魔の叫びはしかし、梶原庸介のもので
はなかった。

では被疑者なのか？　でも、なぜ？　爽子は疑問で混乱しながら、そして「どけ！」と

伊原に押しのけられながら、地面を蹴った。

何が起こったのか？

爽子は走った。公衆トイレとの間のたった二十メートルにすぎない距離を、千里の道のように感じながら、走った――。


爽子は、悲鳴が夜の空気をまだ震わすうちに公衆トイレへ駆けつけたつもりだったが、たとえ光の速さで駆け抜けたとしても、すでに手遅れだった。

爽子は蛍光灯の光が溢れる入り口に走り込んだ途端、見えない壁にぶつかったように動きを止めた。「あ……！」

続いた伊原も、立ち尽くす爽子の背中越しに内部を見て、怒声をあげた。「おい！」

泥で汚れたコンクリートの床に、男が仰向けに倒れている。

紺色のジャンパー、綿パン、もじゃもじゃの頭髪の中年……。受令機から聞いた人着どおりで、遠目に見た被疑者に間違いない。しかしいまはもう、走るどころか、一歩でも自力で動けるとは爽子には思えなかった。

それは男の下腹部に、ナイフが柄の根元まで突き立てられていたからだった。

「……しっかりしなさい！」爽子は我に返って走り寄った。

片膝をつき、男の上半身を抱え上げる。おびただしい流血を吸い、べたりと床に張り付いていたジャンパーが、濡れ雑巾のような音を立てる。男の首が大きくのけ反って顎を突き上げ、土気色の皺深い顔が逆さになり、乱れた髪の垂れ下がった頭を支えながら、爽子は腹のナイフを見た。

　びくっ、びくっとナイフの柄は震えている。それは瀕死の男の、唯一鮮明な命の兆候に爽子には感じられた。まだ……まだ脈はある！

「梶原さん、無事ですか！」伊原の声がした。

　爽子が男の土気色の顔から眼を上げると、壁際に呆然と座り込んだ梶原の姿があった。投げ出された足下には、現金の入った赤いボストンバッグが転がっている。

「……こいつが……急に……刃物を……」梶原は爽子に抱えられた男をぼんやり見ていたが、急に喚きだした。「そ、そうだ、信彦！　信彦はどこなんだ、おい！」

「落ち着いてください！　三森！」伊原と三森が梶原を押さえる。

　と、堀田が、入り口を塞ぐ支倉や高井、佐々木を押しのけて飛び込んできた。

「なにしてる、ぼさっとするな！」堀田は一目で状況を看取して一喝した。「支倉、救急を要請、誘導しろ！　佐々木は現場指揮官車《L3》に伝令、状況を報告！　伊原、三森と持参人をマルKまでつれていけ！——吉村、白手袋《しろて》もせずに証拠品《ブツ》にさわるんじゃねえ！　マル被を殺す気か！」

「は、はい！」爽子は無意識にナイフの柄に伸ばしかけた手を、慌てて引っ込めた。そうだ、いま触れたりしたら、大量出血で死んでしまう……。

　普段とは豹変した堀田の鬼の形相に追い立てられ、伊原達は散っていった。

　爽子は、急にがらんとした公衆トイレの湿っぽい床で、細く短い息を繰り返す男を幼子のように抱きつづけた。堀田から渡された上着をナイフに巻きつけ、傷口を押さえたが、たちまちどろりとした血に濡れそぼり、上着は厚みと弾力を失ってゆく。

　死ぬな、しっかりしろ！　祈りの言葉さえ忘れて念じ続ける爽子の耳に、大勢の足音が一塊になって迫ってくるのが聞こえた。そして、ひとつひとつの靴音がばらばらになったと思った次の瞬間、大勢の捜査員が流れ込んできた。

「いたぞ！　どけ！」

　爽子は押しのけられて立ち上がり、よろめくように一歩下がった。

「おい、しっかりしろ、聞こえるか！　信彦君はどこだ？　言え！」男を抱えた捜査員が、床を埋めた捜査員達の真ん中で怒鳴る。「おら、目ぇあけろ！」

　混乱と怒号が充満するうちに、救急車のサイレンが聞こえてきた。

　こっちです！　と叫ぶ支倉に続き、ストレッチャーを押す救急隊員が現れた。

救急隊員だけでなく捜査員も手を貸し、男は血溜まりからストレッチャーに載せられた。

それから騒々しく金具と車輪を鳴らして、ストレッチャーと救急隊員は姿を消した。

「あんたも病院で検査してもらえ」ぞろぞろと引き上げていく捜査員の一人が言った。爽子を押しのけた男だった。「俺もだが、血だらけだぞ」

爽子は言われて初めて、自分の身を見下ろした。血が、淡いブルーのTシャツに奇怪な地図を描き、黒いジャージのズボンの色を濃くしていた。

どうして、こんなことに……？　遠ざかっていく救急車のサイレンを聞きながら、爽子は呆然とした。

被疑者は重傷……、いえ、意識不明のままで死亡する可能性も……。そうなれば、未だ監禁されている人質はどうなるのか。餓死、衰弱死……、いや、共犯者がいれば殺害される危険性も高い。

爽子は手をあげ、べったりとまみれた血を見た。まだ見ぬ人質の、梶原信彦の血であるような錯覚に襲われ、早くも粘つきだした感触に身が震えた。

被疑者の男は救急病院での緊急手術の結果、辛うじて一命は取り留めた。

だが術後もＩＣＵで生死の境を綱渡りをしている状況では、とても聴取どころではなかった。しかも、身許のわかるものをなにひとつ所持していなかった。

そこで指揮本部は、病院で採取した男の指紋を、九七〇万人の前科者指紋を記憶する、警察庁鑑識課の指紋自動識別システム《AFIS》に照会した。日本の誇る技術であり、四十台のコンピューターが一斉に稼働したが、近似《ニア》ヒットさえ無かった。不鮮明な指紋ならばＡＦＩＳが認識ができなかった可能性もあるが、ほぼ最高の条件で採取されたそれが引っかからなかったということは、前科者の線は完全に否定されてしまったのだった。

「なんとか被疑者の線をたどって、人質に行き着けんのか！」

多摩中央署の指揮本部は焦燥の坩堝《るつぼ》となり、夜を徹して必死の捜査が続けられた。

「あの男を見てすぐ……、私はあいつが犯人だと確信しました」

梶原庸介は、事情を聴く捜査員に言った。「しかし、これで金を渡せば無事に信彦が帰ってくる……そう思った途端に、男が走り出したので……。私も無我夢中で、男がトイレに入るのを追って……」

「トイレでは何が」

「はい。……男は、〝信彦は無事だ、その金を渡せ〟と言いました。――私は、走る間に緊張と焦りで、興奮してたのかも知れません……。いやだ、と言い返し詰め寄りました。信彦はどこにいる、と。男は〝さっさと渡せ〟と、ナイフを取り出して襲いかかってきて

「……、もみ合ううちに……」

梶原は頭を抱えた。「あんなことに……！」

あの男は助かるんでしょうか、としきりに案じる梶原に、捜査員はまだ解りません、とだけ答えた。身を守るため、まして息子を誘拐した犯人とはいえ人を刺せば、やはり心穏やかではいられない。捜査員は聴取をうち切り、所轄署員に送っていくように言った。

爽子は深夜、梶原を伴って梶原宅に帰り着いた。

「あなた！　あなた、どうだったの？　犯人は捕まったの？　ここにいる刑事さん達は教えてくださらないし……」

「お母様、事情は私からお話しします」爽子は、憔悴《しょうすい》しきった梶原と飛んできた紀子の間に割って入った。「ですから――」

「吉村さん、どういうこと？　犯人は捕まったんじゃないの？　信彦は無事なの！」

「現在、捜査を続けています。もうしばらく――時間をください」

「……駄目だったのね？」紀子は忙しく振っていた腕を、唐突にだらんと落とした。

「まだそうと決まったわけでは――」

言いかけた爽子を押しのけて、梶原は紀子を抱き寄せた。そして、囁くように言った。

「大丈夫、……大丈夫だよ、信彦は」

妻に納得させるためか、精一杯の確信が込められていた。

「現場指揮官車《L3》から突入班、準備はどうか？」

「こちら突入班、準備完了」

翌早朝、多摩市落合――。住宅街の一角にある古いモルタルアパートの二階、薄闇の残るテラス状の廊下に、特殊班員十人からなる突入班が、腰を屈《かが》めて潜んでいた。全員が防弾チョッキに上半身を膨らませ、先頭の捜査員の手には鋼鉄製の防弾盾、二番手の捜査員はボルトカッターを構えていた。

梶原信彦の居所は、意外なほどあっさりと判明した。

誘拐されて以来、ずっと切られていた信彦の携帯電話に、電源が入れられたのだ。電源が入っている限り、携帯電話は基地局とＩＤ交換を行っている。これでほぼ正確に所在が特定できる。

「Ｌ３、了解。外周配備の各班はどうか」

爽子は受令機から呼びかけられ、朝陽が射し始めた路上から、数十メートル離れた古アパートへと目をうつす。薄汚れくすんでいる筈のモルタルの壁が、橙色に染まっている。

――無事だろうか……信彦君。

「外周配備、準備よし」

爽子は見守りながら、無意識に胸の前で手を組んだ。

――主よ、どうか信彦君を紀子さんのところへ帰してあげてください……。

「L3、了解」わずかな間があった。「突入班へ――、着手！　突入せよ！」

両手を握りしめた爽子の視線の先で、突入班が払暁に大家を叩き起こして入手した合い鍵で、造作もなくドアを開け放つと、巨大ムカデのようにドアの内部へ吸い込まれてゆく。

その突入班達が土足で駆け込んで見いだしたのは、がらんとした何の調度もない六畳間と――、壁にもたれて膝を抱え、毛布を被《かぶ》った少年の姿だった。

梶原信彦だった。

「信彦君だな！　警察だよ、助けに来たんだ！」

「あ……はい」信彦は駆け寄った捜査員に、ぼんやりした口調で言った。

「油断するな、室内を検索しろ！　ただし荒らすな！」指揮者が怒鳴った。

押し入れ、奥のトイレやユニットバス……。誰もおらず、それどころか使われた形跡さえほとんど無かった。

「ん？　なんだこりゃ」特殊班のひとりが玄関脇の狭い台所で呟き、シンクの中に手を伸ばした。

一辺数センチの三角形をした紙だった。もとはもっと大きいコピー用紙らしいが、燃やされたもののL字状に残ったものらしい。暗いうえに焦げて判別しがたいが、印刷の荒さから新聞を複写したのだろう。ほとんど読めなかったが、ただ〝……絵〟とだけは読みとれた。

けれど特殊班員のささやかな疑問は、別の捜査員に伴われて信彦が廊下に出た途端、アパートを包囲した捜査員らの上げた歓声で、吹き飛んだ。「人質、確保！」

「……よかった」爽子はふうっ、と大きな息をついた。

捜査にはいつも、深さは様々だが後悔の痛みがともなう。いまでさえ、公園のトイレにもっと早く駆けつけられてたら……とほぞをかむ思いなのに、人質が殺されていれば、一生背負う鋼鉄の十字架となったはず……。

「無事だったんですね」支倉も安堵の息をついた。

「やれやれ、だな」伊原はため息混じりに言った。「ま、よかったよ」

「なによりです」佐々木が無表情に言った。

「腹すいたな」高井が言った。「なんか食って帰りましょうよ、伊原長のおごりで」

「なんで伊原長なんだ、吉村主任だっているじゃないですか」三森が言った。

「いや、こういう場合はだな――」

「いいですよ」爽子は言った。「みんなお疲れさま。なにかお腹《なか》に入れて帰りましょ」

爽子達が最寄りのすき家で、飢えと緊張から心身ともに解放された頃、――梶原信彦は、多摩中央署で梶原と紀子との再会を果たしていた。

「信彦！」紀子は堰《せき》をきったように駆け寄ると、四日前と変わらぬ制服姿の息子を抱きしめた。「信彦、よく無事で……！」

「母さん！　お母さん！」保護されてからずっとぼんやりしていた信彦も、ようやく重荷を置いたように笑顔を取り戻し、母の抱擁に応えた。

「信彦！」梶原も大きく腕を広げて、信彦を妻と一緒に抱いた。

「――お、お父……さん」信彦は、母へのとはうってかわった小声で言った。

そして、父の脇の下をくぐってあげられた信彦の腕は、おずおずと父の背中に触れかけて躊躇《ためら》うように動き――、やがて触れることなく下ろされた。

嗚咽《おえつ》で揺れる紀子の肩の上で、信彦は目を見開き、じっと傍らの父親を凝視していた。

梶原信彦の監禁中の状況は事情聴取され、報告書にまとめられた。

「中学校を下校して、多摩中央公園沿いの道路を歩いていたら、ワゴン車に乗った男の人に運転席から〝梶原信彦君か〟と声をかけられました。僕が、そうですけど、と答えると男が飛び出してきて、捕まりました。僕は暴れて抵抗しましたが、口に布を押しつけられると鼻に刺激臭がして、それからは覚えていません。

気がつくと、刑事さん達に助けられたあの部屋にいました。縛られたりはしませんでした。どうしてかというと、ワゴン車を運転していた男が〝弟も誘拐して、別の場所にいる。お前が騒いだり逃げたりすれば、仲間が弟を殺す〟と言われたからです。僕は部屋で静かにしていました。弟が心配だったからです。

食事はおばちゃんが朝昼夕に運んでくれました。コンビニエンスストアの弁当でした。そのおばちゃんは昨日の晩から姿を見なくなりました。

今朝になって、僕の携帯電話が部屋の隅に落ちているのに気づき、電源を入れるとちゃんと動きました。でも、弟のことが心配で、警察に連絡はしませんでした。

後のことは、ご存じの通りです。……」

共犯の女性については、弁当を買っていたコンビニエンスストアを突き止め、店員の証言から似顔絵が作成された。主犯とおぼしい男はまだ意識不明の重体だが、公開捜査に踏み切れば、真相は遠からず判明し共犯者も逮捕できる、と捜査幹部達は考えた。

けれど、そうは考えない者達も、少なからずいた。

そして爽子は、その一人だった。

「で、なんだい、こんなところに呼び出して」

捜査一課特殊班の野々山は席についてコーヒーを注文し、おしぼりで顔をぬぐった。

「おっさんと茶飲み話がしたいわけじゃなかろう」

爽子は向かいの席でうなずいた。「事案について、ご意見をお聞きしたくて」

客のまばらな喫茶店は、密談にはもってこいの静けさだった。

「俺の、どんな意見だ」野々山から飄々《ひょうひょう》とした表情が消えた。

「今度の誘拐《二二五》、私には解らないことばかりなんです。被疑者《マルヒ》はそもそも、ほんとにお金が目的だったのか……、それに被害者《マルガイ》が——」

「——俺たちに隠してることがある……、そういうことか」

ウェイトレスが二人の前にコーヒーをおいて立ち去るまで、会話が途切れた。

「ほう、こりゃちゃんとしたマンデリンだ。いい店を教えてもらったよ」野々山は一口すすった。

爽子は口元だけの微笑みを返したが、眼は凝視したままだった。獲物を見つけたヨークシャーテリアの視線だった。

野々山も、同業者をこの程度ではぐらかせるとは思っていなかったらしく、カップを皿に戻して、口調を改めた。

「俺個人の意見だぞ。……まあ確かに、梶原庸介《マルガイ》は最初からおかしかったよ。身代金を振り込んでも息子が帰ってこないにもかかわらず、さらに払おうとした。おまけに女房が喚きだすまで通報もしなかった。それに、だ」

　爽子が、ええ、とうなずいて先を促す。

「監禁場所周辺のコンビニを聞き込んで解ったんだが……、梶原信彦、ひとりでたびたび買い物に来てたそうだ。――な、おかしいだろ？　脅したとはいえマル被はどうしてそこまで無防備なんだ？　マル害にしても中二だろ、おかしいと感じるのが普通だし、大体ひとりで外出できるなら、家にこっそり電話でもかけてみりゃいいじゃねえか」

　監禁されて自尊心を剝《は》ぎ取られた被害者が、時間が経《た》つにつれ犯人に依存するようになる事例は多いが、これは違う感じだな……、と心理捜査官でもある爽子は思った。

「だから俺は……あくまで個人的な見解だぞ、――狂言や偽装誘拐の線もあるんじゃねえか、となる」

「じゃあ重体の実行犯は、梶原庸介が口封じに刺した、と？」爽子は呟き、顔を上げた。

「でもおっしゃったことを、野々山さんご自身、納得されてない。それは――動機がないから、ですね？」

「そうなんだよなあ……、どう洗っても愛人ひとりでてこねえ。仕事中毒だな、ありゃ」

「ええ、奥さんのお話では十五年ほど前に――」

頭をがりがりとかきむしる野々山に、爽子は続けようとして、ふと口をつぐんだ。

十五年。何度も耳にした数字だ。

梶原庸介が、それまで気性の荒さから職場を転々としていたにもかかわらず、人が変わったように働き出したのも〝十五年〟前。現金受渡に赴く直前、自宅のトイレでひとり吐き出していた言葉も〝十五年〟。

――十五年前に起きて梶原庸介を変えた何かが、いまもＩＣＵのベッドで生死の境を行き来する男の動機に、繋がってるとしたら……?

爽子の脳裏で弾かれた直感の火花は、捜査開始からの記憶……報告された内容や直感像に引火し、やがて青白い閃光を発した。

「だけどよお、物証がねえだろが」伊原が聞き終えると、疑い深そうに言った。

刑事部屋で爽子の話を聞いた強行犯係の一同は、最初に呆れ、耳を傾けるうちに驚き……、終わるとため息をついたのだった。

「いいえ」爽子は伊原を見詰めたまま、首を振った。「ある、と思います」

「どうしてそう言いきれるよ？」

「唯一の接触時に、持ち去ったものが二つ、あります。片方は処分したかも知れませんが……、もう片方は手元に残している筈です。自宅に捜索差押《ガサ》えをかければ、おそらく」

「俺と三森のドジのおかげで、か？」伊原が薄い眉をつり上げ、横目で見やりながら言ってくると、爽子は挑発に乗らず静かに首を振る。

「いいえ。あの時は疑う理由が無かったですし、普通は調べませんもの。――幸いだったと思ってますよ？」

「皮肉に聞こえるぜ」伊原が、ふん、と鼻息混じりに吐くと、すかさず三森が同調した。

「絶対、皮肉だ」

「まあ、それはいいじゃないか」堀田が、係のシマの上座で口を開いた。「だが吉村主任、ガサ状を請求するには、まだ弱いように思うんだが……」

「ええ」爽子はうなずいた。「私に、すこし考えがあるんです」

「ちょっと離れてますが、よく見てください。あの男に本当に見覚えはありませんか」

高井は梶原庸介に言った。

誘拐犯の男が担ぎ込まれた病院のＩＣＵに、高井と佐々木は、梶原を伴って訪れている。

被疑者の面通しをしてもらうためだ。

ＩＣＵ内廊下の窓ガラス越しに、機器に囲まれたベッドが六つ並び、高井は一番奥を指さしていた。白に淡く統一された色彩の中、点滴が下げられた支柱、鮮やかすぎるモニターが、忠実な召使いのように見えた。

「――別の刑事さんに、心当たりはないと、すでにお話ししました」梶原は口調こそ素っ気なかったが、それでも義務感からか食い入るように、男の土気色の横顔を見続けた末、答えた。「お世話になりながら、お力になれないのは心苦しいんですが……」

「そうですか、そいつは困っちゃうな」高井は梶原の横顔から、昏々《こんこん》と眠り続ける男に目を移した。

「大変申し訳ないんだが」梶原は、思い出したくもない、という表情でベッドの男から目をそらし、足下を見た。「御用がそれだけなら……」

「そういえば息子さん、信彦君はお元気ですか」佐々木が言った。

「え……あ、ああ、お陰様で」梶原は、死神に道を尋ねられたような表情で答えた。

いつも氷のような存在感の佐々木に話しかけられると、大抵の人は驚く。

「……ただ、ショックが強かったらしいので。学校を休ませて、自宅で療養しています。――あの、刑事さん、私もいろいろと立て込んでいるもので」

「どうもどうも、お忙しいところを」高井は明るく言った。「まあ、お手をわずらわせちゃいましたが、犯人も、少しずつ意識が戻りつつあるらしいですから」

「……そ、そうですか」

「しゃべるのはまだ無理ですけどね、ま、気長に待ちますよ。本人の口から事情を聞く方が、確実ですし。――じゃ、お送りしますよ」


十二時間後、その夜。

病院は、昼間とうってかわった静けさと闇に沈んでいた。すでに消灯時間は過ぎ、空調の微《かす》かな音と人肌のような生あたたかい空気が、病棟全体の寝息に感じられる。

男が避難誘導灯でところどころ緑色に染まった廊下を、ひとり暗がりを選び、足音を忍ばせて歩いてゆく。やがて、突き当たりで足を止めた。

自動ドアの曇りガラスで閉ざされたそこは、ＩＣＵだった。

男はしばらく、自動ドアを見通そうとするかのように、その場にたたずんだ。

――まるで地獄の門を前に立ちつくしてるみたい……。

爽子は男の背中を見てそう思い、隠れていた物陰から歩き出す。それほど的外れでもない気がした。――〝我をすぎんとするものは一切の望みをすてよ〟、か……。

爽子はゆっくり近づいてゆくが、足音を耳にしているはずの男は、背中を見せたままだった。

おそらく必死の克己心《こっき》を発揮したすえの結果なのだ、と爽子は思った。今この場であえて振り返らないのも、いや、そもそもここに立ち寄ったことも。

「……決心がついたんですね？」爽子は立ち止まり、静かに口を開いた。「出頭の」

無言の男の背中に、爽子はさらに呼びかけた。「――梶原さん」

ようやく振り返った男は、梶原庸介だった。

「あ、いえ――なにをいってるんですか」梶原は視線を泳がせた。「昼間、顔を見て、……それで気になっただけですよ」

「ご自分で運転なさるのに」爽子はかまわず続ける。「表に止めた車、奥様が運転してらっしゃいますね。お見送りしたい、と願ったんでしょう？」

「刑事さん？　あんたね、なんか勘違いしてるんじゃないですか？」梶原はくってかかるように言った。「私が誘拐の腹いせに、男に何かするとでも？　そうか、だったら身体検査でもなんでもすりゃいいじゃないか！　やれよ！」

被疑者への危険は、刑事部屋で爽子の考えを聞いた堀田も懸念した。爽子はそれはない、と半ば確信していたが、もし梶原がＩＣＵに侵入すれば、建造物侵入を適用し現行犯逮捕すると答えて、納得させていた。

「いいえ」爽子はふっと息をついた。「出頭の決心をされた、そうですね？」

「あんた、さっきからなに言ってんだ？　出頭？」梶原は言った。「ああ、確かに俺はあの男を刺した。しかしあれはもみ合ううちに……、立派な正当防衛じゃないか」

「私が言ってるのは十五年前のこと。いえ――」爽子は言った。「正確には十四年と十ヶ月前の事件について、です」

「えっ……」梶原は棒を飲んだように硬直した。「……なに？」

「どうぞ、こちらへ」爽子はきびすを返し、先に立って歩き出した。

梶原が唾を飲み、それでも爽子を追ってぎくしゃくと歩き出すと、物陰から現れた支倉が爽子と肩を並べて歩き始める。

さらにその背後で、ＩＣＵの自動ドアがモーター音を静寂に響かせて開き、長身と小太りの男二人の影がうっそりと吐き出された。

「お話しする前に、ひとつお詫びします」爽子は言った。

病院の広い玄関ホールに場所は移っていた。床に固定された待合用の長椅子で、爽子と梶原は、座席をひとつ挟んで座っている。

陽光が溢れ診察を待つ人々で混雑するであろう昼間とはうってかわり、いまは薄まったインクのような闇に満ち、人気《ひとけ》もなくひっそりしている。

「昼間、高井が男の意識が回復し始めている、と言ったのは嘘です。まだ当分はあのままでしょう。でも――」爽子は、ちらりと横目で窺う。「梶原さんはここに来た」

「だから言っただろ、気になって見に来ただけと……！」

「気になったのは、男の口から真相が明かされること、ですね？」

爽子の声は、夜空に溶け込んだような高い吹き抜けの天井に、わずかに響いた。

「なに？」梶原の声が、わずかに高くなった。

その声に、ホールの四隅の暗がりに立つ伊原達が反応する気配があった。

「この事案は最初から疑問が多くありました」爽子は動じることなく言った。「お子さんが、信彦君が誘拐されてすぐに身代金をはらったこと。そして、身柄が戻らないのに再度の要求に応じようとしたこと。あなたは警察に報《しら》せるのにも反対した。通報したのは奥様でしたね？」

「それがなにかおかしいのか」梶原が投げやりに言った。

覚悟は決めたが小娘の言い分だけを聞いていたくない、そんな胸の内が透ける口調だ。

「お金で解決するなら、と被害者が考えてもおかしくはありません」爽子はあっさり言った。「そして、子どもさんの身を案じての苛立ちも」

「話が見えないな」梶原は言った。「君は十五年前の話をすると言った。いまの話とどう繋がるんだ」

「被疑者とあなたは、十五年前から互いを知っていたのでは、ということです。そして梶原さんはそれを世間に知られたくなかった。だから、通報せず即座に身代金を支払った」

爽子はふと口を閉じた。「そして被疑者の目的は、お金ではなかった。身代金は、あなたが通報せず銀行に振り込む可能性が高いのを被疑者は予測し、銀行に証拠となる記録を残させるためだった。さらに〝何故すんなり被害者は大金を払ったのか〟と警察に疑問を持たせるためでもありました」

おそらく犯人にとって、自分に万一のことが起こったときの保険でもあったはずだ。被疑者の予感は的中し、瀕死のままＩＣＵで眠り続けているが……、銀行の記録は消せない。

「続けてくれ」梶原が言った。「金が目的じゃないなら、犯人は一体なにが目的だったんだ」

まるで、秘書に報告書を読み上げさせている重役の口調だった。

「最初からお話しします」爽子が言った。「一ヶ月前、あなたをとり上げた記事が雑誌に写真入りで載った。被疑者は、忘れられないほど憎んだあなただと一目で解った。……そして――、復讐を決意しました」

梶原は無言だった。

「一度目の身代金をあなたは予想通りに振り込み、被疑者はさらに二度目を指示した。これには三つの目的がありましたが、その一つは私たちをあざ笑いたかったんです。被疑者は、警察も恨んでいたからです。……自分の大切なひとを守れなかった警察を」

爽子は一瞬、長い睫毛《まつげ》を伏せた。そういえばあの時、梶原は持参人となった紀子にすまない、と謝ったが、それは過去の己の罪が事件を引き起こした自覚があったからだ。

「そして、三度目の受け渡しでです。被疑者はあなたを指名した。あの公園で、あなたと被疑者は、包囲した私たちを同時に振り切って姿を消した。――まるで事前の申し合わせでもあったように」

「打ち合わせする時間がいつあった？　あんた、家にいてそばにいただろ。それにどうやって。俺は犯人の電話番号なんて知らんぞ」

「あなたは知らなくても、被疑者は信彦君の携帯から、あなたの番号を簡単に調べられます。――被疑者からの電話は、出発直前のトイレの中ですね？　私も最初、梶原さんが一人で、憤懣《ふんまん》を吐き出してるんだと思いました。〝私も苦しんだ〟とおっしゃっていたから。でもそうじゃなかった。

それに私達も、被疑者が直接あなたに連絡するとは考えませんでした。そう思わせるために、被疑者は二度目の受け渡しの際、場所の変更を奥様の携帯ではなく、自宅に架電したんです。携帯に直接連絡はしないと印象づけるために……。これが二度目の受け渡しの、二つ目の目的でもありました」

「おかしいだろ、そりゃ。そもそも俺が警察に取り囲まれる状況をつくったのは、信彦をさらった犯人自身だ」

「それも復讐だったからです」爽子はぽつりと言った。

「どんな結果であれ、被疑者は逮捕されれば、すべてを自白するつもりだったはずです。でもそうなれば信彦君は帰ってきても、今度はあなたが過去を暴かれて破滅する。犯人からの連絡を待ちつづける間も、今は守ってくれている周りの警官が、事実を知っていつ豹変するのか、と気が気じゃなかった。だから苛立ってたんでしょう？　被疑者はそのジレンマと自分の味わった痛みや苦しみを、あなたに味わわせたかった。苦しんだあなたは、だから被疑者の提案にのった。〝警官を振りきって、公衆トイレにひとりで来い〟って提案に。あなたにとっても、一か八かの好機だった。犯人の口を封じれば、自らの過去を隠しとおせる、と」

「……あそこで起こったことは」梶原は呻《うめ》いた。「――事故だ」

「事故であれ口封じであれ、被疑者にとっては同じです。あなたを殺せればよし、もし刺されたとしても自分の身許はすぐに割れて、梶原さんの過去が白日の下に晒されるのだから、と。でもそうはならなかった」

爽子は梶原の横顔を見た。「刺した後、あなたは被疑者の身分証と携帯電話を取り上げて、こっそり持ち帰ったんですね？」

梶原は無言だった。

「とくに携帯電話は、通話記録を調べられると決定的に疑われる。被疑者と直接話してるんですから。でも……被疑者の携帯電話は隠せても、あなたの携帯の通話記録は、通信会社からは消せないんです」

爽子はふっと息をついた。「そしてそれは、梶原さんにも解っていたんでしょう？　さらに昼間、あそこにいる高井と佐々木に被疑者は意識を取り戻しつつある、と言われて……決心した」

「……なにをだ」そう答えた梶原の声は、素っ気ないというより無味乾燥なものだった。

「──長いですよね、十五年は。いえ」爽子はメスを絹に滑らせるように続ける。「十四年と十ヶ月は。被疑者にとっては、心を切り刻まれ続ける時間だったでしょう」

「はっきり言ったらどうだ！」梶原の声が爆発した。

封じ込めていた苦しみのマグマが、一気に噴出したような叫びだった。

「無軌道だったあなたの生き方を一変させたのは被疑者、いえ岡本忠志の息子さんを十四年と十ヶ月まえに誘拐し……手にかけたから、ですね」

十五年。――それは誘拐を含む凶悪犯の、刑法改正で延長される以前の時効だった。息子を殺した犯人を、のうのうと生かしておくわけにはいかない……。岡本は時効寸前の雑誌記事を、天啓のように感じたに違いない、と爽子は思った。

そう、誘拐の秘匿捜査に詳しくなるのは前科者、退職あるいは現職警察官ばかりではない。

被害者もまた、捜査を間近で目の当たりにする。

そして岡本の復讐の矛先は、警察にも向けられていた、と爽子は思った。

世間は、〝過去の犯罪を検挙できなかったせいで、新たな犯罪を許した警察〟、と糾弾するだろう。それだけでなく、岡本は犯行の中に動機の手がかりをちりばめておき、それを逮捕後に大々的に暴露して、警察を徹底的に笑いものにするつもりだったに違いない。

それだけじゃなく、もっと過酷なことを――。

「岡本は、あなたは誘拐犯だと信彦君に告げた。十五年前の似顔絵を見せて……。監禁されてたアパートには、当時の新聞のコピーが燃え残ってました。信彦君はどうすればいいのか解らなくなった。だから、容易に脱出できたはずのアパートから逃げなかった理由を、弟も誘拐したと犯人が言ったから、と証言し、保護された後も、あなたを脅えた眼で見たんでしょう？」

梶原は頭を抱え、押しつぶされたように背を丸めた。両肩と座ったままの足が、鞭《むち》で打たれたように震えはじめる。教会で、懺悔《ざんげ》する罪人のように。

「あなたは信彦君を説得しようとした」爽子は続ける。「ここ数日、自宅から姿を見せないのはそのせいですね。でも、あなたは信彦君を――」

「何であんな眼で俺を見るんだ！」梶原は身を起こし、叫んだ。「俺は、俺は……！」

爽子は、ホールの四隅で身構える同僚達を身振りで制し、梶原を見据えた。

「ああ、俺は確かに誘拐してあの子を……！　馬鹿だった、自分でも鬼畜だと思う……、だが……なんで……！」

――あ、この犬、おじちゃんの犬？　撫でてもいい？　可愛いなぁ。

――お腹すいたよ、僕、おうちに帰りたい……ママに会わせて。

――なにするの？……やめて！　苦しい……！　ぐるじぃ……！

「なんで今頃になって……！」

撫でつけていた髪を乱し、歯を剝きだしにして悔恨を振り絞りながら、どす黒く凄惨《せいさん》な記憶に圧倒されている梶原に、爽子は我が罪はつねに我が前にある、と思い、言った。

「勝手な言いぐさですね」爽子の声は容赦がなかった。「岡本忠志が罪を犯したのは、梶原庸介さん、あなたが原因なんです。どんな事情があれ、子どもを標的にした岡本は赦せません。赦《ゆる》せませんけど……、同情は、してしまいます。そして――」

膝の上で震える握り拳を憑《つ》かれたように見詰める梶原に、爽子はすこしだけ声を和らげて、言った。

「――罪を償うことに決めたあなたも鬼畜ではなかった、……とおもいます」

梶原は長い長い息をついた。そのまま魂が抜け出るのではと思うほどの、重い息だった。

いつの間にか近づいてきた伊原が、梶原を見下ろして言った。

「行こうか」

爽子と伊原らが梶原を伴い夜間通用口から玄関に回ると、車寄せに停まっていたレクサスの運転席から、紀子が飛び出してきた。

「……あなた！」

紀子は梶原の下がった肩にすがりつき、そして、きっと爽子を睨んだ。

「――紀子さん」爽子は呟いた。

夫が出頭を決意したことに、爽子が主導的な役割を果たしたと直感したのだろう。紀子は爽子に向き直り、平手を振り上げた。

張りつけられた爽子の頬がなり、顔が背けられた。

奥さん！　と支倉が紀子の手首をつかむと、爽子は「……いいの」と支倉を制し、赤くなった頬に手も当てず、紀子を正面から見た。

「優しい人だと思ってたのに……！」紀子の声は震えていた。「あなた、親切めかしてみせて、ずっとこの人を疑ってたのね？　そうでしょ？　こんな罠《わな》に嵌《は》めるような真似して……さぞかし満足なんでしょうね！」

いいえ、と爽子は表情を変えずに思った。――これが私にできる、精一杯の思いやりのつもりです……。

罪を認めているとはいえ、梶原庸介を逮捕したわけではない。

爽子は署までは同行するが、梶原が捜査本部に出頭するのに任せるつもりだった。だが土壇場に取調室で自白を翻されるわけにはいかない。そのため、事前に自白を認めさせておく必要があったのだった。

「あなた、この人を最低の人間だと思ってんでしょ？　そりゃ私だって、お金を持って犯人を待つ間、とても怖かった……！　こんなの赦せないと思った。でも、同じ事をしても子どもを無事に帰しただけ、今度の犯人の方がましだって思ってるんでしょう！」

二度目の現金受渡を岡本が指示した、三番目の理由がこれだった、と爽子は思った。

梶原に悲嘆と絶望を与えたいのなら、信彦を誘拐直後に殺害すれば良かった。けれど岡本は、復讐するにしても鬼畜の身に墜《お》ちたくはなかった。信彦に危害を加えるつもりは最初からなく、それはトイレで対峙した梶原自身が、標的はあくまで自分だけだと確信し、紀子に信彦は大丈夫だと請け合ったのでもわかる。

だから三つ目の目的は、紀子に過酷な恐怖を味わわせることだった。信彦から後に真相を聞き、過去に同じ恐怖へ他人を突き落とした夫を、間違いなく軽蔑《けいべつ》するように……。

凄絶なまでの憎しみのなせる業《わざ》だ、と爽子は思った。

「……いいんだ、紀子」梶原はぽつりと言った。「苦しかったんだ、俺も」

紀子は振り返って梶原の胸にとりすがり、泣き始めた。

「ありがとう」梶原は爽子に言った。「……あとは警察署でお話しします」

「――お疲れさま」

梶原と多摩中央署まで同行し、待ち受けていた野々山ら本部の捜査員に引き渡すと、爽子は刑事部屋で同僚達に小さく言った。

自首にはあたらないが、梶原は出頭と認められた。爽子と堀田は野々山を通じ、捜査本部に話はつけてあった。最低限の仁義を切ったわけだが、本部内ではすぐにでも梶原を任意同行して捜索押収《ガサいれ》すべき、との強硬な意見も強かった。けれど結局、殊勲者である爽子の意見をしぶしぶ受け入れたのだった。

「でもよ、捜査本部のやつらの言ったとおり出頭させずに逮捕してりゃ、総監賞は固かったのにな」伊原が椅子を派手に鳴らさせて腰をおとした。「時効間際で、おまけに十五年前のは隣の県警のヤマだったたんだしな」

捜査本部のあせりの理由は、それだった。

奉職するかぎり影のようについて回る人事記録の表彰歴は、警察官にとって捜査や業務中、自分がなにをなしたかを公に示す証明書だ。だから功績に応じ、上は警察庁長官から授与される記章、警視庁本部の総監や部課長の賞誉、身近なのは署長や課長からの賞状など、細かく設けられているのだ。

「ええ……、かも知れません」爽子は呟いた。

皆、捜査員に選ばれるくらいだから、総監賞はそれなりに持っている。けれど、いくらあっても困らないのはお金と一緒だ。

「まあ、これで良かった気もするがね」堀田が言った。「梶原自身も苦しんだんだろう。

動機が判れば、岡本忠志の量刑も考慮されるだろうね」

「しかし出頭させるより、逮捕の方が確実でしたよ」三森が吐いた。

「まあ、そうかも知れないね……」

「三森さあ、あんたなんの貢献もしてないのに随分、偉そうじゃない、ん？」文倉が片眉をつり上げた。「隣の署との合コン、私、キャンセルね」

「あ、いや、それとこれとは――」

「まあ、残念といえば残念だけど」高井は疲れた笑顔で言った。「貴重な体験だった気がする。吉村主任、つぎはもっとこう……、がつんと手柄になるマル被、ぱくりましょうよ」

「やれやれ」伊原は椅子から立って慨嘆した。「上司は無欲、おまけに禁欲主義の尼さんまでいるときた。ここは教会か？」

困ったもんだ……、とぶつぶつ言いながら伊原が帰りはじめると、いつもどおり三森が、お帰りですか、と追っていった。

二人が廊下に消えるのを見送り、佐々木が言った。

「伊原長、近ごろはいつも機嫌がいいな」

――あれでよかったのだろうか……。

爽子は皆が帰宅し、一人残ってパソコンに向かって報告書を打っていた手をふと止めて思った。

――私は、甘かったんだろうか……。

あまりにも人の良心を信じすぎたのだろうか。解らない……。ただ、信じてみようという直感に従っただけだ。それは、正しい判断だったのか。

何より、係のみんなに徒労をかけただけではないのか。

警察には数多くの表彰がある反面、同じくらい多くの処罰がある。始末書、口頭による厳重注意、訓告から昇級延期、……懲戒免職に限りなく近い減給十分の一。軽微なものは、どこの署でもつねに数人が処分続行中だ。

爽子には、自分が〝原級差し止め〟を受けている、という自覚があった。これは昇任も昇給もない飼い殺しの処分だ。爽子の場合は公式なものではない分、執念深く取り付き、将来を閉ざしてしまうだろう。

それでもいい、という覚悟はあった。――私はもう、上にはあがれない……。

でも、みんなには将来がある。手柄は欲しかっただろう。とくに若い支倉や三森は。

結局、私にはなにも解らない……。爽子は明け方近くに報告書に一区切りつけ、庁舎の五階から上を占める単身待機寮に帰ろうとして、机を片づけていた手を止めた。

上には上がりようがないかも知れないけど、と思った。――下がりようがあるだけ、まだましなのかも知れない、と。

電気を消して、爽子は刑事部屋を出た。

三日後、病院で岡本忠志は意識を取り戻し、ＩＣＵから一般病棟に移された。

そして、共犯者で監禁した信彦の世話をした岡本の妻も、警視庁管内の所轄に出頭した。

第三話　筋読み

「──それがなにか、悪いんですか」爽子は冷ややかに言った。

朝、上の講堂で署長訓授がおわった直後の刑事部屋だった。引き継ぎや一日の準備で慌ただしい空気が、強行犯係の周りだけ、爽子の伊原に投げた一言で、ふっと静まっていた。

「あ、あの主任……」支倉が青白い顔で、伊原とそれを見上げる爽子の間に割り込んだ。「私、ほんとに大丈夫ですから」

爽子は、支倉の顔色が出勤時から優れないのに気づいていた。下腹を庇《かば》う仕草も……。大丈夫？　と気遣う爽子と気丈に笑って見せた支倉に、伊原は言ったのだ。「まったくよ、月に一度、股の間から血ぃ流すのが二人もいるってのは──」

言い終える前に、爽子は伊原に向き直り、嚙みついたのだった。悪いのか、と。

「いや、別に悪《わ》りいたあ言ってねえだろ」伊原も周囲からの視線や爽子の剣幕に、やや気《け》圧《お》されたものの続けた。「けど強行に二人は多すぎると──」

「やや、毎朝恒例の口げんかですか」高井がとりなす笑顔で言った。「いや喧嘩するほど仲が……」

爽子は黙ってて、と高井の笑顔を一睨みした。とたんに強行犯係の緩衝材の顔から笑みが滑り落ち、しかられた小学生のようにうつむく。

「私たち女には、殺人《ころし》や強盗《たたき》は扱えないんですか？」爽子は伊原に水晶のような冷たい眼差しをむけ、薄く微笑んで見せた。「じゃあ強姦や性犯はどうですか？　男性よりマル害に配慮した対応ができると思いますけど」

なんだか論理が綻《ほころ》びてる気もするけど……、と自覚しつつも爽子は畳みかけた。ここは押しの一手だ。

「……だったら捜一の性犯に異動すりゃ良かったじゃねえか」伊原が言った。「大体あんた、なんで所轄なんだよ？　心理なんとか捜査官の資格もってんだろ、犯罪捜査支援室あたりが適当なんじゃねえのかよ」

爽子は鋭く切り返されて、一瞬、言葉に詰まった。

本部の刑事総務課の犯罪捜査支援室、犯罪情報分析係は犯人像推定――、いわゆるプロファイリングを行う専任チームだ。

そして――爽子の持つ心理応用特別捜査官の資格は、プロファイリングを行う捜査員の養成を目指して設けられた。

だが現在は募集も養成のための講習も、無期限に停止されている。

——警察も役所ゆえ、廃止はしないだろう。でももう、私に続く心理捜査官は、金輪際、あらわれない……。それは、正式に心理捜査官が投入された初の事案で、私が……。

でも、と沈み込みそうな心を爽子は奮い立たせる。特別心理捜査官制度が〝塩漬け〟、つまり凍結されたのを自分のせいばかりにされても困る。

「……そんなの人事課に言ってください」爽子はなんとか言葉を押しだす。「それに、プロファイリングに関する本部の方針が変わったんです」

犯人像推定は、過去の犯罪を分析した各種統計をもとに、被疑者を割り出す捜査技術だ。が、方法は二つある。よく知られている米国FBI方式と、英国リヴァプール方式だ。日本警察が導入しつつあるのはリヴァプール方式で、これは統計を重視し、図式化した解析で犯人像を割り出す。犯行のテーマと行動科学に重点をおく方法だった。

一方、爽子が学んだのはFBI方式で、これも統計はもちろん大切だが、犯行の動機をより重視する。なによりリヴァプール方式との決定的な相違は、捜査員の経験、あるいは直感に重きをおく点だった。

結果、リヴァプール方式が第三者の検証が可能なのに比べ、FBI方式はそれが不可能に近い。また、ＦＢＩ方式は当たれば服装から容姿まで絞り込める反面、分析者の先入観しだいでは、似てもにつかない犯人像推定に陥る欠陥があった。現場捜査員達から〝おばけ捜査〟と揶揄《やゆ》された所以《ゆえん》だ。

科学的で手堅いリヴァプール方式と、職人芸的でリスクの高いＦＢＩ方式。警察無謬《むびゅう》の神話を守りたい上層部がどちらを採用するかは、目に見えていた。

「それに私の資格は、性犯がらみの連続殺人の分析に特化してるんです」爽子は言った。

「そんな危ない連中が、分析者が足りなくなるほど、その辺をうろついてるっていうんですか」

「なんだ、やっぱ性犯が得意なんじゃねえか」伊原は、ふんと鼻を鳴らして胸を反らす。

「ええ」爽子は皮肉っぽく答えた。「管内で性犯罪を認知したら、私が扱いますよ」

文句あるかとばかりに、ゆるく首を傾げて両手を腰に当て、伊原を見上げた。

見上げる爽子が、小柄なくせに気ばかり強いヨークシャーテリアなら、見下ろす伊原は、不機嫌に鼻へ皺を寄せたシェパードのように見えた。

「なんだ、朝から元気だね」堀田係長が、水を入れ替えた花瓶を抱えて姿を見せた。

「いつもの麗しい光景ですよ」佐々木が座ったまま、水平な声で言った。

「でも主任」三森がぼそりと口を挟む。「このまえの変死だって、いってみりゃ性がらみですよ。いやあ、一日走り回されたなあ……」

さすがの爽子も、うっと詰まった。返す言葉もないが、謝るほど素直でもない。

「と、とにかく」爽子は伊原から目をそらし、席に戻りながら言った。「私がどんな資格をもってようと、関係ありません。忘れないで頂きたいのは――」

席の椅子を引き、椅子をならして腰を落とす。

「――私は捜査員、刑事です」

爽子にすれば、つまらない朝のいざこざにけりをつけ、自らの立場を明言しただけで、女性が被害者になる事案を望んだ訳では、もちろんない。

だから三日後の深夜、娘が自室で死んでいるとの通報で臨場する際は、なんだか、他愛のない嘘が人を深く傷つけてしまったような、嫌な気持ちになった。


夜の捜査には、常に煌々とした照明が付きものだ。

白日の下に晒す、という言葉があるが、光量で鑑識活動にまさるものはない。規制線の黄色いテープと野次馬の取り巻く現場、諏訪二丁目の一戸建てが、住宅街に出現した氷山のように、夜空を背景に白っぽく浮かび上がっている。

「なにか物音がして、目が覚めたんですね？」

爽子は支倉とともに、一階の居間で通報者の根本好子から事情を聞いていた。

「……ええ」五十代に見える好子は、パジャマのうえに羽織った薄手のカーディガンを震える手でかき合わせた。「……用心のため家の中を主人と見て回って……その時は特になにも……。それで、念のために二階の娘の部屋をのぞいて声をかけたら……返事が無くて……息もして無くて……最初は持病の喘息《ぜんそく》のせいかもと……」

娘の真奈美は二十四歳、都内のデパートに勤務。夜遅く、十一時頃に帰宅したが、特に変わった様子はなかったらしい。それからわずか一時間後に自室のベッド上で死亡が確認され、本部に事件性あり、と報告されたが――。

まだ事件と断定されたわけではない。

爽子も遺体の状況は気になったが鑑識優先でもあり、また、本部捜査一課からやってきた〝事件番〟の係が、顔も見たくない連中だったので、周辺の初動捜査から着手している。

「――お察しします」爽子は黙礼した。「御家族は娘さんとご両親の、三人でらっしゃいますね？」

「いえ、……もうひとり、主人の甥が……」好子は目を充血させ鼻をすすった。「……大平敦史といいますけど……会社を潰してしまって、……しばらく家においてくれと……」

現着してから一度も見てない、と爽子は思い、聞き返す。「甥の方が？　今夜はずっと家におられたんですか？　戸締まりが完全だったのは、間違いないんですね？」

遺族の心痛を思えば残酷だが、確認だけはしなくてはならない。

「……はい、通報したときも、私のそばにいましたし……玄関は、来て下さったお巡りさんが叩いて、初めて開けたんで……間違いありません」

その甥、大平敦史はなぜ、姿がないのだ？　何か後ろめたい理由があるのだろう。

まさか……？　と顔を上げた爽子に、廊下から声がかかった。

「吉村！」

「……あ」爽子は声の主を見て、声を漏らした。「田辺検視官！」

本部鑑識課検視係、田辺博道警部だった。紺に黄色の配された作業服姿にタオルを下げ、口元だけで微笑んでいる。爽子は好子に黙礼し、現場保存のための黄色い通路帯が敷かれた廊下に出た。

「よう──あちらはホトケさんの身内か」

「ええ」爽子は田辺を見上げた。「臨場要請が？」

「いや、同報無線を聞いたんだ。どうせ呼ばれるだろうし、ならデカどもの土足に荒らされる前の方がいい」

「ひどいこといいますね」捜査員の一員である爽子は微苦笑する。

「それに、お前さんがここの管内だと思い出したってのもある。事案でもねえと、こんなとこまで来るこたねえからな」

「ますますひどい」爽子は苦笑したままふっと息をつく。

「あのお、主任。検視官とお知り合いなんですか」文倉がおずおずと囁いた。

　文倉が遠慮するのも無理はない。検視官は十年以上の捜査ないし鑑識の経験を積んだ警視――あるいは警部で、警察大学校で法医専門研究科を修了した、死体見分のエキスパートなのだから。四万数千人の警視庁全体でも十数人しかいない。

　ちなみに、〝検視官〟あるいは検死官は、〝刑事〟と同じくこれまでは俗称に過ぎなかったが、検視官要綱が策定され、正式にそう呼ばれるようになったのは二〇〇〇年代にはいってからだ。

「ええ」爽子は答えた。「私が例の、伊原さんの言った〝心理なんとか〟ってインチキな資格の講習のときにね」

「ああ、そうだ。こう見えて吉村は優秀だったんだぞ。もっとも、受講者は五人しかいなかったがな」

　誉めてるんですかそれ……、と爽子は聞きかえそうとして、やめた。

「で、ホトケさんは二階と聞いたが」田辺はタオルで首筋の汗を拭いた。

「え？　ええ、そうなんですけど……」爽子は表情を消した。

「どんな感じだ」

「え……その」爽子は口ごもる。

根本真奈美が発見されたのは五畳間で狭く、採証する鑑識だけでほぼ一杯だった。さらに爽子の大嫌いな連中が強引にねじ込んでいるため、爽子達は弾き出されている格好だった。

自分たちの守る管内なのに、との忸怩《じくじ》たる思いが、酸となって胸の底を焼いていた。

「来てるのは殺人犯捜査《さつじんはんそうさ》第三係か……」田辺は苦いものを噛んだ表情になる。「〝タヌキ野郎〟だな」

爽子は顔を伏せるようにうなずくと、田辺は、ちっ、と舌打ちし天井を仰いだ。

田辺は目を爽子に戻した。「どうだ、俺と一緒に上がるか」

「いいんですか」爽子はぱっと顔を向けた。

「ああ。——ただ、その、なんだ。お前さん以外は、な」

爽子はうなずき、メモ帳を一枚破いて、支倉に差し出す。「これを外の伊原さん達に渡して。同居してた甥の姿が見えない、って」

取り残されるより伝達のために場を離れる形にすれば、すこしは不快さが減るだろうと爽子は思ったのだが、解りました、と答えて身を翻した支倉は、感情を隠した唇が引き結ばれていた。

「支倉さん？」爽子は呼び止め、振り返った支倉に言った。「……ごめんね」

支倉は、ささやかな笑みを取り戻すと肯き、玄関へと消えた。

「いい部下じゃねえか」田辺は爽子の先に立って階段を上りながら言った。「それに髪も短くして、お前さんもすこし若返ったんじゃねえのか」

「部下っていうより……こんな風に思うのは初めてですけど、後輩みたいに感じて……」

爽子も続きながら言った。「それにこれ以上幼く見られたら、捜査中に補導されます」

照れでも衒《てら》いでもなく告げた爽子と田辺の頭上に、鑑識の現場写真係が盛んにシャッターを切る音と閃光の点滅、多くの人間の立ち働く気配が、降ってきた。

「お、なんだ、吉村じゃねえか。なにしに来た、お？」

爽子が田辺に続いて現場の戸口に立つなり、痰のからまった声をかけられた。

土気色で頬のこけた五十歳代の捜査員が、先ほどまで鑑識を見下ろしていた横柄な態度のまま、鎌首をもたげてじろじろとこちら見ている。

「ああ、こりゃ失礼した、いまはここの強行犯の主任殿だったな、え？　失礼失礼」

爽子は男の耳障りな低い笑いを無表情に聞きながら、このタヌキ野郎……、と胸の内で吐き捨てた。――あんた、まだ捜一に巣くってんの。

土気色で頬のこけた男は、殺人犯捜査第三係長の大貫裕也警部だった。

爽子は数ヶ月前の連続殺人事件の特別捜査本部で、共に捜査に当たった。だが大貫は、心理応用特別捜査官としての爽子の意見を、ことごとく嘲り、否定し、省みなかった。

それにあの事件では、と爽子は思う。助けるつもりはさらさらなかったが、誤認逮捕の失態から救ったのは、誰だと思っているのか。感謝などして欲しくもないが、どうしていま、そんな偉そうな態度で振る舞えるのか。

――大貫係長、あなた、魂が腐ってるんじゃないんですか……？

連続殺人の被疑者逮捕後、大貫には警視総監賞がでた。爽子の上司だった柳原明日香は爽子も上申してくれたらしいが、総監賞は出ず、かわりに本部捜一から出された。

「検視官、ずいぶんお早いお着きですな」三係主任の砂田警部補が、無遠慮に爽子と田辺を見比べた。「臨場要請は――」

「ああ、まだだ」田辺はタオルを首にかけ、素っ気なく言った。「だがな、検視官要綱ぐらい読んどけ。四条、臨場の項に検視官が自ら必要と認めたら、どこだろうとホトケさんを拝めるって書いてあるんだよ」

「し、しかしですね、微妙なホトケなんで我々の見分がまだ……」砂田は慌てて言った。「そ、それにです、なんでこいつまで」

「ほう、サッサンにゃ検視官までいるのか？　お前さんが？　え、違う？……じゃあお前か、それともそっちか？」田辺は三係を一人ひとり指さし、全員に首を振らせると言った。「微妙なら、なおさら本職にまかしとけ。――それから吉村は、俺の助手だ」

「いいじゃねえか、お？」大貫がぼそりと言った。「呼びもしねえのにせっかくお越しくだすったんだ、視てもらおうじゃねえか。はっきり病死ってわかりゃ、俺らも安心して帰れるしな、え？」

「そうですね」砂田主任は薄笑いで爽子を見た。「どっかの馬鹿みたいに、病死を他殺と勘違いして、駆けずり回るのは勘弁ですからねえ」

爽子は無表情に砂田を見た。――あらそうですか、でも私、誤認逮捕はまだしたこと無いんですよ？

「始めるぞ、吉村」田辺は促し、囁いた。「まったく、被疑者がほぼ判明している事案以外は、からっきしのくせにな」

ええ、と爽子はくすっと笑みをこぼしたが、すぐに表情を引き締める。「田辺検視官が見分されます、通してください」

部屋を奥まで見渡せないよう衝立《ついたて》となっていた三係の人垣が、それぞれ苦々しい表情とともに左右に開いた。

――あれが……。爽子は目を見開いた。

鑑識が中腰で作業する薄いブルーのカーペット、壁際には本棚。奥の窓辺にはベッド。そしてそのベッド上に、若い女性の死体が横たわっている。

飛び散った血痕や無惨な外傷はまったくない。争った様子は見受けられず、部屋全体も片づいている。一見すると、眠っているようにさえ見えた。

けれど、海千山千の捜査員の頭を悩ませているのもうなずけた。

それは若い女性――根本真奈美は、上半身にはボタンを外したブラウスとブラジャーをつけているのに、下半身にはなにも身につけていないからだった。

「根本真奈美さんのパンティは？」爽子はおかしい、変だ……と思いながらベッド上の異状死体から目を逸《そ》らさず、白手袋をはめ直した。「遺体は動かしていないんですね」

「そこだ」大貫がしゃくった顎の先、ドアのある北側の壁際に投げられたように落ちている。衣類を納めるタンスやカラーボックスは、西の壁際だ。

なるほど……、とうなずく爽子に大貫は言った。

「ホトケはまだ動かしてねえ、首までかけてた毛布を取り払ったくれえだ」大貫が遺体に向き直り、首を鳴らしながら言った。「室内に侵入、物色の痕跡はねえ。おまけにだ、お？ホトケの身体にゃ傷一つねえ、きれいなもんだ、あ？」

「それに、ホトケと一つ屋根の下に、三人から家族がいた。なにかあれば、物音やマル害の悲鳴で目を覚ましたはずだ。まあ、不審な点は下着がどうして壁際にあるのかだが」砂田はあからさまな嘲りの笑みで付け加えた。「なんたら捜査官殿ならお解りになるかね？」

「さあ……？　なにしろインチキな資格ですから」

爽子は自分自身さえ皮肉るように言った。

鑑識が求めるのは嘘をつかない〝物証〟、捜査員が求めるのは口から語られる〝人証〟。でも私が求めるのは、状況を読み解いた〝心証〟。きわめて曖昧《あいまい》なものだ……。

「吉村」ベッド周囲に敷かれた透明歩行板にかがみ込み、遺体を観察していた田辺が立ち上がり、振り返った。「お前がまず観察して意見を言え」

検視官の言葉に、六畳間にいた全員が顔を見合わせ、啞然《あぜん》としたように思われた。馬鹿な、正気か、時間の無駄だ、ガキの遊びじゃねえ……あからさまな小声が宙を舞った。

「え、でも田辺検視官、私には……」

「ちょっと待ってくださいよ！」砂田が悲鳴混じりの声を挙げる。「話が違うでしょうが、それにトウシロのねえちゃんに視せたって――」

「当たり前だ」田辺は言った。「ホトケさん最後の訴えだ、粗末にはできん。俺が後ろで視てる」

「しかしですな。――」

「いいな、吉村」田辺は爽子だけをまっすぐに見た。「……やれ」

爽子は呆気にとられて、田辺を見詰めた。……季節に関係なくいつも大汗をふきながらせかせかと歩く田辺を、まるで子どもと面接に臨むお父さんみたい、と思っていたものだった。すくなくとも私にはそう接してくれていた。けれど――。

いま見据えられている田辺の目は違った。何物も逃さない、経験を積んだ検視官の目。眼球、眼窩《がんか》を見通され、直接、脳髄を視られているような……。

気味が悪い、そして、怖い。でも……それがこの人と私の共通する部分だとしたら……?

膨大な現場写真、調書を広げてじっと思考を巡らせている私は、焦点を失った視線をし、魂が抜けたように見える……らしい。声をかけないとそのままなんじゃないかって思ったよ、と一度だけそんな姿を見た藤島直人は、後に言ったものだ。

爽子は一瞬、その大きな目を閉じた。それから覚悟を決めて眼を開き、ベッドに歩み寄ると、田辺の傍らに片膝をついて、下半身裸の根本真奈美と対面した。

——こんな格好、女だったら生きてなくても堪えられないよね……。

「解りました」爽子は言った。「田辺検視官、私が間違えたら、教えてください」

「始めるぞ」田辺は言った。「声の小さそうなホトケさんだ、慎重にいけ」


「……では見分を、始めます」爽子は上着を脱いで首から紐で下げた警察手帳をはずすと、シングルサイズのベッドに近づき、かがみ込んだ。

たしかに声の小さそうなマル害だ、と思う。飛び散った血痕、刃物や鈍器などの成傷《せいしょう》器《き》でぱっくりあいた創口《そうくち》、つまり傷口など、死因を直接うかがわせる異状はないのだから。

綺麗だ……、と爽子は状態だけでなく、根本真奈美の身体を間近に見て思った。

長い髪に縁取られた細面の顔は右に、つまり北側に横向けられて、頬とおとがいのやさしい線を見せている。腕は両方とも上腕は脇腹に沿い、下腕は曲げられ手は下着の上から胸元に伏せられている。細くゆるみのない腹、両足は曲げられて横座りするように、顔面と同じ右に膝をつきだしている。

「死体は女性、二十四歳。家族への聴取では……喘息の既往症あり、とのことです」

爽子はかがみ込み、シャツの胸が遺体の肩に触れるほど顔を寄せた。家族や親しい友人、それとも恋人以外に、これほど間近でまじまじと見られるとは、生前に根本真奈美は考えもしなかっただろう。そう思い、白手袋の指先を遺体の髪の中に差し込み、頭皮を撫でるようにして調べた。生気を失った顔色に比べて髪はまだ艶やかなせいで、まるでウィッグに見える。冷えた汗と整髪料、シャンプーの匂いがする。

「頭には腫れや異状は、……ありません」

「頭部に浮腫《ふしゅ》及び創口はなし、だな。続けろ」田辺は爽子の背後で同じように中腰で見守っている。

爽子は白い裸体に全精神を集中させた。すると、もう鑑識作業の物音はおろか、背中に注がれる大貫ら三係の視線も感じなくなった。ひとりで遺体と向き合っている……、そう感じるほど、雑念から解放された心は、深海の底のように静かだ。

そうか、と爽子は思った。——孤独こそが私の心の鎧であり、力の源泉だったか……。

「顔面は、すこし赤みがかかっている……。眼は曇ってなくて……まだ瞳がはっきりみえます。それから白目に、針で突いたような点がある」

「顔面がやや鬱血《うっけつ》、瞳孔の混濁度は軽度。結膜に蚤刺大《そうしだい》の溢血点。眼瞼《がんけん》——まぶたにはどうだ」

爽子は半眼閉じた遺体の瞼を指先でそっとめくった。「……あります」

「眼瞼にも溢血点、だな。——眼は生きてるうちは心の窓だが、亡くなっても魔法の水晶玉だ。いろんな事を教えてくれる。よし、次はホトケさんの口に開こう。こいつを使え」

爽子は後ろから差し出された、歯医者の使うやっとこに似た開口器を、死に顔を見詰めたまま受け取った。名の通り、前歯に挟んで口を開かせる道具だ。

「口はわずかに開いてて、リップが残ってます。んっ、……と、口の中には異物なし」爽子は人工呼吸でも施すように、遺体の口をのぞき込む。「明かりをお願いします」

鑑識係がハンドライトを真上から突き出す。

「口の中にも、眼や瞼とおなじぽつぽつが……。口内炎……？」

「いや、それも溢血点だ。次は締めてかかれ。頸部、首だ」

はい、と答えて目を移そうとして——爽子は視界の隅に捉えたものに気付いて、無意識に頭上から照らしていた鑑識のライトをつかんだ。

「顔面にもう少し近づけて」爽子は白光のなか目を凝らした。気のせいかな……？

口元のところどころが赤っぽくなってるような……。爽子は白手袋で、遺体の整った唇の周りをこすってから、指先を自分の目に近づけた。リップのこすれとかじゃない。

「どうした？」

「いえ、ちょっと口元に斑点があるような気が……。あ、口の周りにもぽつぽつが」

「鬱血で見えにくいが、うすい圧痕だな。ぽつぽつも溢血点だ。なにひとつ見落とすな、次だ。注意しろ」

爽子は唾を飲み込み、うなずいた。他殺ならはっきりした痕跡が残りやすいのが、首だ。しかし――。

「頸部には紐様のもの、手で絞めた跡などなし。……ただすこし、皮膚の表面がこすれた感じになっている……」爽子は左腕を枕のように遺体の後頭部に差し入れ、田辺も手を貸し上半身を起こした。「首筋にも、異状なし」

「前頸部に、索状物《さくじょうぶつ》による索溝《さくこう》及び索痕《さくこん》、また手指など扼痕《やくこん》なし。軽度の表皮剝脱《はくだつ》が見られる。……後頭部をみたのは正解だ。皮膚が厚くてあとが残りにくいが、必ず残らないと決まった訳じゃない。ここまではおおむね及第だ」

爽子は、曲げて合わさった遺体の両足を開こうとして、ふと後ろを振り返った。

大貫をはじめ十人の捜査員が、無表情に見返している。同じ女性としてだけでなく、状況そのものへの強い嫌悪感から、背中で隠すようにして遺体の足を開かせた。

「太股内側に内出血なし」爽子は、陰毛に隠れた性器に身を乗り出す。「直下に失禁が認められる……」

自分の身体にもあるとはいえ、見れば見るほど妙な形をしている。男はどうしてこんなのを見て欲情できるのか……。大嫌いな生牡蠣《なまがき》に似た臭いがする……。

欲情。

鼻を刺激し、胸を塞いだ生々しい臭いを意識した途端、視界がぐらりと揺れた。

欲情……欲情……欲情……！

〝君は可愛いね、お嬢ちゃん、――ちょっとの間、静かにしてるんだよ――〟

胃が突き上げられ、爽子の両肩が跳ね上がった。爽子は、ぐえほ……と湿った音とともに喉を駆け上がってきた、酢のような舌を灼く唾液に頬を膨らませ、頭をつきだした。

爽子は咄嗟に、両手で口元を覆った。吐き気の怒濤《どとう》が繰り返し繰り返し、唇を割って噴きだそうとするのをこらえ、目を固く閉じて身を引こうとした。

その途端、首根っこをぐいとつかまれ、押しもどされた。

「馬鹿野郎！」田辺が爽子の首を押しながら叱咤《しった》した。「目を開け！　しっかり視ろ！」

爽子は窒息しかけていた。もう私、視られません……！

目もくらむ混乱の中にいる爽子が口元に重ねた手に、タオルが押しつけられた。漏れた者がロープをつかむようにひったくり、口を塞いだ。だめ、吐いてしまう……現場を汚してしまう……！

汗臭いタオルの下で、えずきがついに唇を割り……けれど、爽子の口から漏れたのは、胃液とアドレナリン混じりの唾液だけだった。

　爽子はしばらく肩で息をし、口に当てたままタオルに目を落とした。……薄いブルーのタオル、田辺検視官のだ……。

「落ち着いたか」田辺の声が肩越しに聞こえる。「始めたからにゃ、最後までやり通せ。ホトケさんの前じゃ感情なんかいらん、どこかへしまっとけ」

「……はい、すいません」爽子は答えた。「あの、タオル、汚しちゃって」

「そんな安物どうでもいい」

　爽子は助言どおり感情を封じて、一旦、身を起こした。——さあ、がんばれ！　深呼吸をしてかがみ、遺体の大陰唇に触れ膣内を調べた。「……姦淫の痕跡はなしです」

「よし、ホトケさんを床に下ろそう」

　数人の鑑識係が手を貸した。根本真奈美がシートに載せ替えられ、ベッドから持ち上げられた。

「ん……？　これは」爽子は、急に空白のようになったシーツの、失禁あとに目をとめた。かがみ込んで眼を近づけて、呟いた。「滴下血痕《こんぺいとう》……？」

　楕円形に濡れたなかに、ホクロのような赤黒い点があった。

　シーツはしわが寄っているものの清潔で、他に血痕はない。それに、付着して間もないもののようだけど……。

「どうした？　なにかあったらあとで採取してもらえ。いまは続けよう」


ベッド上から、根本真奈美の遺体はそっと床のカバーに横たえられた。爽子は、見守っていた指紋係の女性係員に手伝いを頼んだ。衣類を脱がして観察するためだが、身につけているものはボタンを外したブラウスと、ブラジャーしかない。

爽子は胸元の両手をどけるとき、命を失ってからも根本真奈美が恥じらっているように見えていじらしく……、鼻の奥につんと痛みを感じたが、続けた。

「手指には特に皮膚や繊維はなく……、硬直はあまり強くない。肩の付け根や脇の下に内出血なし。あれ……？」

「どうした。上腕、腋下《えきか》に着目したのは正解だぞ」

女性の遺体で、転倒してもぶつける可能性が低い部位に皮下出血があれば他殺を疑うが、爽子が見ていたのは乳房だった。

「いえ、でもなんだか……、ブラのあとが濃すぎるような気がして」

「そうだな」田辺も、ふくよかなふくらみを繋いだ眼鏡形の圧痕を見た。

爽子は眉根をよせて、人差し指を乳房の下の腹に当て、親指を乳首の高さまで開いた。

「Cカップ、くらいかな」爽子は傍らの女性鑑識係員を振り返る。「身につけてたのは?」

同じサイズです、とその女性鑑識係員はブラジャーを手に答えた。

サイズは合ってるのに……?　爽子は頭を悩ませながら、遺体を仰臥位《あおむき》から側臥位《よこむき》にして、背中を調べた。

「死斑《しはん》はまだらで、肩胛骨とお尻にはなし……あれ?」爽子は呟いた。「肩胛骨を結ぶように、死斑の出てない筋がある……」

「死斑は、圧迫を受けてた部位には発現しない。たぶん下着の跡だな」

「じゃ、胸と一緒……」

「ああ。あっちは圧痕で、こっちは死斑の空白だ」

「講義は結構だがよ、お?」大貫が苛立ちを吐き捨てるように言った。「肝心の結果はどうなんだ、あ?」

「なんだ、あんたらまだいたのか、あ?」田辺は飄然《ひょうぜん》と大貫の口まねをし、立ち上がると振り返った。

「なんだと……?」大貫が顔を険しくした。

「よし、じゃあ死亡推定時刻、こいつは面倒だから俺から答えよう。角膜の混濁度、死後硬直、死斑の色調、直腸温度からおおむね二時間以内。つまりだ、ホトケさんの最終生存確認が十一時頃でいまは一時半、家人の発見直前に死亡したと見て矛盾はない」

「じゃあ母親が聞いた物音も、発作でもがいたものとみても良いわけだ」砂田が呟く。

「かも知れないが」田辺は言った。「死因はまだ言ってねえだろう。――吉村！」

大貫ら三係は、一斉に好意的とはいえない眼をじろりと向けたが、爽子は自分の思考に没頭していた。

――そうか、間違いない……、これは……！

爽子は遺体の胸に刻印された眼鏡形の圧痕、そしてシーツの失禁跡を素早く見比べた。

「……やっぱり……！」

「吉村ぁ！」大貫が怒鳴った。「なにぼさっとしてやがる！」

「え？」爽子は初めて、視線の槍ぶすまに気づく。

「検視……、いや見分の結果を言え！」三係主任が吐き捨てた。

爽子はきょとんと全員の顔を見渡し、そして、表情を引き締めた。

「死因は、――窒息死です」

やれやれ……、と肩の荷を勝手に下ろした三係の連中を、爽子はちょっと残酷な快感をもって見詰めてから、続けた。

「ただしこれは殺人……殺しです」

はあ……？　と呆れとも失笑ともつかない大きな息が、顔を見合わせる三係の連中の口から漏れた。なに、とち狂ったことを言い出す気だ、こいつは……？

「吉村主任殿よお、いや、〝おばけ捜査官殿〟か」三係主任が口を歪めた。「ならなんで、こんなに遺体がきれいなんだ？　外傷も索溝もねえのは、あんたも見たとおりだろ」

爽子は同じ主任ながら、階級が一つ上である警部補の砂田を冷ややかに見た。

「吉村、続けてやれ」田辺が天井を仰いで、言った。

「では皆さんは、マル害が喘息の発作をおこし、横になったところで急死した、と考えてるんですね？」

「既往歴もある、それが一番矛盾がないだろうが」

「いいえ、違います。マル害――根本真奈美さんは男性のマル被に襲われたんです」

「三人も家族がいた家でか？」誰かが言った。「助けならいくらでも求められただろ」

家族の寝る部屋と、襖《ふすま》一枚へだてただけの部屋で人が殺された事件は、いくらでもある、と爽子は思った。

「マル被が凶器で脅して黙らせたとしたら？」爽子は言った。「それに何人家族がいたとしても、関係ありません。下着を脱がされて、〝こんな格好を親に見られたいのか〟と脅されれば、むしろ家族がいたからこそ、恥ずかしさで抵抗できなかった」

根本真奈美は多分、帰宅して自室に入った直後の、最も無防備な時を狙われたのだ。

着替えようとした直後、突きつけられた凶器に身をすくませたままベッドに寝かされた。

ブラウスのボタンが引きちぎられず外されているのは、被疑者に脅された根本真奈美が自分で外したのではないか。羞恥と……、なにより恐怖でそうせざるを得なかったのだろう、と爽子は思う。

「強姦の痕跡なしと言ったのは、あんただろうが、お？」大貫が言った。

ええ、と爽子は答えて大貫を見る。「一般的な意味では強姦はされていません。だから体液も、太股の内側に内出血も残ってないんです。でも、シーツの失禁跡に滴下血痕がありました。あれは……性器への手指挿入の結果でしょう。膣内に傷が残っているはずです」

地上でもっとも落ち着けるはずの我が家の自室、ベッド上で、根本真奈美はおぞましい被疑者にモノのように弄《もてあそ》ばれ、貶《おとし》められた。惨《むご》いというしかない。

――でも、勇気を振り絞ったんだ……。

「マル害は声を上げようとして……、被疑者に殺されたんです」

「どうしてそう言いきれる」

「行為が中途半端だからです。終わって殺害したのなら、体液が残っている筈です」爽子は言った。

「じゃあどうやってマル被は、痕跡も残さずマル害を殺せたんだ?」三係の一人が言った。

「扼殺に近いやり方だった……と思います」

被疑者はいかがわしい行為のために、凶器を手放していた。とっさにベッドにあるものをつかみ、根本真奈美にのし掛かった。

毛布だ。

「頭からかぶせて口に押し当て、首を絞めた……。これならまず外表所見では解らない、と聞いてます。――そうですよね」

「ああ。あんたらも一度や二度は見たことがあるだろう」田辺が言った。「うまいことやるか悪運がついてたか……、よくある話ではある。ま、解剖すりゃわかるがな」

「マル害はそのまえに教えてくれました」爽子は言った。「胸のはっきりした圧痕、背中の死斑が現れない帯――つまりブラジャーの痕があれだけはっきり出てるのは、被疑者がのしかかったからです。口元の圧痕は塞がれたから、喉の皮膚がこすれていたのは絞められたからです」

いつしか全員が爽子の言葉に聞き入っていた。ひそひそと小声を交わし、それから図ったように田辺を見た。

「基本的に間違いはない」田辺は言って、唇の片端をつり上げた。「だが吉村、手際の悪さで減点だ」

どうもすみません、と爽子は微苦笑して、ひょいと頭を下げる。

「殺し……？　誰がやったと言うんだ、お？」大貫が口を開いた。「夜の夜中にマル害だけじゃねえ、家族までいる家に忍び込むのはどんな野郎だ？」

「そういえば、事業に失敗して転がりこんだ甥ってのがいるそうですが」砂田主任が囁きかける。「一度も姿を見てません……！」

爽子は素っ気なく言った。「たぶん無関係でしょう」

「なんでそう言いきれるんだ、姿をくらましてんだぞ……！」

「毛布はおとがいまで掛けられてた、そうですよね？」爽子は言った。「つまり顔が見えていた……、これは心理学的に言うと非人格化していない、ってことです。身内はもとより、親しい人間の犯行とは思料されません。そして――」

顔貌は、個人を象徴する。だから犯人は、殺害したストレスから逃れようと被害者になにかを被せるか、うつぶせにする例が多いが、根本真奈美の顔は見える状態だった。

「――そして、マル害が声を上げようとしたのは犯人の顔に気づいたから……、ではないかと思います。それほど親しくもない、顔に見覚えがある程度の相手……、でも被疑者は根本真奈美をよく知っていた。片識《かたしき》、だと思います」

「しかしな、戸締まりに異常はないそうじゃないか。マル被は鍵を閉めて逃走してんだぞ。甥なら合い鍵もってて当然だ」

「いなくなれば疑われるのがわかってて、わざわざ鍵を閉めるんですか？　それに甥の犯行なら、毛布をマル害の顔に掛けたままにする筈です」

　爽子が反問すると、砂田は、それは……と口を濁す。

「被疑者は、おそらく合い鍵を用意していた。そして家族が目を覚ましたのは、マル被が玄関から逃走した際の音では？」

「合い鍵だあ……？」

「ええ。——要するにマル被は、マル害の自宅まで知悉《ちしつ》し、鍵を盗んで再び戻すことができ、そしてマル害もまた見覚えはある男、ということです」

　部屋のそこここで、ふっと息をつく気配があった。

「ま、〝なんたら捜査官〟のいうことですから」爽子は緊張をはぐらかすように、天の邪鬼じみた口調で、言った。「あまり当てにされても困りますけど？」

「調子に乗るんじゃねえ、小娘が！　全部解剖すりゃ解ったことじゃねえか、おお？」

「見てきたようなこと言いやがって、最初から目星つけてたとでもいうつもりか！」

大貫と砂田は罵声を合唱した。

「ええ」爽子は顔をあげた。「下着が投げ出されてるのを見た瞬間から」

「なんだとお……」

解らない方がどうかしている、と口から出かけた言葉を飲み込み、爽子は続けた。

「じゃあお聞きします。マル害――いえ根本真奈美さんは、下半身になにも着けずになにをしてたと思ったんですか？」

大貫たち、そして田辺も含め、男達の表情が空白になった。

「たとえ穿き替えるとしても、着替えのしまってあるすぐそばで脱ぐはずです。……男性と女では、身体のそういうところの意味が違うんです。それは……」爽子は口ごもり、続けた。「……強姦が〝一人の人間の内的かつ個人的な空間〟への蹂躙《じゅうりん》、と言われていることでも、解ると思います」

爽子は玄関から出ると、ジュラルミンのケースを両手でさげて言った。

「あの、検視官、ありがとうございました」

「ん……？　ああ」先を歩いていた田辺は立ち止まった。「しかしお前さんが見落とせば、容赦するつもりはなかった。よくやったな」

「あの……」爽子はうつむいた。「やっぱり、私がやけになったようなこと、いったから……？」

「自信を持て」田辺は夜空に背伸びした。「これからさき昇任して警部補《ほ》になりゃ、課長のかわりに事件性の判断迫られることもあるだろ。……ちと早いが、ま、予習ってところだな」

「タオル、汚しちゃって」爽子は言った。「洗ってお返しします」

「ああ？　いらねえよ。捨てるなり使うなりしてくれや」

「そんな――」爽子は笑った。

「ホトケさん、喘息もちだったな」田辺は言った。「たしか、二月の事件の、最初のマル害もそうだったな。保育士目指してた、短大生だったたか」

ええ、と答えかけて、爽子は田辺の後ろ頭を見上げた。……田辺検視官、なにもかも知ってて、私に……？

「ここでいい」田辺は立ち止まり、振り返った。「吉村」

黄色いテープの規制線と立番《りつばん》の警官に封鎖され、野次馬達がまだ他人の不幸をのぞき見している、狭い門柱にさしかかったところだった。

「見分にしちゃまああだが、まだ踏み込みと勉強がたらん」

「――はい」爽子は表情を引き締めた。……自分でも、解ってます。

「だがな」田辺は口元だけで微笑む。「〝筋読み〟は良かった。いいか、お前は心理応用特別捜査官だ。それを忘れるな」

「はい……！」爽子はうなずく。「ありがとうございました」

ケースを受け取って行きかけた田辺は、ふと振り返る。

「あ、やっぱタオル、返してくれ」

「え？」

「洗って直接、本部の検視官室まで持ってこい」田辺は言った。「たまには顔を出せ」

爽子は、はい、と答えて微笑み、田辺の飄々とした背中が人垣の向こうに消えるまで見送った。

事件認定する捜一主席管理官や一課長、鑑識課長の臨場で騒然となり、深夜の特別捜査本部設置を急ぐ署内の慌ただしさが一区切りついた明け方。爽子は刑事部屋でひとり、報告書を認《したた》めた。
心理応用特別捜査官として――。

「犯人は二十代半ば。無口で自己主張はせず、友人は少ない。仕事は一人で行う、あるいは単純作業で、二つを合わせたものの可能性あり。自宅にポルノのコレクションあり、とくにレイプを題材にしたものを好む。被害者と直接の面識はなし。しかしマル害をよく知り、行動範囲が重なっている。

マル害の職場関係の可能性が高い。

ここ数日中、職場か家庭のどちらかあるいは両方で、強いストレスにさらされたことが犯行の動機にあると思料される」

被疑者は一週間後に逮捕された。逮捕したのは捜一主導の特別捜査本部にあってなぜか、多摩中央署強行犯係の面々で、爽子以外の伊原、高井、佐々木、三森、支倉は功績を認められて総監賞を受けた。

被疑者は、殺された根本真奈美と同じデパートに勤める、二十八歳の配送倉庫係だった。

そして当初は疑われた甥、大平敦史が現場から姿を消した理由は、倒産の際に友人に寸借詐欺を働き、警察官が大挙して駆けつける気配にいたたまれなくなったから、だった。

第四話　ノビ師

「あの、こんばんは……！」爽子は曇りガラスのはまった引き戸をがらりと開けて、声を上げた。「電話でお願いした、吉村ですけど」

滑りの悪い引き戸を後ろ手に閉めながら、焼けた脂の臭いの満ちる典型的な赤提灯の店内を見渡す。狭い店内の大部分を占めるコの字形のカウンターは、夜十時を回っていたがほぼ埋まっている。焼き鳥やつきだし、ビール瓶を前に談笑する顔は、見覚えのあるものもないものもいたが、多分、署内のどこかですれ違ったことくらいはあるはずだった。

永山駅にほど近い、居酒屋「のび」。ここは多摩中央署員いきつけの店だ。

警察官が安心して飲める店は多くはない。それは情報漏洩の危険と、日常的に犯罪を扱うがゆえにおおっぴらには口にできない話題の多さなど、要するに組織と世間との距離のせいだった。けれど守秘義務の首輪をつけた警察官とはいえ、吼《ほ》えたくなる時があるのはやはり世間の勤め人と同じで、さらに仲間内のささやかな打ち上げや慰労会のために、どの所轄管内でも気の置けない店を押さえている。

もっとも、何事にもうるさい警察が信頼するには店にもそれなりの信用が必要だが、爽子の声にカウンター内で顔を上げた主は、差し詰めこれ以上はない適任者だった。

「へいらっしゃい。お、強行犯《ゆみへん》のよっちゃんか。特製弁当五人前、あがってるぜ」

禿げあがった頭に捻り鉢巻きを締めた主人が、皺深い顔を炭火の熱と焼き鳥の煙にあぶられながら、にっと笑いかけてきた。

「あり合わせのもんばかりで悪いけどよ、ま、留置場でだす官弁《かんべん》より旨いのは保証する。夜遅くまで、てえへんだな」

「いいえ。ここの焼き鳥ご飯、私、好きですから」爽子はくすりと笑った。「調べが長引いてて……。みんながコンビニのお弁当は食べ飽きた、手作りのおいしいご飯がいいなんて言い出して。贅沢いうなって言ってやろうかと思いましたけど。あは」

嘘だった。これから深夜に及ぶだろう取り調べや書類作成に追われる同僚達に、洗練されすぎて味気ないコンビニ弁当ではなく、せめて温かみのある食事を摂らせてやりたいと思ったのは爽子自身だった。

「そうか、ほれ」主人はカウンター越しに、人数分の弁当が詰まったビニール袋を突き出す。「で、その事案てえのはなんでえ」

主人の捻り鉢巻きの下の眼が、束の間、過去に戻った。どんな質問だろうと相手が最初に答えるのは嘘だ、と叩き込まれた者の眼。

この店と主人が警察に信用される理由がこれだった。主人は元盗犯捜査員《うかんむり》で、屋号も半生を費やして捕まえ続けた忍び込み専門の常習窃盗犯、通称〝ノビ師〟に由来する。

「性犯……です」爽子はカウンター上に身を乗り出して、ずしりと重みのあるビニール袋を受け取りながら、微笑みを吹き消した顔で囁いた――。

――事件の端緒は二日前、多摩市の女子中学生、奥野雛子が母親に伴われて多摩中央署を訪れたことで始まった。

「あたし……、二週間前、学校から帰って……家で一人のとき……玄関でチャイムが鳴って……宅配便ですって……それでドアを開けたら、……そしたら……そしたら……！」

爽子は取調室の机で雛子の斜め前に座り、顔を真正面から見ないように気をつけながら話に聞き入った。性犯罪被害者への対応の初歩だった。

「それで、……ひどいことされて……写真まで撮られて……黙ってようかと思ってたけど……携帯に電話がかかってきて……もう一度、今度は別のところでって……あいつが……！」

雛子の端整な唇の端が引き伸ばされたように下がり、つぶらな眼から涙が溢れた。涙に濡れた眼にはそれでも、強い怒りがカッターナイフの切っ先のように光った。

——この子の心は、ばらばらになりそうになってる。羞恥心と、なにより貶《おとし》められた自分自身を憎んでしまいそうになるのを、怒りだけで押さえている。怒りだけがこの子を支えてる。

立ちあがって肩を抱こうとした爽子の胸に、雛子はすがりついた。声を殺して泣き始める。そんな雛子の背中を撫でながら、爽子は囁いた。「我慢しなくていいからね。——私は、いつまでも待つから」

二時間後、奥野雛子の証言は調書に纏《まと》められた。

「ふざけやがって」伊原が吐き捨てた。「いたいけな女の子を家族が留守中にレイプして、写真をネタにもういちどさせろってか」

「人間として終わってる」三森もぼそりと呟いた。

「こういうときは、民間から転職してほんとに良かったと思うよ」高井が言った。「糞野郎に手錠《わっぱ》を掛けられるんですから」

「血が逆流するよな」佐々木が無表情に言った。

支倉が同じ女として無言で痛ましげに首を振るのを見てから、爽子は堀田に目を移した。

「係長……?」

「うん」堀田はうなずいた。「マル被はかなり悪質だ。課長に報告、他係からも応援を得て、呼び出し場所を包囲、逮捕する。当該所轄には仁義を切っておく」

　そして今日午後六時、母親は反対したが自らの強い意志で同行した奥野雛子と、爽子ら捜査員三十人が張り込む町田駅のコンコースに現れたマル被、新出貢を逮捕した。

　大勢の捜査員と直近の支倉に守られているにもかかわらず、染めた髪を肩まで伸ばした新出が雑踏から姿を見せた途端、奥野雛子は震え、立ちすくんだ。が、新出が下卑た笑みを浮かべ、ふざけた仕草で片手をあげ挨拶しようとした瞬間、爽子は捜査員らの先陣を切って新出に飛びかかり、投げ飛ばして汚れたタイルの床に叩きつけていた――。

　……冷静ではいられなかった、と弁当の温もりと重みを手に感じながら、爽子は思う。でももし人違いだったら、この「のび」に夜食の調達に来るどころの騒ぎではなかった。

「窃盗犯も性犯も、ほとんど病気なのはかわらねえか……大方は性懲りもなく繰り返して、刑務所《べっそう》と娑婆を行ったり来たりだ」主人の視線が爽子から逸れ、ふと遠くを見る眼になった。「なら、奴も足を洗ってりゃ良いんだがな……。こんど喰らいこみゃ、七十も半ばだ、生きて出られねえ歳だ」

「え？」爽子は財布を取り出しながら聞き返す。

「いやこの間、昔さんざん手間かけさせやがった野郎を、駅の近くで見かけたと思ってな。

堅気らしい女連れで、他人のそら似かも知れねえが……。なんにせよ奴らプロだ、懲りるってことがねえ」

――懲りないのは、私も一緒かも知れない……。爽子は弁当を抱えて「のび」を後にしながら思った。

私はかつて自分を見失ったことがある。だから、多摩中央署に転属になった。昼間の現場でも私は感情のまま飛び出し、我ながら警察学校時代には合気道の教練で常に底辺の成績だったとは思えない手際で、くず野郎をふさわしい場所に叩きつけた。そして――。

「〝気持ちいい〟って言え……！　〝もっとして〟と言え……！」爽子は新出貢の背中に覆い被さり、長髪を鷲づかみにして顔が歪むほど床に押しつけてやりながら、その耳に押し殺した呪詛《じゅそ》を吹き込み続けたのだった。「〝いっちゃう〟って言え……！」

伊原たちがどっと取り押さえるのに加わる間、身体だけでなく心まで弄《もてあそ》ぼうと、新出が奥野雛子に無理矢理に言わせた言葉を囁いていた私は、さぞかし醜かっただろう。

――私の心には、凶悪の女神《ヘカテ》が棲んでる……。

そう思い、爽子は私有車のワークスの運転席でひとり身震いすると、エンジンをかけた。

もう六月、夜の空気は十分に生温いけれど、肌の粟立ちはしばらく消えそうになかった。

「この事案は捜査本部《ちょうば》の設置はなし、うちだけで扱うことになった」

堀田が係長席から告げると、爽子は席で夜中の晩餐《ばんさん》の箸をとめ、伊原もごくりとお茶を飲み下し、皆が係長に注目した。

「被疑者《マルヒ》は逮捕、これ以上被害者《マルガイ》も出ない。裏付けは任せるということだろうな」

望むところ、と爽子は思った。捜査に執念を持って当たれるのは、被害者の生死にかかわらず、その惨状を目の当たりにした捜査員と相場は決まっている。

「そこで、取り調べは伊原長と佐々木、高井。裏付けと被害者対策は吉村主任、三森、支倉の二班体制でよろしく」

「解りました」爽子は、円満な高井ではなく何かいえば突っかかってくる三森をあてがわれたのを、上手く使えってことか、と堀田の胸の内を忖度《そんたく》しながら続けた。

「ただ、新出貢は、犯行や態度からそうとう悪質でしたたかに見えました。余罪があるとみて間違いないとおもうんですけど」

「ああ」伊原が答えた。「あの野郎、脅しのネタの写真はＳＤカードに納めて、自宅のゴミ箱の底に貼り付けてると自供した。ほかにも被害者がいそうな口ぶりだし、そいつに俺たちの認知してないマル害の画像もあるだろ。ま、舌ひっこ抜いてでも吐かせてやる」

佐々木もうなずく。「藁《わら》人形に五寸釘たたき込んででも」

「あのお」と支倉。「佐々木さんが言うと、冗談に聞こえないんですけど……？」

そうか？　と無表情に首をかしげる佐々木に、支倉がふっと笑った。

良かった、と支倉のささやかな笑顔に安心して爽子は言った。「そちらはよろしくお願いします。私たちは明朝一番に令状《ふだ》をとって、新出貢の自宅に捜索差押《ガサ》えをかけます」

要するに、と爽子は豪勢な三階建ての家を見上げて思った。金持ちの馬鹿息子が見つけた退屈しのぎが、女の魂を穢《けが》したうえに汚辱まみれにする性犯罪だったのか。

世田谷区、広い敷地に新出貢の実家は建っていた。

爽子は、ふん、と小さな鼻から息をつくと、支倉と押収品を持ち帰るための畳んだ段ボールを小脇にした三森、そして濃紺の作業服姿の近藤と土場を促す。近藤と土場は鑑識係だ。初老で首から一眼レフを下げただけの鑑識技能総合上級の近藤と、両手にジュラルミンケースを下げた若い土場のコンビは、まるで親方と丁稚に見える。

玄関で令状を示し、何かの間違いです！　と親馬鹿丸出しで喚く母親をつれて、爽子は三階、新出の自室のドアを開けた。

「始めます」爽子は腕時計を一瞥《いちべつ》した。「開始時刻、九時十一分」

室内はカーテンが引かれたままで薄暗かったが、二十畳はあろうかという、広い部屋だった。壁際にはベッド、本棚。低いテーブルには雑誌が数冊。ろくでもないことをする男の部屋にしては片付いてる。

「支倉さん、自供どおりまずゴミ箱を調べて」

支倉は部屋の隅にあったゴミ箱に近づいて中腰になり、白手袋をはめた手で中敷きのビニール袋を取りだすと、片手を入れて探りはじめた。

「三森さんは本棚。――あの、土場さん、カーテンを開けてもらえます？」

本棚の前に立った三森が言った。「なんだよ、全部、法律関係の本ばっかじゃねえか。そのくせあんな真似しやがって」

さっとカーテンが開けられ、陽光が差し込む。

まぶしげに大きな眼を瞬かせた爽子に、近藤が言った。

「犯人《ホシ》の自供《ゲロ》どおりなら、ガサってるより、行き帰りの時間のほうがなげえよな」

「ええ」爽子は微笑んだ。「支倉さん？　ＳＤカード、見つかった？」

「いえ、それが……あれ？」支倉は、ちらりと顔を上げただけで、すぐに手元に眼を戻し、執拗《しつよう》にゴミ箱の底を探り続けた。「それが、中には……」

「――ないの？」爽子は目を見開いて、支倉のもとに飛んでいった。

女性捜査員二人がかりで、額をつきあわせんばかりにしてゴミ箱の底を探った。

――ない……！　供述通りテープで貼り付けていた痕跡はあるが、忌まわしい行為を記録し、恐喝のネタになったSDカードが。なによりこの上ない証拠が……。

爽子と支倉が呆然と顔を見あわせたその時、窓辺から土場の声があがった。

「係長！　近藤係長、来て下さい！」

近づいた近藤は、土場の指さす窓ガラスに腰を屈めた途端、おっ、と声を漏らし、振返った。

「吉村主任さんよ、こっちへ来てくれ」

訳もわからないまま爽子は立ってゆき、近藤の指し示すサッシの回転鍵を見た。

……ガラスが、回転式の鍵《クレセント》のところを小さく、本当に小さく割られて開けられていた。

窃盗……？　この家に？

「二点三角破り、だな」近藤が目を据えたまま呟く。「工具痕《ツールマーク》を見な。こいつぁ相当、腕の立つ野郎の仕業《しわざ》だよ。綺麗なもんだ」

捜査員なら誰もが経験する盗犯の経験が、爽子は例外的になかったが、その爽子に見事だと納得させるほどの鮮やかな手口だった。

「どうします？」支倉が不発に終わった捜索から署に戻る道すがら、捜査車両を運転しながら、助手席の爽子に言った。「ＳＤカードがないと――」

「ええ」爽子は小さくうなずき、目を落とす。

押収に向かった先が窃盗に遭ってるとは、なんという皮肉か。管轄外の事案では所轄に引き継ぐしかなかった。だがＳＤカードは絶対必要だ。なぜなら――。

「あの子の件は立件できても、余罪を立証したり、他の被害者を捜すこともできない」

別の被害者がいるとして――、間違いなくいるに違いないが、体液など強姦の証拠となる痕跡は失われている可能性が高い。被害者を捜すにも、手がかりがいる。

「俺、考えたんすけど」三森が言った。「新出の野郎、携帯もってたでしょ」

「そりゃそうでしょ、いまどき」支倉が言った。

「聞けよ。で、考えたってのは、ふつう携帯でかけるとき、記憶させてる電話帳を使うでしょ。発信記録には名前で残る。しかしあの野郎が、脅す相手を携帯に登録するほど迂闊とも思えない」

「だからなによ」支倉が多少の苛立ちを込めて促す。

「だからさ、発信記録に名前でなく番号だけ残ってるのが、恐喝した相手じゃないかってこと」

支倉は苛立ちを消して息を飲み、爽子は座席の間から、まじまじと後部座席の三森を見た。「鋭い……！」

「三森君、えらい！」支倉は言った。「頭、なあでなあでしてあげる」

三森は照れくささを押し隠した仏頂面になる。「吉村主任、俺もお役に立つでしょうが。係長に組むように言われたとき、貧乏くじ引かされたって顔してましたよね？」

してないでしょ、そんなの……爽子は思って、苦笑した。

署に戻って三森が携帯電話を調べると、案の定、奥野雛子も含めて発信記録に番号のみで表示されたのは、四人。性犯罪者は、女を名前も人格もないモノとして扱うが、新出の携帯に表示された無機質な電話番号はその象徴だった。

捜査事項照会書を電話会社に提出すれば、携帯電話の持ち主を知るのは造作ない。

だが……、捜査に出向いた爽子と支倉は、被害者達の悲痛に直面した。

「あたし、そんなことされてません。ほんとです」

多摩市内に住む女子高生は、強張った顔をうつむけたまま言った。

「でも、あなたの携帯に犯人が連絡をとった記録が――」

爽子が身をのりだして説得しようとすると、女子高生は幼さの残る顔を背けた。

「何かの間違いです！……それに、忘れちゃえば、無かったのと一緒です……！」

もうひとり中学生の反応も同様だった。そっとしておいて……。

無理もない、と爽子は思う。性犯罪捜査に常に伴う困難さだ。爽子はいったん口を閉じるしかなかった。性犯罪の被害者、というだけで世間のぞっとするような好奇の眼差しに晒される。肌を酸に灼かれるような……。

だが、被害者の告訴が必要な、親告罪である強姦事件の壁をもっとも痛感させられたのは、四人目の被害者、杉田亜紀の母親と面談した時だった。

「だいたい、亜紀がそんな目にあったって証拠はあるんですか？」母親の雅美は言った。

初夏の西日が六畳ほどの居間に差し込んでいた。亜紀はまだ学校から帰宅していない、と雅美は告げ、爽子が事情を説明した直後だった。

「犯人が言ってるだけじゃないですか」雅美は続けた。

「いえ、携帯電話に番号が残っていました。ですから……」爽子は言った。

「それが何の証拠になるんですか？」雅美の、ごく普通の主婦の顔が拒絶、というより敵意と呼べるような感情で強張っている。「それにどうして、うちの亜紀まで巻き込まれないといけないんですか。その訴えてきた女の子の事件だけで、犯人を裁判にかけられるんでしょう?」

「それは、もちろん」爽子は言った。「でも、できるだけ犯人に重い刑を科すには――」

「失礼ですけど、刑事さん達の都合じゃないんですか? 刑が重くなれば点数も重くなりますもんね」雅美は皮肉に言った。「そうなんでしょ? 警察は普段は放ってるのに、ナントカ月間になると、わざと放っておいた犯人を捕まえに来る。でしょ?」

確かに盗犯にはそういう要領のいい捜査員もいるけれど、と爽子は思った。

「とにかく、娘さんと一度よく話し合っていただけますか? 私でよければご相談にも乗りますから」


ＳＤカードがあれば、と爽子は思った。被害者達も決心してくれるだろう。だがそれを押さえてない現時点では、少女達を説得する言葉を爽子は持たなかった。少女たちは報復に脅えなくてはならない。暴力はいらず、写真をネットにばらまけばいい。

それに、証拠であるのはもちろんだが、あんな忌まわしい写真を所在不明にしてはおけない。なんとしても押さえてこの世から抹消しなくては、事件解決とはいえない。

そんなことを考えながら、日没と競争するように多摩中央署へもどった爽子と支倉に、さらに嫌な知らせが待っていた。

「弁護士が来やがった」伊原が刑事部屋に上がった二人に言った。「これがまた嫌な野郎で、なんと新出貢の実の兄だとよ。兄弟そろって、ろくなもんじゃねえな」

　被疑者段階で弁護士がつくのは一割ほどしか無く、多くは公判直前に決まる。

「それで」爽子は言った。「接見を許したんですか」

「あいつらにはもともと接見交通権があるし、あの野郎、なんもわからん新人検事に一発かまして、よきにはからえって署長に電話入れさせたらしい」

　やれやれ、と爽子は息をついた。

「おかげで新出の野郎、落ちる寸前で息吹き返しやがった」


「だから、あの奥野って子にしたことは認めますよ、認めましょ」

　新出は薄笑いを浮かべて椅子の背もたれに片腕を引っかけ、ふんぞり返って言った。

「でもあの子にだけっすよ」

「あんだとお前」伊原が机をはさんで憤怒の形相で言った。「昨日言ってたのと違うじゃねえか！」

「それですよ、それ、刑事さん」新出は言った。「投げ飛ばされたあげくに、おっかねえ刑事さんにがんがん責められりゃ、誰だって言うとおりに返しますよ。いやあ、冤罪《えんざい》ってこうして生まれるんだなあ、怖い怖い」

……一夜明けた午前、爽子は取調室の様子をマジックミラー越しに見ていた。ふざけたこと言って、と胸の中で吐き捨てて刑事部屋に戻った。

「お疲れ様です」爽子は、席でお茶を飲みながら凝った首を回している高井に声を掛けた。

「聴取、進んでないみたいですね」

「ええ」高井は苦笑した。「かなりしたたかです。伊原長が責め役《オニ》、僕がなだめ役《ホトケ》で畳みかけても、佐々木さんが小一時間にらんでも、累犯に関しては口を割りません」

そう、と呟いた爽子に、高井は湯飲みを見詰めて言った。「新出の奴、半落ちだったのが弁護士が来て息を吹き返したんです。どう思います？」

え？　と爽子は高井を見た。「兄の弁護士が証拠であるＳＤカードが押収されなかったのを、弟の貢に知らせたってことですか？」

「ええ」高井はうなずいた。「弁護士がＳＤカードは物証……犯罪組成物件と知っているかは解りません。単に押収された品を告げただけかも知れませんが、それにＳＤカードが含まれていないのを新出は知って、累犯については逃げられると踏んでるのかも」

捜索の結果は、必ず書類で持ち主に通知する。昨日は決定的証拠であるＳＤカードを押収できなかったかわりに、新出の性的嗜好の証明をするべく、いかがわしい雑誌やＤＶＤ

を押収しただけにとどまったものの、押収品目録交付書は捜索に立ち合ったときに手渡していた。その母親から目録の内容を兄の弁護士は教えられ、貢に伝えたのだ。

明らかな倫理違反じゃないの……！　憤然としたが罰則規定がなく、被害者達が告訴を拒絶している現状では、ますます消えたSDカードが重みを増しただけだった。

「くっそお」爽子は机に肘《ひじ》をついて両手を頰に当てた。「どこに消えたのよ」

「……主任、どうします？」文倉が窺うように隣から尋ねた。「これから」

「そうね」爽子は顔を上げた。「被害者に告訴するよう説得を――」

「吉村君、電話」堀田が受話器を押さえていった。「新出宅の窃盗事案についてだそうだ」

机の警察電話《けいでん》を取った爽子に、所轄鑑識係長は言った。「そっちは強姦《つっこみ》と聞いて、黙ってられなくてね。本部鑑識時代に世話になった近藤さんにも、頼まれてたしな」

爽子が鄭重《ていちょう》に礼を言うと、近藤の弟子は本題に入った。

昨日の新出宅の実況見分で現金やカード、貴重品、有価証券に至るまで被害品はなにひとつ確認されなかった。だが――。

採証活動の結果、家人など関係者や新出貢本人以外の指紋が出たのは、たった一カ所。

「それは、まさか……」爽子は受話器を握りしめた。

「ああ。あんた達が調べてた、ゴミ箱の底だ」

鼓膜から響いた言葉を脳裏で反芻する。捜索に向かった被疑者宅が、窃盗の被害を受けてるとはなんて皮肉な偶然、と爽子はそう思っていた。言い訳ではないが、警察官を数年勤めれば、大概の偶然には驚かなくなる。

――でも偶然じゃなかった。窃盗犯の目的は、ＳＤカードだった……！

「あの、それで、指紋照会の結果は……！」半ば獲物を手中にした思いで、爽子は聞いた。

「いやそれがなあ」途端に歯切れ悪い声になった。「ヒットなし、該当者存在せず、だそうだ」

「捜査をおさらいしてみようか」

流行らない学習塾の講師のような堀田の声に、爽子たち係全員が自分の席から注目した。取り調べに当たっていた伊原たちも、刑事部屋に戻ってきている。

新出貢の一連の犯行が並べられ、逮捕後の捜索差押《ガサい》え《れ》の空振り、証拠は無いと踏んだ新出の忌々しい態度。そして、当初は無関係と思われた新出宅の窃盗が、実は強姦、脅迫の証拠であるＳＤカードのみを狙ったものであること。

「じゃあ新出の家からＳＤカードを持ち去ったのは誰だ」伊原が言った。「近藤さんから聞いたが、そいつは昨日今日はじめたトウシロじゃねえんだろ。必ず指紋《モン》が指紋自動識別システム《AFIS》に残ってるはずだ」

「誰が得するのかって考えたら、新出貢か家族なんですよね」支倉が言った。「そもそも、本当にゴミ箱の底にカードはあったんでしょうか？　嘘かも……」

「いえ、新出は嘘はついてないと思う。だって、事実を言ったにも拘わらず押収されなかったから、強気になってるんだもの」爽子は言った。「それに指紋にしても本人や家族のだったら、関係者指紋との照合で除外されたはずよ。別の第三者ね」

でも、支倉の言うとおり犯罪捜査の基本、犯行で誰が得をするのか、との観点に立ち戻ってみる必要がある。

まず証拠を消したいのは新出貢本人なのは間違いない。では、他には？　忌まわしい性犯罪の証拠を、誰が欲しがるのか――。

性犯罪……？　爽子は顔を上げた。そうだ、私がいま扱っているのは性犯罪だ！

――あのSDカードをこの世から消し去りたい人物は、新出貢以外にもいる……。

そして、その人物は証拠はあるのか、といった。あれはSDカードが持ち去られたのを知る故に口をついた言葉ではないか。そして、……〝行く〟、ではなく〝来る〟、とも。

「犯歴《レキ》者指紋がAFIS《エイフィス》でヒットしないのは、どんな場合だったかな」堀田が独り言のように言った。「指紋自体が不鮮明か、死亡したか……、ああ、そうそう――」

そうです、係長……、と爽子は胸の中で応じながら、居酒屋「のび」での、主人との会話を思い出していた。キーワードは「ノビ師」だ……。

すごい偶然？　と爽子は思ったが、いえ、と思い返す。

「……たぶん」爽子は呟いた。「――必然」

「お父さん――角田文造さんとお会いになりましたね？」爽子は口を開いた。

「あるひとに確認しました。昔、お父さんを捕まえたことがある人、と言えばおわかりになると思います」

どんな熟達したノビ師や居空きでも、ブツを見つけた途端、ぼろを残す奴は多かったよ。居酒屋「のび」の主人、いや、元盗犯係捜査員は、爽子が撮影した杉田雅美の写真を確認してもらうために出向いた爽子に、そう言ったものだった。緊張と安堵で手袋を外して、汗をぬぐった手でその辺に触れちまうとかな。新出宅のゴミ箱の指紋も、テープを剝がすためについ手袋をとってしまった結果だろう。

そして、角田文造は七十六歳だった。……七十五歳以上の高齢犯歴者の指紋は、年齢から犯罪は無理と判断され、ＡＦＩＳから抹消されるのだ。

杉田雅美は今日もひとりで、居間で爽子の正面に座っていた。被害者で娘の亜紀の姿はない。しかし中学校から帰っていない、という雅美の言葉は嘘と知っていた。

「だからなんですか」雅美は無味乾燥に言った。

「お父さんは、腕利きの……泥棒だった。あなたは新出の家からSDカードを盗むように頼んだんですね」爽子は言った。「亜紀さんに脅しに乗る振りをさせて、指定した場所にやってきた新出を自宅まで尾行し、忍び込んだ。そうですね？」

雅美の答えは、敵意ある無言だった。

「どうして私たちを信じて下さらなかったんですか？　こんなことをすれば……」

「大っ嫌いだからよ、警察なんか」低く、吐き捨てるような雅美の答えだった。「前に言ったでしょ、自分たちの都合だけで捕まえたり捕まえなかったりする。挙げ句、盗犯検挙月間だとか言って、食卓を囲んでる子どもの目の前で逮捕する。おまけに、あのひとが懲役《おっとめ》刑してる間、親切めかして私の母に言い寄る刑事までいたわ。泥棒は諸悪の根源？　笑わせないで」

「でもそれと、亜紀さんに起こったことは――」爽子は反駁《はんばく》する。

「同じよ」雅美は吐き捨てた。「私は夫に出会えて、あの人とは縁を切った。一切を隠してきた。でも、それまでは〝泥棒の娘〟って、学校でも近所でも後ろ指をさされ、なにかといえば疑われ、じろじろ見られながら笑われて生きてきた。気味が悪いけど珍しい虫でも見るような目でね。亜紀にされたことが知れれば、きっとあの日に囲まれる」

爽子は雅美を強く見詰めた。このままでは亜紀は救われない、と思った。すべてを晒すことが正しいとは限らない。しかし――。

「いっときますけど」雅美は言った。「私は父に……いえ、あの人にあなたがおっしゃったようなことは、頼んでなんかいませんから。いまどこに住んでるのかも知りません」

「解りました」爽子は言った。「でも、亜紀さんには会わせて下さい。お願いします」

角田文造の行方は、ほかの所轄盗犯係が追っている。杉田雅美が亜紀の惨い被害を隠したいと願うのは当然だとしても、刑法は自己救済を認めていない。窃盗も罪だ。

爽子は自分なりの解答を得たとき、思ったのだ。ああ、被害の津波が広がってしまったのだ、と。単に性欲を満たしたいという原始的で粗暴な犯罪が、被害者の心に積み上げられてきたもの、さらには未来まで薙《な》ぎ倒す。それだけでなく、被害者の周囲の人々の心にまで押し寄せ、ばらばらにし、新たな罪まで生む。亜紀本人はもちろん、母親の雅美、祖父の角田文造さえ、いわば新出の犯行の、波及的な被害者なのだ。

――それが犯罪というものの救われない真実で、私はそれを追う捜査員だ。でも……。

私は被害者達と誠実に向き合い、思い致しただろうか。死ぬほどの辱《はずかし》めを受けた少女達に、身内に罪さえ犯させたこの母娘に。いかに重要な証拠だとはいえ、これさえあれば被害者達は決心してくれる、新出が舐めた態度でしらを切れなくなる、とそれだけに気をとられ、ＳＤカードの押収ばかりに傾注していたのではないか……。

え？　と訝《いぶか》しげな顔になった雅美に爽子は繰り返した。

「亜紀さんに会わせて下さい。学校を休んで、ずっと二階のお部屋におられるんでしょう？」

「やめて！　あの子にかまわないで！」雅美は階段で爽子の袖をつかみ、叫んだ。

爽子はそんな雅美を引きずるように段を上りながら、後ろも見ずに言った。「あなたは隠すことだけ考えて、亜紀さんの気持ちに寄り添ってあげたんですか？」

「わ、私は母親です！　あの子のことは一番――」

そのとき、階上から声が響いた。「……やめて！　大きな声を出すのはやめてよお！」

泣き出す寸前のような、湿った声だった。

女性警察官と母親は身動きを止めた。やがて爽子は振り返り、固まったままの母親を見た。「お母さんの気持ちは、解るつもりです。でも、亜紀さんの身に起こったことは……消せないんです」

「だからって！」

「無理に話してもらうつもりはありません」爽子は言った。「ただ、……ずっと昔に私自身がなにを体験したのか、どうしてここに警察官として来たのか、聞いて欲しいんです」

あなたも……？　雅美は目を見開いたまま、口の中で呟いた。

「無理強いはしません。約束します」爽子は安心させるように微笑みかけた。

袖をつかんでいた雅美の手がはなれた。爽子は小さく黙礼すると、階段を上って二階の廊下に立ち、可愛らしい木製プレートの下がるドアを叩いた。

「亜紀さん、ね？　私は吉村っていうの……入ってもいい？」

「こんにちは」爽子はひとりで部屋に入ると、後ろ手にドアを閉めた。

カーテンが引かれた部屋は薄暗く、少女の部屋らしい彩りを塗り込めていた。窓もしばらく開けていないらしく、空気が淀んでいる。脅えた息と汗の臭いだ……。

杉田亜紀は、壁際のベッドに座り込んでいた。パジャマ姿で、抱えた膝の上から目だけをのぞかせて、爽子をじっと見ていた。華奢《きゃしゃ》な肩の線が強張っている。

「すこし話をしてもいい？　私は――」爽子は左内ポケットから、上着と紐で繋がれた警察手帳を取り出し開こうとして、やめた。ぱたりと閉じて、ポケットに戻す。いまこの子に知ってもらいたいのは、私の身分じゃない。

「話したいことなんて……ないです」亜紀は膝に顔を押しつけ、くぐもった声で言った。

「そう。座ってもいい？」爽子は亜紀が顔を埋めたままうなずくのを見て、学習机の椅子を引いて、腰掛けた。「でもね、多分、私は亜紀さんの身に起こったことを理解できると思うから」

「……多分？」亜紀は顔を上げた。尖った眼が爽子に向けられた。涙も涸《か》れ果てた、曇った瞳だった。「多分っていったの？　そんないい加減なこと——」

「ええ」爽子は小さく答えた。「亜紀さんは、十四歳よね？」

爽子は薄い胸の奥から、重く分厚い扉がひらく、ごろごろという音が聞こえてきそうな気がした。私は、私の怒り、憎しみ、そして執念の原点を人に告げようとしている……。すべてを告げたあとで得られるのは少女の理解か、それとも、私自身の決壊か。

無言の亜紀に、爽子は続けた。「私があなたと同じ目に遭ったのは、十歳の時だから。あなたより、もっとちいちゃかった」

「嘘……でしょ、そんなの」

「いいえ」爽子はぽつりと言った。「隠したい気持ちは、亜紀さんと一緒だけれどね……」

亜紀は爽子をじっと見た。先ほどまでの感情を失った目ではなく、どこか繋がりをもとめるような視線だった。

「亜紀さんはどうして、悲しい目に遭ったの……？」

「学校からうちに帰って……」亜紀は無意識に口を開いたようだった。「……鍵を開けてると、後ろから……」

目をつけた少女を尾行し、家人がいないのを確認してから自宅で襲う手口。新出貢の常套手段だ。玄関先で鍵を開けていれば、まず昼間は一人だとわかる。

「そう。――私は、アパートの近くだった。道路でね、塀にボールをぶつけて遊んでた」

「あたし、あたしね……、なんであのとき、鍵を開けるまえに、後ろを見なかったんだろうって……。そうすれば……。あたしが、不注意だったせいなのかな」

「そんなことない」爽子は首を振った。「たとえ不注意だったとしても、ひとに酷いことをしてもいい理由にはならないわ。――私も、ひとりで遊んでた。その時はたまたま友達も周りにはいなかった」

そして、あの事件の後、私は友達と呼べる人間までもなくした、と爽子は思った。

「それでね、男が話しかけてきたの。その声を聞いた途端、そいつがまともじゃないっていうのは、子ども心にも解った。でも、声を上げなきゃ、助けを呼ばなきゃなんて考えは、手に持ってたボールを落とした途端、すっとどこかに消えてしまった」

怖かった。凶暴な肉食獣を前にした草食動物のように、男の圧倒的な優越感が恐ろしかった。

「あとは、手をつかまれて連れてかれた。肩が外れそうなほど痛かった」

「あたしも……、引きずられてゆく間、必死に暴れたけど、でも……」

「ついた場所は、骨組みができたばかりの建築現場だった」爽子は記録を読み上げるように続ける。「男は私の目をのぞき込んで、ちょっとの間、静かにしてろって言った。男は私の下着を脱がした。汚い手が、肌に触れるのが解った。這い回ってた。でも私は、動けなかった。怖くて……、それは、それは……」

――男の欲情が直接、心を鷲づかみにしたからだ！

臓腑を絞り上げられて、爽子は口を押さえた。過去が、記憶が、感情が膨張して逆流する。噴きだして、再びこの身を穢そうとしている。

「吉村……さん？」亜紀が小声で窺うように言った。「吉村さん……！」

爽子は口を押さえ、身を屈めて喉と肩を波打たせ続けた。亜紀はベッドから降りて、近づいてきた。おずおずと丸まった爽子の背を撫でる。動作はのろのろしていたけれど、それは座り続けていたせいで、端整な顔は気遣わしさで歪んでいた。「大丈夫ですか……？吉村さん……！」

「ごめんね……大丈夫」爽子は荒い息をしながら手を下ろし、背を伸ばした。「私は、強い人間じゃない。頭だってよくない。でも、でもね」

爽子は亜紀へ顔を上げた。亜紀は、背を撫でていた手を止めた。爽子の目は、涙に滲んではいたけれど、強い光を持っていた。

「私がされたのと同じことを、ひとにするやつは赦せないと思ったの、絶対に」爽子はそっと亜紀を抱き寄せた。「そしてその時、私を助けてくれたのは、ある優しい勇敢な警察官だったの」

亜紀はうつむいたが、爽子は続けた。

「だから私は、警察官になった。ひとりでも多く、幼かった頃の私自身や、あなたのような子を守りたくて」

「でも……あたし……」

「ああいうことされて、辛いのは解るの。でもこれからさき、辛いのにくわえて脅えながら暮らすのは、とても辛いわ。だからせめて、あなたが脅えなくてもいいようにさせて」

幼い私を誰も救ってはくれなかった、と爽子は思った。事件のあと、母さえも異物を見るような眼で私を見た。だから杉田雅美の言葉は半分は真実だ。

――でもこの子を、いえ、この子たちをそんな冷たい孤立に置き去りにしない。

おぞましい記憶に心が侵食されるのを食い止めてあげたい。苦しみも含めて自分自身を受け入れ慈しめるように。私は私の弱さを受け入れてはいなかった。半年前の事件でそれに気づき、私は自分自身を見失ってしまった。だから——。

「犯人が、憎い」亜紀は爽子を見据えて言った。しっかりした声だった。

「だから捕まえて。お願い……！」

「また、お話きかせてね」爽子は部屋を出て、戸口の亜紀にちいさく笑いかけた。「あ、見送ってくれなくてもいいから——」

と、爽子が言った時、押し殺してはいたが鋭い口調のやりとりが聞こえた。そちらを見ると、階段を通して見下ろせる玄関の三和土《たたき》で、後ろ姿の雅美がドアを細めにあけて、外の誰かと話している。

「ここには来ないでって、あれだけ……！」

爽子は、またね、と笑顔で亜紀の部屋のドアを閉め、それから表情を消して階段を駆け下りた。そのまま三和土に飛び降りて、雅美の肩をつかんだ。

「どいて下さい」

「あ、何するの！　やめて！」

玄関のドアノブを押さえたまま離そうとしない雅美を押しのけ、爽子はドアを開いた。

外には、後退した白髪を後ろで伸ばし、やはり白い髭で顔を覆った老人が立っていた。

「角田文造さん、……ですね」爽子は鋭い視線に対峙しながら言った。「奥さんから連絡を受けたんですね？」

「ああ」角田はうなずいた。「こいつを持ってきた」

ズボンのポケットから、ビニール袋に入れたSDカードを取り出す。

「馬鹿！　なんで持ってくるのよ！」雅美は叫んだ。「どういうつもりで……！」

「なあ、雅美」角田は言った。「こういうことは、やらかした奴もされた方も、落とし前をつけにゃならねえ。俺も早い内につけてたら、母ちゃんやお前に苦労をかけることも、なかっただろうなあ」

「なに父親みたいなことを……！」

「ああ、そうだな。俺は大馬鹿もんだ。やっちまってから後悔する。だったら最初からしなきゃ良かったのにな」角田は言い、呟いた。「だがあの時は……、お前に頼まれたときは、これが俺にできる唯一の親父らしいことに思っちまってなあ……」

爽子はSDカードを受け取り、顔をあげた。「あなたの被害届はここ数年はなかった。足を洗ってたんですね」

「そうだ」角田は言った。「俺みたいな奴でも拾ってくれる人がいてな、内装業をやってた。もっとも、あの糞餓鬼の家にノビに入る前に辞めちまったがな」

これもまた、犯罪の救われない被害だ、と爽子は思った。

「だがな刑事さん、俺は雅美から事情は聞いたが、糞餓鬼の家へはてめえの意志で行ったんだ。そいつは絶対ゆずれねえし、どんなにしめられても吐くつもりはねえ」

すべてを晒すことが正しいとは限らない……、と爽子は思い、うなずいた。「私は、聞きませんでした」

行こうか、と角田が先にきびすを返し、爽子が靴を履いて追おうとすると、声がかけられた。

「お母さん、だれ……？」

亜紀が階段上から、壁に寄りかかるように身を隠しながら、こちらを見ていた。

「お前……そうか、お前が、亜紀ちゃんか」角田は、振り仰いで呟いた。「……大きくなったなあ」

爽子が角田の腕を取って辞去するとき、閉じられる玄関のドアの隙間から、雅美の声がした。

爽子の耳には、ありがとう、お父さん、と聞こえた。

「新出君、いい物が出てきただろ」伊原が厳《いか》つい顔をこれ以上ないくらい笑み崩して、言った。「どうした？　喜びのあまり射精でもしそうな顔だな、おい」

ほんと下品なんだから……、と爽子はマジックミラー越しに取調室の様子を見ながら思った。とはいえ、ふんぞり返っていた新出の肩が落ち、ぼんやりと机の上のＳＤカードを眺めるしかない姿を見るのは、確かに気分がいい。

三日前、角田文造を当該所轄へ連行し、盗犯係に引き渡した。最優先の捜査を平身低頭して頼んだ。ＳＤカードは窃盗事案の盗品なので、そちらの処理を優先したのだ。

もちろんその間にも奥野雛子、杉田亜紀のほか二人の聴取、告訴の説得に当たった。女子中学生がどうしても拒否したのは残念だったけれど、これで新出を三人への強姦罪に問うことができる。

ざまみろ、と爽子は意気消沈したままの新出に心の中で言った。ひとりなら数年の刑期と踏んでいただろうが、これでさらに量刑が増える可能性も出てきた。

と、爽子の思いが伝わったわけではないだろうが、突然、新出は椅子を引き、ＳＤカードに手を伸ばした。が、一瞬早く伊原は机の上からそれをさらって立ち上がり、身を乗り出した新出の胸ぐらをつかんだ。新出は無様に、腕を振り回し続ける。

「わはは、そう喜ぶな」伊原は腕を伸ばしたまま、ますます嬉しそうな顔になる。「こいつはお前の、塀の中への特別優待切符だからよ」

さて、と爽子はなにか喚きだした取調室の新出から、腕時計に目を移した。今日は奥野雛子と会う約束をしている。捜査員としてでなく、おなじ心に傷を負うものとして。

爽子は卑劣な男の悪あがきに背を向けて、歩き出した。

第五話　ニューナンブ

頭の芯で白光が炸裂した。……一瞬で熱くなった頭へ、横殴りに払われた硬いものと、制帽の縁が食い込むのを感じる。不意打ちは痛みを通り越し、ただただ衝撃だった。それは一刹那で脳を直撃して意識をすりつぶし、痺れさせ、警察官は夜の路上に額を打ちつけて倒れた。頭から制帽がころがり、刈り込んだ髪が露わになる。

けれど叩き込まれた習性か、警察官は意識を朦朧《もうろう》とさせながらも右腕をのろのろと曲げ、腰の太い帯革に下げた拳銃入れを、震える手で庇おうとした……。

永山交番の勤務員が襲われた——。

交番から百メートルほど離れた現場では、駆けつけた数十台に及ぶ白黒および覆面パトカーの警光灯の明滅がさざめき、深夜二時の二車線道路を灼熱の河へと変えていた。

暑い……、と爽子は思った。夏の初めだというのに夜の空気はじっとりと湿り、息苦しい。制服警察官が倒れていた路地をふさいだ、赤く染まったビニールシートを見ているとのぼせそうだ……。そんな思いを振り払って、爽子は口を開いた。

「それで西村巡査は、ひとりで警戒中だったのね？」

襲われたのは、二十六歳の西村武雄巡査だった。頑丈そうな顎と太い眉、いかにも強面《こわもて》な反面、交番に訪れたひとや住民への接遇は優しかったという。

「俺……いえ、私は奥の待機室で仮眠してました」阿川巡査は、ずれた制帽のままぼんやりと言った。「班長は、警邏《けいら》に……」

「じゃあ、西村は単独で交番から離れたのか」伊原が執務手帳から顔を上げた。

「そうだ」年配の古賀巡査部長が言った。「あの野郎、自分がちょっと身体がでかいからって油断するなと、いつも言ってただろうが……！」

「一応、西村さんには声は掛けられたんです。……でも、僕が起きたときには姿がなくて、無線で尋ねても応答がなくて、それで探したら……あの路地で泳ぐみたいに倒れてて……」

頭部を鈍器で殴られた西村巡査は、意識不明のまま救急車で運ばれたが、身長一八〇センチ、体重七五キロの偉丈夫だった。実際、卒業配置したばかりの阿川巡査と、定年間近の古賀巡査部長と比べれば、どれだけ体格に恵まれていたか解る。

「西村の馬鹿野郎、勝手にどうかなるんじゃねえぞ」古賀巡査部長が呻いた。「こないだ、好きな女の両親に挨拶したって言ってた矢先だろうが……！」

「西村さんの容態も心配ですけど……、拳銃《こしどうぐ》は？」

爽子の懸念は、警察官ならばまず思い当たることだった。

「西村、拳銃を包むようにつかんでた」古賀が、これだけが救いだ、とでもいうように言った。「弾も抜かれてねえ。確かめた」

「不幸中の幸いだな。——古くせえニューナンブだが、引き金をひきゃ弾はでる」

ニューナンブM60は、米国製S&WM36を参考に開発された、日本警察を象徴する制式拳銃だ。小指がかけられるよう握把《グリップ》の一部が突き出し、照門をはずして命中率を下げるなど、独自の改良を施してある。だが、九〇年代から国産に比べ安価なことや貿易不均衡是正、あるいは暴発事故の際の言い逃れのためにS&WM37など輸入品が増え、現在は新型国産拳銃に更新が進められている。

「マル被は拳銃めあてだったらしい」堀田が携帯電話を耳からはなして、爽子達に告げた。

「つり紐にサバイバルナイフかなにかで切った痕がある。阿川の発見が遅ければ、危なかったかもしれん」

「そりゃ良かった」伊原が素っ気なく言った。「いやほんとに。同僚が襲われてんのに布団でぐうすか寝てました、ってことになりゃ、そいつは一生うだつが――」

「伊原義之巡査部長……！」爽子は噴きだしかけた怒声を一旦飲み込み、それから声を絞り出した。「いまこの場で、言う必要があるんですか……！」

鑑識、機捜が行き交う中で、その場だけ空気が凍り付いた。

支倉は「吉村主任……」と呟き、高井は「伊原長、よしましょう」と諫め、佐々木は無言で顔をそらし、三森もさすがに尻馬に乗らず「そりゃ言い過ぎじゃ……？」と、堀田を凝視したままの伊原を見た。

「いや、いいんだ」堀田は目をしょぼしょぼさせながら、力ない声で言った。「……ほんとのことだからね」

堀田秀夫係長は優秀な警察官だった。爽子はそれを知っていたし、周囲も嘱望していた。

十年前、あの事件が起こるまでは……。

それは、巡査から競争率三十倍の巡査部長、同じく二十倍の警部補昇任試験を若くして乗り越えた堀田が、ある警部交番での宿直中におこった。

深夜の交番に、拳銃奪取を目的に男が乱入したのだった。不意を突き、しかも殺人以外に用途のないサバイバルナイフを振るっての凶行だった。二人の勤務員は重傷を負いながらも必死に応戦し、また腰の署活系無線《エスダブ》の緊急ボタンを押したのも幸いし、乱入男は管内中から応援に駆けつけた十数人の警察官達に取り押さえられた。

汚点は、ここからだった。凄まじい修羅場だったにもかかわらず、仮眠中の堀田が起き出してきたのは、乱入男がパトカーに連行される直前だった……。

〝殺されそうな部下に気づかず、寝ていた警部補〟――。異動を重ねようと、汚名と嘲りはついて回った。

……警務要覧の読み過ぎで眠かったんだろうよ。……いや、びびって布団かぶって震えてたんじゃねえの？

昇任試験を最低勤務年数で一発合格してきた特進組への、やっかみ混じりの意地の悪い視線とロッカー室での黴《かび》じみた噂、なにより自責の念が堀田を萎縮させた。

こんな自分に、なにを言う資格があるのか……。年々重くなってゆくその思いが、言動を曖昧にさせ、自己主張もせず、誰からも顧みられない空白のような警察官をつくった。

空白……？　爽子は思った。空白でも、手触りがある。現に堀田は目の前にいる。存在しない――空虚なわけではない。

「おっと、本部殿のおなりだ」伊原はその場から顔をそらして、夜空を仰いだ。

サイレンの吹鳴が一気に高まる。と、覆面車両が雪崩《なだれ》のように路上に押し寄せた。いくつもの鋭いブレーキ音、次々にあがるドアを開ける音が、まるで速射砲だった。

堀田係長、私はあなたが立派な警察官だと知っていますから……。爽子はそう思いながら堀田の悲しげに目を垂れた横顔を見詰めていたが、声を掛けられて振り返った。

「おまえか……」五十歳代の男は爽子を見て嫌悪で顔を歪め、吐き捨てた。

佐久間孝則、本部捜一の管理官だった。運転役の若い捜査員を従えている。

「ご無沙汰、しています」爽子は無味乾燥に言った。

管理官とは複数の係を掌握する課長代理で、爽子が初めて心理捜査官として臨んだ半年前の連続女性殺傷事件では、佐久間が捜査指揮をとったのだった。手堅くはあったけど、と爽子は思う。私の犯人像推定《プロファイリング》を有効に活用してくれたとは、とても言えなかった……。

「拳銃が無事とはいえ、警察官襲撃は重要事犯だ。二個係を投入する」佐久間は爽子だけを睨んでいった。「いいか、お前は面倒だけは起こすな。それだけでいい、いいな」

爽子は通り過ぎる佐久間を肩先に感じながら、半年前は自分の暴走で、佐久間もまた迷惑を被ったのは確かだ、と思っていた。

汚点を持つのは、堀田だけでなく私も一緒か……、と心で呟いて視線を路上に落とした爽子の耳を、ひときわ大きな排気音が打った。

機動隊の輸送バスと見まごう機動捜査隊指揮官車、通称〝機捜一〇一〟が現着したのだった。

特別捜査本部、設置。

佐久間は爽子に告げたとおり、捜一の殺人犯捜査係を二個係、二十二名投入した。

一事案に複数の係投入は、禁じ手とされる。それは、誘拐や立てこもりなどの特殊犯は別にして、古くは三億円事件や食品会社《グリコ・森永》脅迫事件などでもわかるように、捜査本部内でのそれぞれの思惑が交錯する、いわゆる〝お祭り捜査〟状態に陥りやすいからだ。

マスコミは事件の未解決《おみやいり》のたびに刑事の個性を活かせっていうけど……、と爽子は思った。捜査員は昔から、職人ゆえに身内さえ出し抜こうとする。捜査員それぞれの強烈な個性が事件解決を導いてきたのは事実だが、強引な捜査や効率無視の手柄争いがまかり通り、冤罪さえ生む下地となった。爽子自身も苦汁を飲んだそうした気質が残っているからこそ、幹部達は組織捜査を声高に連呼する。

だが……その猟犬の如き捜査員達を強固に一致団結させるのが、警察官襲撃事案だ。

未明から翌日の日中にかけて、約百五十人の捜査員が現場検証や地取りに歩き回り、夜、詰め込まれた講堂での捜査会議の報告に、出し惜しみはなかった。

救急搬送された西村巡査は、脳挫傷で意識不明。側頭部の割創から凶器は野球のバットなど鈍器とみられ、角度から被疑者は身長一六〇程度。

　また、拳銃から被疑者の右手指紋及び掌紋を採取したが、前歴者指紋に該当なし。被疑者は倒れてなお拳銃のシリンダー部分をつかんだままの西村巡査を、握把《グリップ》をつかんで引きずった形跡あり。

「よく暴発しなかったわね……」

　爽子が捜査員らがずらりとついた長机の末席で呟くと、おいおい、と伊原が言った。

「拳銃操法は苦手だったか？　映画でもよくあるだろ、回転式はシリンダーを握っちまえば、撃鉄は起きねえし引き金ひいても無駄だ。拳銃入れには撃鉄を下ろした状態じゃないと、入らねえようになってるしな」

　爽子はなるほど、と納得したが素っ気なく返した。「あ、そうですか」

　拳銃なんか大嫌いだ、と爽子は思った。あの冷え切った魂のような感触は。

「うるさいぞ、そこ！　吉村！」佐久間が、ひな壇から鋭く名指しで叱責した。

　佐久間は幾重にも連なる頭と背中を通して、本部の幹部連の中から睨んでいた。爽子は形ばかり黙礼し、ふっと息をついた。管理官は、私をとことん目の敵にする気みたい……。

　地取り班の報告へと続く。犯行そのものを目撃したものはいないが、交番付近で不審者を見かけたものはかなりいた。

犯行の四時間前、つまり午後十時頃、電柱の陰から交番を窺っていた黒ずくめの男。

同じく二時間前、午前零時頃、立番中《りつばん》の西村巡査に注意されていた自転車二人乗りの少年。同三十分前、交番の前で西村、阿川両巡査に絡んでいた酔っぱらい。なかなかの繁盛ぶりで、犯行の少し前には、パジャマ姿の男が駆け込むのも目撃されている。

「刃物と鈍器を準備したマル被は、かなり用意周到だ。慎重に犯行に及んだと見られるが、もし拳銃が奪われていれば、マル被の次なる犯行に使用されただろう」佐久間は言った。「意識を失いながらも守り抜いた西村巡査のためにも、徹底して洗い出せ！」

檄《げき》の次は、本部内の編成に若干の変更が告げられた。そして——。

「……多摩中央の吉村は庶務！　以上だ、早朝から御苦労でした、散会！」

やれやれ……と大勢の捜査員が椅子を鳴らす音が響き渡るなか、爽子は座ったまま震える息をゆっくりとついた。庶務の任務は本部内での連絡調整、記録、照会。でも、たぶん私の主な業務はお茶くみや資料作成、雑巾がけだ。

私は機械になろう、と爽子は思った。捜査員、という名の精密機械に。

同じ所属の、いかにも屈強で無骨な割に住民には評判の良い巡査が襲われたのには、当然、胸を灼くほどの憤りを感じる。けれど、私には何も求められていない。佐久間ら幹部達が求めているのは組織捜査だ。ならば、感情をもたない精密機械になってやる……。

特捜本部の第一期のため、道場に泊まり込んだ捜一や伊原たちの酒宴に、爽子は形ばかり顔を出し、支倉はホステスじゃありませんよ、と釘を刺してから刑事部屋に足を運んだ。

「あ、堀田係長。――お疲れ様です、いまお茶を淹れますから」

「すまんね。私は書くのが遅くてね」席で報告書を書いていた堀田は、爽子の出したお茶を旨そうに飲んだ。「それにしても、嫌な事件だな。そんな事件でよりによって、こんな寝坊助と組むのか、と本部の若いひとは内心思ってたんじゃないかな。縁起が悪いと」

「そんな――」爽子はどんな種類の笑みも浮かべず、ただ首を小さく振った。

「そういえばあの佐久間管理官、君とはなにかあったようだが、黒ずくめの男が伸び筋とみてるようだね」

用意周到で慎重。捜査指揮者は士気を保つため、なにを有力視してるのかは口にしないものだが、目撃された不審者のなかで、それらの条件に合うのは黒ずくめの男だ。

「吉村特別心理捜査官は、どう考えてるのかな？」

「そんな、からかわないでください」爽子は曖昧に目をそらした。――私、感じるのも考えるのも、しばらく止めようと思ってるんです。

「私もマル被が用意周到で慎重、とするのは賛成なんだが、なんとなく、黒ずくめ男ではなく……」

え？　と顔をあげた爽子に、堀田は宙を見据えつつ言った。「……パジャマ男なんじゃないか、とね」

一番あり得そうもない、という表情の爽子を見て、堀田は微笑んだ。

「まあ、思いつきだがね、満更、根拠がないわけじゃないよ。――黒ずくめ男が犯人なら何時間も犯行現場《ヤマ》の下見《み》をしたわけで、西村が最も手強そうなのは解ったはずだ。他の勤務員を見たろう？　定年間近と若葉マークだ。私ならこっちを襲うよ、あんな大男よりね」

「……そうですね」爽子は、確かに勤務員の中で西村が段違いに頑健だったと思った。

「パジャマ姿だから、西村はごく近くの住人だと咄嗟に判断して飛び出した」

「お話の通りなら、反撃してくる可能性の高い西村巡査を、マル被はあえて襲った、と」

爽子は呟く。「でも、マル被の目的は拳銃です。奪える確率は下がります……」

「そこなんだなあ」堀田はお茶を飲み干す。「ずっと考え込んでるんだが」

爽子は堀田の横顔をじっと見詰めた。昼間に組んだ捜査員だけでなく、過去を知る者のたくさんの視線を堀田は感じていた筈だ。それなのに、私が心を遮断しているとき、このひとは揺るがぬ心でマル被の影を追っていたんだ……。

立派です……。爽子は素直にそう思い、自然と微笑んでいた。

「でも、報告を上げる価値はあると思います。それに書かれてるんですか？」

「……いや」堀田は、ため息のように答えた。「こんなことくらい、誰かが考えるよ」

諦念《ていねん》が習い性になったような声だった。


翌朝、爽子は疲労と眠気の霞がかかった頭のまま、誰よりも早く捜査本部に入った。湿った体臭と埃っぽさが漂う講堂の窓を開け、初夏の瑞々《みずみず》しい空気と入れ換える。大きな薬缶にお茶を淹れ、いくつも並ぶ長机に雑巾を掛ける。泊まり込みの、伊原たちを含めた捜査員が姿を見せ始め、佐久間ら本部の幹部の到着とともに、朝の捜査会議が始まる。

捜査方針の確認が終わると、捜査員らは部屋から流れ出してゆき、爽子は記録整理、出先の捜査員からの照会に忙殺された。

けれど爽子は頭の片隅で、昨夜、堀田の話した説を考え続けた。新人の阿川と定年前の古賀と、襲われた西村はどこが違い、狙われたのか？

出身、拝命年次、業務歴……？　拳銃を狙った犯行から、違うような気がする。とすれば、あの夜、被疑者の目に映ったなにか、ということになる。

一段落つくと、ふと、風がやむように本部へ静けさが満ちるときがある。

「ちょっと、外します」爽子は署の中庭から響いてくる交機隊のかけ声を聞きながら、頃合いを見て席を立ち、抜け出した。

階段を下りる途中、あんた一体なにしてるの、と、もうひとりの自分が囁きかけてくる。なにかを見つけたとしても、佐久間管理官、聞く耳なんかもってくれないわよ……。

爽子は負けたくない、と囁きを心の中で打ち消す。佐久間管理官に、ではなく、弱い自分自身に。なにより——。

——私は堀田係長を信じてるから。

警務係につき、爽子は立ち働く女子職員に声を掛けた。「あの、装備台帳、見せてもらえませんか」

机を借りて台帳をめくる。古賀、阿川、そして西村に貸与、支給された装備を調べる。

……制帽、夏服上衣、耐刃防護衣《ベスト》、階級及び識別章、左胸ポケットの警笛及び鎖と受令機《APR・WR1》、右胸ポケットの警察手帳。帯革につける装備は、左から署活系無線機《SW201》用ホルダー、六十五型警棒及び警棒吊り、警視庁式手錠と手錠入れ、そして拳銃《こしとうぐ》……。

「——え?」爽子はなぞっていた細い指を止め、顔を寄せた。

古賀巡査部長の拳銃は、年齢が考慮されたのか最も軽量なS&WM37エアウェイト。阿川巡査の拳銃も同じだった。けれどただひとり、西村巡査のだけが違った。

ミネベア、ニューナンブM60。

まさか、と爽子は思った。輸入品ではなく、国産拳銃をわざわざ狙ったというのか。

普通、〝拳銃が狙われた〟といえば、民間人の所持できない武器だから、と当然考えるものだ。殺傷能力があれば、それでいい筈だ。

それが、甘党が同じ種類の菓子でも特定のメーカーの製品にこだわったり、酒飲みや喫煙者が銘柄を選ぶように、ニューナンブを狙ったと？

馬鹿馬鹿しい。それに多少はM37のほうが小型だが、拳銃入れ《ホルスター》に包まれ握把《グリップ》がのぞいているだけなのに、ニューナンブと区別がつくものか――、と爽子は思い、ふと息を止めた。
ニ、ュ、ー、ナ、ン、ブ、は、小、指、が、か、け、ら、れ、る、よ、う、に、握、把、の、一、部、が、突、き、だ、し、て、い、る……。そしてそれは、注意すれば端《はた》から見ても解るはずだ。
偶然、じゃない。犯人はだから、三人の勤務員の中で最もリスクの高い西村巡査をあえて選び、おびき出したのだ。

爽子は、臨場した際の光景とあらゆる捜査報告を思い出しながら深呼吸し、目を閉じた。

ここからは想像力の出番だ。

……パジャマ姿で交番に駆け込む。机から立ち上がった西村に急を告げる。そして、道路から少し奥まった路地へ走り込む前に、さりげなく足をゆるめ、西村の後ろに回る。被害者の姿を求めて見回す、二回りは高い西村の後頭部に、隠していた凶器を振りかぶる。昏倒した西村から銃を奪おうとする。が、西村は朦朧としながらも手を離さない。どうしよう、仲間の警察官がくるかも知れない、人にも見られるかも。こうなればいっそ殺してでも――。

「……だめだ、そんなことしたら汚れる」爽子は呟いて、目を開けた。「え?」

汚れる……? 自分でも、訳がわからないまま口に出していた。

――血で、ってこと?

被疑者には、殺すつもりまではなかったのか。だが、殺して奪うことはできたのだ。なぜなら、拳銃吊り紐に、サバイバルナイフのような刃物で切ろうとした痕があったのだから。それで刺せば、西村も手を離しただろう。そう言えば犯行時、拳銃が暴発、あるいは被疑者が撃てなかったのは構造上の理由だったが、たとえ撃てても、被疑者は撃たなかったのではないか。

――被疑者にとって、強奪は売っていないモノを入手する手段に過ぎなかった。けれど人殺しは一線をこえてしまう。なにより、血で汚れてモノの価値は半減する。マル被は良心の呵責《かしゃく》なくニューナンブを手にして、ひとり惚れぼれと悦に入りたいんだ……。

マル被はニューナンブに異常な執着を持つ、病的にマニアックな男だ、と爽子は思った。

「つまり」佐久間はひな壇の幹部席で口を開いた。「パジャマ男は警察か銃器マニアで、ニューナンブほしさに西村巡査を狙った、と言いたいのだな」

次の日、朝の捜査会議が終わって捜査員達がいなくなり、爽子は警視庁に戻ろうとする佐久間を呼び止めたのだった。

「はい」爽子は答えて、傍らの堀田を見た。「堀田係長の示唆です」

「はあ、まあ……」堀田は気の進まぬ様子で目を瞬かせながら、視線を床に落としている。昨夜、爽子に説き伏せられ、無理矢理この場に引っ張られてきたのだった。

「偶然ではないのか」佐久間は言った。「拳銃の更新は進んでいる。それでたまたま、西村巡査だけ違っていた、と――」

「偶然にしては、マル被のリスクが高すぎます」爽子は言った。「そして仰るとおり、ニューナンブが更新で消えてゆくのが、マル被の暴挙の原因かも知れませんが」

佐久間の顔が強張った。それを見て、堀田が吉村君、と小声でたしなめた。

「吉村」佐久間は背もたれに凭《もた》れて言った。「私が最初に言ったことを覚えてるな」

爽子は佐久間の顔を見詰めた。心臓が早鐘を打ち、足は震えそうだった。……私は人の感情が怖い。そしてそう思っているのを悟られるのはもっと怖い。だから、表情を殺す。

「どうだ？　面倒を起こすな、と言ったな？」

「……調べるな、とは仰らなかったと思います」答えた爽子の顔は、白磁のような無表情さだった。

「お前、何様のつもりだ」佐久間は言った。「言われるまでもなく調べている。ただしそれは、どこぞのマニアではない。犯行当夜、交番を窺っていた黒ずくめの男だ」

でも……、と言いかけた爽子に、佐久間は声を爆発させた。「お前は黙って茶坊主をしてろ！　いいか、これ以上くだらん話で時間を無駄にさせるなら、本部から外す！」

「佐久間管理官！」堀田が叫んで、背骨を抜かれたように深々と頭を下げた。「申し訳ございません！　私がつまらない憶測をしたばかりに吉村が貴重なお時間を……！　お怒りはごもっともですが、どうか、……どうか私の監督不行届ということで、この場は」

「堀田さん」佐久間は、はっと息をついて席を立った。「あなたを責めようとは思いませんよ。ただ、そういうことはこの馬鹿を通じてではなく、報告書で上げてもらえば検討します」

いやいやそんな、勿体ない……と、万引きした女子高生を引き取りに来た保護者のように平身低頭する堀田に頭を押さえられながら、爽子は後悔した。

――余計なことしちゃった……。

「いいか吉村」佐久間は講堂を出ると言った。「肝に銘じておけ」

「…………」爽子は、堀田に背中をつつかれて従順な返事を促されながら、言えなかった。

貴様、と佐久間が罵声を上げようとしたとき、その場にふさわしくない間延びした声がかけられた。

「あのお、捜査本部の偉い方にお会いしたいって、西村さんの婚約者の方が、お父さんとお見えなんですけどお」

「それで、お話とはなんでしょう」佐久間が言った。

「はい」女性が応接室のソファで口を開いた。清楚《せいそ》なワンピース姿で、二十代前半だった。

こんな綺麗な娘とどこで知り合ったのか、と思いながら爽子はテーブルにお茶をおいた。

「お陰様で、武雄さん、命に別状はなく後遺症もほとんど残らないだろうって、お医者様も言ってくださったんですけど……。でも、その、父がどうしても、皆さんにお話ししなくてはならないことがあって。ね、お父さん」

隣に腰掛けた、眼鏡をかけた中年の父親は口をへの字に曲げていたが、もういちどお父さん、と娘に声を掛けられて、いきなり頭をテーブルにこすりつけた。

「どうか顔を上げて、詳しく」

「事情を伺い――」

「あれは、私なんです！」

「どうか顔を上げて、詳しく」


「申し訳ない！」

「どういうことです」佐久間は思わず、堀田と顔を見あわせる。「事情を伺い――」

「いや……その」父親は額をつけたまま言った。「あれは、私なんです！」

「あれ？　あれとはなんです」佐久間の表情が険しくなる。「どうか顔を上げて、詳しく」

「ですから、その……武雄君が倒れた夜、交番を見ていたのは、私なんです」

その場の警察官全員の顔から、表情が滑り落ちた。では、あの最も有力視され、いまも大勢の捜査員が追っている黒ずくめの男は、目の前にいる西村の婚約者の父親……？

爽子は、あっ、と思い出した。古賀巡査部長が言っていた。西村は交際相手の親に挨拶したばかりだったと。

「いや、ほんとにお恥ずかしい……。親馬鹿とお笑いになるでしょうが、どうしても気になって、ならここはひとつ、武雄くんの勤務ぶりをこっそり見てみようと……。それが病院で刑事さんに聞いたら、これこれこういう怪しいやつが浮かんでると……それで慌ててうかがった次第です。面目ない」

「ほんと馬鹿な父なんです。でもどうか、許してやってください」

はっきりした娘のもの言いに、爽子はいい警察官の妻になれる、と思った。

捜査線上から、有力な筋が消えた。変質的マニアという筋以外は。

しかし、ほんとうにニューナンプを狙ったのか？

「堀田係長、上申してください」爽子は言った。「管内全所轄に同様の不審者《マルしん》がいなかったか。もしいた場合、対応した警察官の携行拳銃を照会しては、と」

パジャマ姿はもちろん、交番に駆け込んで来ながら途中で姿を消した者、あるいは用事がある振りをして拳銃をじろじろ見ていた者、などの条件を爽子はあげた。

堀田の上申を受け、佐久間は警視庁管内一〇一全署に問い合わせるように指示した。

各所轄から警察電話《けいでん》のファックス経由で続々と情報が届けられた。

脈がありそうな情報はあった。二ヶ月前の立川署管内。これは男が交番にやって来て事件を告げたが、用心深い勤務員が同僚に声をかけて臨場しようとすると、通報者は途中、現場へ案内していたはずの警察官らを置いて踏切を渡ってしまい、電車が通り過ぎたら姿を消していた、というもの。

一ヶ月前の三鷹署管内。これも男が交番に駆け込んでいる。そして、これはパジャマ姿だった、という。

そして、爽子に会心の笑みを漏らさせたのは、男に対応した警察官が全員、ニューナンブを携行していたからだった。

間違いない。捜査本部は一気に熱気がみなぎった。

「性懲りのねえ野郎だ、次はどこを狙ってやがる」

「交番《ハコ》だけで一千近く、駐在所まで含めりゃ千二百以上だぞ」

捜査員は口々に感想を言い合っていたが、それも佐久間が口を開くまでだった。

「――吉村」

「はい」爽子はお茶を淹れる手を止めた。捜査員らが横目で注目している。

「分析しろ。奴の住居《ヤサ》、そして次の犯行予想地域だ」

地理的プロファイリングはコンピューターの方が得意なはず、とは思ったが、爽子は心配そうな堀田をちらりと見てから、神妙に言った。「解りました。やらせていただきます」

爽子は大勢に取り囲まれ、広げられた地図を前に席に着いた。深呼吸して、無心になる。

二ヶ月前の立川、一ヶ月前の三鷹……、そして多摩。犯行地点を中心に円を描いてゆく。

被疑者は車を使っている。そして近くでパジャマに着替えて犯行に及ぶ。犯行現場を中心にした、ほぼ同じ半径の三つの円のすみが重なる地域。

「国分寺、小平、小金井の境界線付近……」爽子は地名を読み上げた。

「そこがヤサか。次の犯行は」

「これまでの犯行と等距離なら」爽子は呟く。「東久留米です」

「しかし範囲が広すぎるじゃねえか」捜一の係長が苛立ちまぎれに吐いた。

「いや、やれることはある」佐久間は背を伸ばした。「マニア向けショップの売上伝票、そして当該地域の徹底した地取りだ。ローラー捜査を掛けてもかまわん」

「佐久間管理官！」爽子は間に合わない、と思いながら立ち上がった。

「なんだ、もういい。御苦労だった、あとはこっちでやる」

「聞いて下さい。マル被の手口は進化しています。そして、犯行の間隔は短くなってます」

「マル被がもう一度やる、といいたいのか」

はい、と爽子はうなずく。「おっしゃった捜査はもちろん大切です。ですが我々がたどり着くのが遅ければ、マル被の次の犯行が防げません」

ならどうする、と佐久間の苛立たしげな顔に、爽子は言った。

「私に考えがあります」

……爽子の話を聞いた捜査員らは、半信半疑だった。

「そううまくいくもんか」誰かが言った。

「相手は病的なマニアです。それに、今回の犯行で味を占めています」

「解った」佐久間は言った。「やってみても、無駄にはならんだろう。だがあくまで捜査の本筋は、マニア向けショップ及びローラー捜査だ。――いいか、全員、マル被がパジャマ姿で襲ったのは厳重に保秘《ほひ》だ。新聞記者《ぶんや》に漏らすな。気の毒だが、西村には意識が戻っても、襲われた前後は覚えていない、と言わせろ」

数日後、田無警察署の交番に、女性警察官が配属された。

異動の時期でもないが、住民には病欠の穴埋め、と説明された。目つきの鋭い割にどこか稚気や幼さの残る端整な顔立ちは、立番《りつばん》や警邏中は機械を思わせるほど無表情だが、お年寄りの相談をうける表情は、ひどく優しかった。ただし採用基準ぎりぎりの身長で、帯革につった拳銃が重そうだった。

美人警察官の噂を聞きつけてやって来るマニアに撮影を要望されると、気軽に答える反面、ものすごく強張った顔で写真に収まった。

〈きれいな婦警さんと記念の一枚。でもあと一週間でいなくなるとのこと。残念！　すごく初々しくて、腰のニューナンブが重そうでした〉

インターネット上の、マニア同士の情報交換サイトでちょっとした話題にもなった。

……そして、暗い自室でパソコンのモニターにかぶりつき、女性警察官の引きつった笑顔ではなく、腰の拳銃を凝視する男がいた……。

その夜は、蒸し暑かった。第二当番らしい女性警察官はひとり、ガラス張りの見張り所の机で、書類を書いていた。ほかの勤務員は警邏か奥の待機室にいるのか、姿はない。と、ガラス戸が弾かれたように開き、男が走り込んできて叫んだ。「お巡りさん！　大変です、女の人が血ぃ流して倒れてて……！」

女性警察官は顔を上げた。三十手前くらいの男は近所の住人らしく、パジャマ姿だった。大変！　と女性警察官は制帽を頭に載せた。が、駆けだそうとしてためらう。「でも、いま私ひとりで……」

「そんなの言ってる場合じゃないでしょ、早く早く！」

男が答えも待たずに走り出すと、女性警察官もつられたように追いかけた。

街灯だけで人気のない住宅街を、女性警察官は男の背に従って急ぐ。

「こっちこっち！」男は路地に消え、女性警察官も続いた。

「どこです、どこに女の人が？」立ち止まって見回す女性警察官の背後にさりげなく回ったパジャマ男は、あれおかしいな……、と呟きながらも女性警察官の背中をじっと見詰めたまま、物陰に隠しておいた金属バットに手を伸ばし、握りしめた。

そのままじっとしてろ……。パジャマ男が高鳴る胸の中で呟き、舌なめずりしながらバットを振りあげた途端――。

「手にあるものを捨てろ！　吉村、どけえ！」

大勢が殺到する靴音、一斉に向けられた懐中電灯の光。パジャマ男は凍り付いた。

女性警察官――爽子もすばやく警棒を手にしながら飛びすさって、振り向いた。警棒を一振りして伸ばすと、ジャキ！　と音が鋭く響いた。構えようとした爽子とパジャマ男の間に、誰かが飛び込んできた。爽子は目を見開いた。堀田係長……！

パジャマ男はバットを振り上げたまま塀を背に、湧いて出て取り巻いた数十人の捜査員を呆然と見ていた。手に手にポリカ製の盾、立派な武器になりそうな大きなマグライト、警棒、刺股《さすまた》で武装している。……みんな持ってるグッズばっかじゃん。

かかれ！　の一声で非売品の捜査員達は一斉にパジャマ男を押し包んだ。

「大人しくしろ、こらあ！」

「野郎、ガタるんじゃねえ！」

怒号、罵声。それらが収まると、パジャマ男は手錠を掛けられ、連行されてゆく。

「手錠《それ》も非売品よ」爽子は精一杯の皮肉を、両側を捜査員に挟まれたパジャマ男が通り過ぎるときに投げ、顔を正面に戻した。「堀田係長、ありがとうございました」

「怪我はないな？」堀田は爽子の両肩をつかんだ。「あまり無茶してくれるなよ」

爽子はじっと堀田の顔を見上げた。いつもの不景気な瞬きもせず、堀田も見詰め返してくる。

「私、――係長を信じてましたから」爽子はちいさく告げた。そして、心の中で付け加える。あの日からずっとです……と。

「御苦労だったね」堀田はそう言って、手ずから入れたコーヒーを差し出した。

傷害未遂で緊急逮捕された、パジャマ男こと蕪原茂の指紋と拳銃の遺留指紋は、本部鑑識課へ緊急対照依頼した結果、合致した。邀撃《ようげき》捜査は成功したのだ。

今夜は強盗未遂の弁解録《べんろく》取書と簡単な取り調べのみだが、明日、本部鑑識から指紋等確認通知書が交付され次第、西村巡査襲撃事件について逮捕状請求され、みっちり調べあげられるはずだった。

講堂ではとりあえずの簡単な慰労会が開かれ、ほぼ全員が騒いでいる。だから、多摩中央署の刑事部屋には爽子と堀田しかいなかった。

「……いえ」爽子は制服姿のまま、自分の席でコーヒーを受け取った。「私は、係長を信じただけですから」

二人はそれぞれ、階上の騒ぎが分厚いコンクリートを通して聞けるほどの静けさのなか、コーヒーをすすった。

「なあ、吉村君」堀田は暗い窓を見ながら言った。「……なぜ君は、こんな駄目係長をそんなに買ってくれるのだ」

爽子は一瞬、顔を上げてからマグカップを机においた。制帽を膝に載せたまま、椅子を回して堀田に身体を向ける。

いつかは告げたいと思っていたことだった。

「堀田秀夫警部補」爽子は静かに口を開いた。「私は十歳の時、近所の変質者に……乱暴されました」

堀田はカップを口元に下げ、振り返った。目を見開いている。「なんだって……?」

「助けてくれたのは、警邏中の、若い警察官でした」

堀田は無言で爽子を見詰め続ける。

「私は怖くて……、署に保護された後も、聴取の刑事さんが赤ら顔のとても身体の大きな怖い人で……なにも話せなくて」

爽子の薄いが柔らかそうな唇が震え始めた。

「私は、私を助けてくれたお巡りさんを呼んで、と頼みました。……すぐに来てくれました。優しく、どうしたの、と頭を撫でてくれて」

爽子の小さな鼻が鳴った。

「家に戻っても、お母さんはなにも言いませんでした。ただ、……ただ、まるで紛れ込んだ異物のように、私を見るだけでした。それは学校でも同じで、……もう、どこへも行くところがなくって……」

　堀田の口が動いた。君は……？

「でも、……でも、その助けてくれた若いお巡りさんだけは、私を……私を交番で預かってくれて……、いていいよって言ってくれて……。一緒に、お昼ご飯を……」

「爽子、さわこ、――さわちゃん……？」堀田は息を飲んだ。

　端整な顔立ちを崩れる寸前でとどめながら、爽子は涙の溢れそうな大きな瞳で堀田を見詰め続ける。

「だから、あたしは大きくなったらお巡りさんになろうと、……助けてくれたお兄さんのような……優しくて勇敢なお巡りさんに、なりたくてなりたくて……」

「さわちゃん……！」堀田の声も震えていた。「君が……あの時の……」

「はい」爽子は溢れた涙もぬぐいもせず、頷いた。「だから堀田秀大警部補、お礼を言わせてください。あの時はただ嬉しくて、言う機会がありませんでしたから……」

「――立派になったんだね」堀田はうつむいて声を押し出した。「嬉しいよ」

　警察官になって歩んだ二十年の月日が決して無駄ではなかったという思いが、これ以上ないくらいの強さで胸に広がったのを、自分に確かめるような堀田の声だった。

「そして、この道を示してくれたことも」

爽子は立ち上がると警察礼式に則って制帽を被り、短靴のかかとを合わせて背筋を伸ばし、敬礼した。

警察学校卒業式のような、鮮やかな挙手の礼だった。

「そうか、……そうだったのか」堀田は呟きながら近づき、爽子の肩に手を置いた。「ありがとう。本当に、ありがとうな……」

「いいえ、私こそ……ありがとうございます」爽子はすべての気持ちを込めて、微笑んだ。

と、そのとき酔っぱらいたちが闖入《ちんにゅう》してきた。

「係長、しゅにーん……！　て、うわっ、何やってるんですか」支倉が爽子と堀田を見て声をあげた。「やだ、コスプレですか！」

「殊勲者ふたりがいなくなってどうすんだよ」伊原も喚く。「おっ、なんだ？　取調室プレイでもしてんのか、俺も混ぜろ！」

「伊原長、あんた馬鹿ですか」佐々木が赤い顔で無表情に言った。

「そんな、しんねりむっつりしてる場合じゃないですよー」と三森。

「お二人とも、偉い人が呼んでますよ」と高井。「佐久間管理官が、あの二人はどこに行った、探してこいってうるさくて」

爽子と堀田は互いの顔を見て、それから照れくさそうに目をそらした。――過去はどうあれ、また明日から、業務に追われる日々がはじまる。

「解りました」爽子はすばやく指先で涙をぬぐうと、言った。「堀田係長、行きましょうか」

第六話　動機

「なにか、あったんですか?」文倉由衣は、隣の席に戻った爽子に聞いた。

「……いいことでも」

先ほどまで、爽子は係長席の堀田と、逃走中の被疑者に第二種手配をかけるかを話し合っていたのだった。通常は捜査共助課に指名手配書を電送するが、飲み屋でのいさかいがエスカレートした事案であり、重要事犯のように本部へ直接電話で依頼したり、逮捕状請求に先だって手配するほどの緊急性はない。

最初は、だからかな、と文倉は思った。係長席の脇に立って説明していた爽子の表情が柔らかく、ちょっとだけ輝いて見えたのは。普段は整っているうえにあまり感情を表に出さないせいで、声を掛けにくいときもあるのに。おまけに——。

「別に」椅子に座りながら答えた爽子の声は、短い言葉こそ転属したての頃と変わらないけれど、以前のちぎって張りつけたような素っ気なさはない。なんだか甘いココアのような優しい声だ。

　つい先日も、なんだか吉村主任が変わった、と本人のいないところで強行犯係の中で話題になった。先月の交番勤務員襲撃事件のあと、刑事部屋で主任と係長が二人だけでなにか話していたが、それ以来だ、というのが、伊原以下全員の一致した見解だった。

「もしかしてな」伊原が自販機にもたれて言ったものだ。「……不倫じゃねえか？」

「はあ？」高井が微糖コーヒーを噴きだしかけた。「係長と、ですか」

「いや、それほど意外じゃない気もしますよ」太鼓持ち野郎の三森も言った。「なんとなく、吉村主任には重度のファザコンの気を感じる……」

「伊原長、三森君」佐々木が無表情に缶を口元で傾けて言った。「頭、大丈夫ですか」

　伊原が、なにを、とむきになって反論し始めたその場で、私はといえば、うそうそ、そんなのあり得ない、と缶コーヒーを持ったまま立ち尽くしてしまった。清楚で端整で冷静な吉村主任が、なにより私の主任がそんなことするはずがない。

　とまあ、後から考えると赤面しそうなほど強く否定したけれど、ついさっきまでの堀田との様子を見ていると、まさか……、とも思ってしまう。

　それに、そういう風に意識して見たことはなかったけど、堀田係長、猫背だけど背は高いし、表情はいつも不景気だけどそれなりの顔立ちだ。でもまさかね……。

くだらないことを考えていると、捜査復命書を作成中のノートパソコンのモニターから自然と目がそれ、横目で隣を窺ってしまう。

爽子は口元で手を組み、自分のパソコンのモニターを無表情に見詰めていた。まるで頭の奥にあるブラックボックスで処理が終わるのを、待っているように。

「……なに？」爽子は支倉の視線に気づくと、わずかに和ませた顔を向けた。「あ、復命書は遅くなってもいいから、今日中にね」

「あー、はい」支倉は慌てて事務処理に戻った。以前だったら、人の顔をじろじろ見ちゃいけないってお家で教えられなかった？　と冷たく切り返されただろうけど。

やっぱりなにかあったのかな……。

つまらない疑問が頭の片隅に居着いてしまったせいか、支倉が復命書を書き上げる頃には日勤帯が終わっていた。ふう……と息をして、とプリントアウトした書類を手に席から立った支倉は、上司を探しに行く前に、窓辺に立って外を見上げた。

梅雨の夜空で、低い雨雲は街明かりに映えながら、細い雨を降らせている。

爽子が遅くなってもいい、と告げたのは宿直だからで、本部からの指令が直接聞き取れる無線室《リモコン》のドアの脇のパイプ椅子で、文庫本を読んでいた。

「すいません、遅くなっちゃって」

「あ、文倉さん」

文倉がおそるおそる書類を差し出すと、爽子は受け取り、内容にざっと目を通してから微笑んだ。

「お疲れさま」

「いえ、主任こそ――」

文倉が言いかけた途端、無線室から漏れた音声が耳を打った。

「警視庁より各局、多摩中央管内、調査方！」

女性より一一〇番入電、元夫が同居男性を刃物で刺した。通報の概要と、次いで指令ごとに振られる整理番号が流れると、影像のように動きを止めて耳を澄ませていた爽子は、本をおいて立ち上がった。

「強行の吉村、臨場します！」爽子は当直責任者の交通課長に告げ、駆けだしてゆく。

「小雨が降ってる、途上事故に気をつけろ！」

「多摩中央より警視庁、了解！　担当は三宅、なお捜査専務は出向！」

交通課長と、立川市にある多摩指令センターへの無線室の声に、爽子の細くて小さな背中は振り返りもしない。

「あ、主任！　私も行きます！」

文倉は慌てて刑事部屋の席にとって返すと、書類を鍵のかかる引き出しに投げ込み、バッグをつかんで駐車場に駆け下りた……。

「一段落ついたんだから、帰ってもいいのに」爽子は助手席で言った。

「そんなこと言わないでくださいよ」

文倉は運転席で答え、ワイパーが雨滴をかき分けるフロントガラスごしに、警光灯の赤い明滅が滲む路上に目をこらす。

隣で爽子が、くすっと笑う気配がした。呆れが半分、たぶん感謝も半分。

「……蒸し暑さは、人を凶暴にする」爽子がぽつりと言った。「性犯も増えるし」

「薄着だし、身体や汗の臭いのせいでしょうか。刺激されてむらむら、っと」

「うん」爽子が答えた。「抑圧が外れやすくなる」

「あの、主任でもそういう気持ちに……？」

文倉はつい口を滑らせたのを後悔したが、爽子も不意打ちだったのかちょっと間をおいて、答えた。

「……おかしい？」

「あ、いえ、主任はそういう曇りのない人だなって勝手に思ってて、……すいません」

そう、と爽子は呟いた。しばらくサイレンの響きだけしか聞こえなかった。

「……そういう風に見えるなら、私はその分、淫らなのかも」

爽子は囁いてから、上司の声になった。

「さ、雨も降ってるし緊急走行《きんそう》中よ。運転に集中して、急いで」

主任、どんな顔して言ったんだろう、支倉はそう思いながら速度を上げた。

現場は大塚町の平屋で、先着した白黒ＰＣが小さな門の前で警光灯を回していた。路上に捜査車両を停めて降りると、小雨のなか、腕章に袖を通し白手袋をはめて急ぐ爽子の背中を、支倉は同様の支度をしながら追いかけた。

「ご苦労様です」爽子は、規制線で警戒しつつＰＣの無線で話していた制服警察官に声をかけた。「マル被は？」

「身柄は確保しました、無線報告済みです！」

被疑者は立花健《たける》、二十九歳。塗装業で現在は失業中。

被害者は幸田孝夫、三十一歳、会社員。腹をナイフで刺され、救急車で搬送された。

通報者は幸田と内縁関係で、立花健とは別居中の妻、立花梨花、二十四歳。ほかに家族は梨花の連れ子である五歳の娘、小夜子。

うなずいて通り過ぎた爽子とともに、支倉は狭い玄関から平屋の中に上がった。

短く狭い廊下を過ぎて六畳ほどの居間に入る。その場には制服警察官のくすんだ青色の背中にはさまれるようにして、男が悄然と立っていた。その足元では小さな座卓が押しのけられ、黄ばんだ畳に血だまりが広がっているのが、爽子の頭ごしに見えた。

「吉村主任！　被疑者です！」中肉中背の男の腕を押さえていた二人の警察官のひとりが言った。

爽子は血だまりを避けて近づき、頭二つは高い男を見上げて詰問した。「あんたが刺したのか」

「ああ、……俺がやったよ」薄い顎髭を生やした男、立花健は無表情に言った。

爽子は腕時計をちらりと見た。「二〇時四七分、傷害の現行犯で逮捕する。――引致連行、お願いします」

制服に挟まれた立花健が部屋を出て行くと、今更ながら、一家の平和な団欒《だんらん》の場が蹂躙されたのが見て取れた。転がっている血まみれのナイフが、その象徴だった。

「外と変わらないと思ったら、窓が開いてる」爽子が呟き、壁を見上げた。「エアコンは動いてるのに……」

支倉もそちらを見ると、狭い庭に面したガラス戸は開かれているにもかかわらず、エアコンがうなるほどの勢いで冷風を吹き下ろしている。血の臭いが気になったからだろうか……？

「あの、この窓を開けたのは？」爽子は残っていた巡査に、尋ねた。

「いえ、我々の現着時には開いていたと思います」

どうも、と礼を言って爽子は支倉を見上げた。「そういえばさっきの話じゃないけど、なんだかこの部屋、血の臭いに混じっていい匂いがしない？」

言われてみると、錆びた鉄のような血の臭いの中に、かすかだがシトラスに似た香りが漂っているような気がする。

「そうですね、消臭剤か芳香剤でしょうか」支倉は見回したが、部屋のどこにも置かれていなかった。

被疑者は確保されてるのに、吉村主任、妙なところにこだわるんだ……。支倉は少し可《お》笑《か》しかったが、立花梨花の聴取の際、石鹸の匂いが気になったのはそのせいかもしれない。

小さな台所で向かい合った梨花は、目鼻立ちが派手な割に化粧っ気のない女だった。

「孝夫さんとあの子がお風呂から出て居間で着替えさせて、私も、と思った時でした。あの人が……立花健が入ってきたんです。あの人、二年前に喧嘩で人に怪我させて勤め先をクビになってから、仕事をしたりしなかったりで……。それでこの子と逃げ出したらどこで聞きつけたのか、お金が無くなるとうちにやって来るようになって……。孝夫さんがもういい加減にしろっていうと、怒ってそれで……、ナイフで」

「刺したんですね」爽子は確認するように執務手帳から顔を上げた。

「あの人のことなんか、どうでもいいんです！」梨花は叫ぶように言った。「あの人のことなんかより、孝夫さんが心配で……！　私これから、病院で孝夫さんに付き添います」

「ちょっと待ってください」爽子が言った。「こんな時間にお子さんを連れていくんですか？　預かってくれるお友達やご親戚がおありですか？」

「この子なら大丈夫です」梨花は爽子を睨んでから、傍らを見た。「ね、そうよね小夜、一晩くらい一人で眠れるよね？　大丈夫だよね？」

それは、傍らでジーンズの太ももにすがりつく小さな娘への質問、というより強要にしか支倉には聞こえなかった。

まだ五歳の女の子を？　と支倉は呆気にとられた。たしかにパジャマには血しぶきひとつないから、小夜子は実の父親が養父を刺す瞬間は見ていないのだろう。けれど、たったいま犯罪が起こったばかりの家に置いて、内縁の男の入院先に駆けつけたいなんて……。動転してるとしても、どうかしてる。

「やだ」小夜子は梨花のジーンズを握りしめて、蚊の鳴くような声で言った。「やだ、さよ、ママと一緒にいる」

「言うこと聞きなさい！」梨花は椅子の上で身をねじって屈み、小夜子のパジャマの両肩をつかんだ。「一晩くらい、我慢できるでしょう！」

小夜子のつぶらな瞳からは涙が、への字に曲げられた口からは泣き声が溢れかける。

と、爽子が口を開いた。これ以上の母の暴言を封じる、強靭な声だった。

「解りました。小夜子ちゃんは私が署でお預かりします」

え……？　と支倉は驚いたものの、主任らしいといえば主任らしい、とも思った。主任は子どもが被害者だと目の色が変わる。

「小夜子ちゃん、いいかな？」爽子は微笑みかけた。

「ね、いいよね」梨花はこれ幸いとばかりに押しつけがましくいい、まだ幼い娘を見詰めた。

小夜子は、床に目を落として渋々うなずいた。「うん、いいよ」

梨花は安堵の息をつき向き直りかけたが、ふと思い出したように小夜子を抱き寄せ、大きく息をした。

それから梨花は、簡単な実況見分がすむと、着替えをいい加減に詰めた小さなリュックを小夜子に押しつけ、待ちわびたようにそそくさと、内縁の男が運ばれた病院へと出かけていった。

「あのね、さよね」

小夜子は刑事部屋のソファで、内緒事でも告げるように言った。

「お風呂入りたいの」

署に連れてきてからしばらくは、支倉と爽子は小夜子を扱いあぐねた。なにしろ捜査車両で連れてくる間も、いたって無口で、後部座席で首を振るかうなずくしかしない。けれど様子が百八十度かわったのは、刑事部屋で小夜子が与えられたジュースを床にこぼしてしまったのを、支倉も爽子も咎めなかったからだった。

「ごめんなさいごめんなさい！」小夜子は泣きじゃくるように言った。

「大丈夫」爽子は可哀想なくらい萎縮して繰り返す少女に、微笑んだ。「拭けばいいから。小夜ちゃんこそ、汚れなかった？　そう、良かった」

それからは急におしゃべりになり、年相応な活発さを見せるようになった。

「え？　でもお風呂は、お家でもう入ったんじゃなかったっけ？」

支倉は小夜子が初めて心を和らげたらしい言葉に、ちょっとこそばゆい思いになりながら、聞き返した。

うん、と小夜子は母親譲りの可愛らしい顔でこくりとうなずく。「でも、入りたい」

「主任、どうしましょう?」文倉は、子どもは子どもなりに嫌な記憶を洗い流したいのかも、と思い、しゃがんだまま爽子を見上げた。

「そうね。外は蒸し蒸ししてたし……、あんなことがあったばかりだし。単身者待機寮のお風呂は、まだ大丈夫だと思うけど」爽子は言った。「文倉さんも一緒に入ったら?」

五階から上の中央寮浴室のお湯はまだ抜かれておらず、爽子が頼むと寮母も目こぼししてくれることになった。

「由衣ねえちゃん、おっぱいおっきいね」

「あはは、小夜ちゃんもそのうち大きくなるって」

小夜子に浴槽から湯をかけてやりながら、文倉は笑った。

「ふーん……。でも、爽おねえちゃんて、小さいよね。ぺったんこー!」

「ちょ、ちょっと、そんな大きな声で……!」文倉は慌てて小声でたしなめた。本人も気にしてるらしいんだから!

その途端、曇りガラスのドアががらりと横に滑る音と、爽子の声が響いた。

「文倉さん!」

湯気の向こうで、爽子が小夜子の下着を手に、じっとこちらを見詰めているのが見えた。

やばい、聞こえちゃったか……?　文倉がお湯を掛ける姿勢のまま小夜子と固まっていると、爽子は肩を落とした。

「――ごめんね。着てたもの、少し湿気ちゃってるから新しいのを置いとく」爽子はドアを閉めながら言った。「私は下に戻るから」

あー、びっくりした、と安心する小夜子と、支倉は顔を見あわせて笑った。

ちいさな愛らしい闖入者《ちんにゅうしゃ》の相手を、突如として母性を発揮しだしたほかの女子寮員達に頼み、支倉は三階に降りた。丁度、手錠をかけられた立花健が看守に連れて行かれ、爽子が取調室から出てくるところだった。

「あの主任……?」支倉は窺うように言った。「さっきはその、ごめんなさい」

「なにを?」

支倉は、答えた爽子の目が、先ほどとは打ってかわって厳しくなっているのを見て、緊張した。

「なにか立花健に不審な点でも?」

「いいえ」爽子は前を見詰めたまま言った。「供述に、梨花の証言と矛盾はないの。総合照会したら傷害の犯歴もあった。なにより、パチンコでお金を使い切って無心に来たのを幸田孝夫になじられて激昂、所持していたナイフで刺したと認めてる」

「問題ないように思いますけど？」

「表面上は、そう」爽子は言って歩き出した。「来て。ちょっと見て欲しいの」

ついてゆくと、強行犯係の机の上に、小夜子が風呂に入るまで着ていたパンツがビニール袋に入れられ、広げられている。

「主任、これがなにか……？」

「よく見て。――ここ、かすかに真新しい滴下血痕が二カ所ある」

支倉が手に取って目を近づけると、茶色っぽいいくつかの滲みと、確かに赤黒く変色した点が付着している。

なんだ、風呂場をのぞき込んだのはこのせいか、と少し安心して、支倉は言った。「確かに血痕のようですけど、これがなにか？」

「不思議だな、と思ったの」爽子は言った。「どうしてパンツに血の跡があるのか」

「え、でも、小夜ちゃんは犯行時に身近にいたわけですし」

「そうね」爽子は腕を組んだ。「でも、パジャマには一滴も付いてなかった」

あ、そういえば……と支倉は思い出した。たしかにパジャマは汚れていなかった。だからこそ、小夜子はすぐに部屋から逃げ出すなりして、犯行は見ていないと判断したんだ。

「そうですけど主任、こんなに蒸し暑いしお風呂上がりなら、下着姿で涼んでてもおかしくない気も……幼い子どもですし。犯行後に着せたと考えるのが自然なんじゃ？——母親もそばにいたわけですから」

「その母親は、立花梨花は、犯行時に居間にいたって証言はほんとかな」爽子が言った。

「え？」支倉は目を上げて、じっと床に視線を据えた爽子の横顔を見た。

「立花健が幸田孝夫を刺した。これは状況も証拠もそろってて、間違いないと思う」爽子はドアの向こうから話しかけるような声で言った。

「でも、状況と証言には矛盾があって、大事なところを隠してる気がする……」

「矛盾、ですか」支倉は聞き返した。「それは——」

爽子はふっと息をつくと、ようやく笑いかけてきた。「立花梨花に、このパンツ《したばき》を任意提出するよう話してみる。拒否すれば押収してもいい」

「まあ、血痕が付いてますから証拠品と言えなくもないでしょうけど、……正直、そこまでするのは……」

……やり過ぎでは、と支倉は口の中で続けた。

突然に犯罪被害に遭った、あるいは犯行を目の当たりにした者の証言が曖昧で不正確なのは、捜査員にとっていわば常識だ。だから捜査員は聞き込みの際、犯行時間の天気から放映されていたテレビ番組まで押さえて、同時刻になにをしていたかを確認し、大人だけでなくどんな幼い子どもの証言も集めて積み上げるのだが……。

「血痕以外にも、調べて欲しいことがあるの」爽子は言った。「あ、それから……小夜ちゃんの面倒、押しつけちゃって。私が預かるって言っておきながら、ごめんね」

「いえ、そんな……」支倉は言った。「上で機嫌良く遊んでます。目の前であんなことがあったばかりなのに、子どもは立ち直りが早いって、感心しちゃいます」

爽子の目が、一瞬、悲しげに伏せられた。「……そう」

どうしたんだろう？　支倉が口を開く前に、爽子はよかった、と微笑んで歩き出した。

「もう少ししたら、迎えに行くから」

弁解録取書《べんろく》、現行犯人逮捕手続書、身上、供述や実況見分の調書などの一件書類、さらに事件処理簿……と膨大な捜査書類に向かう爽子の背中を、支倉は見送りながら思った。

――私は今夜、臨場から聴取まで、主任と同じものを見て、聞いたはず。だとしたら、主任が疑問に思った点も必ずその中にある筈だ……。

支倉は考えているうちに、帰宅するのが面倒になった。結局、小夜子の分だけでなく自分の毛布も宿直室から借り出して、小夜子と共に刑事部屋の片隅のソファで寝た。

傷害事件以後に大きな事案はなかったが、交番勤務員らが逮捕、あるいは保護して連れてきたものの事件処理もあり、爽子の負担を少しでも減らしてやりたいとも思ったからだ。

交番の属する地域課の刑法犯検挙率は、全体の七割を占める。けれど、捜査して事件処理し、検察に送致するのは司法警察員である捜査員の仕事だ。そして警視庁本部の主管課とちがい、宿直中の所轄捜査員に強行犯や盗犯、火災犯や性犯の区別など無い。すべてを扱わねばならないのだ。

ちなみに地域課員の間では、爽子は評判が良いと支倉は噂に聞いた。それは、勤務員がどんな微罪の被疑者を連行しても、爽子は褒めもしないかわりに嫌な顔もせず処理するかららしい。

せっかく綺麗なんだから、主任、もうちょっと愛想よくすればいいのに……。支倉はそう思う。

……窓から射し込む、雨雲のせいで乳白色の朝日が顔に当たった支倉は、のろのろと浅い眠りから浮かびあがった。薄く目を開けると、昨夜と変わらない席に着いた爽子の後ろ姿が、ぼんやり見えた。主任、起き番と交代しても続けたんだ……。

無意識に何かいったのかも知れない、爽子は椅子を回して振り返った。「起きた？」

「あ、はい」支倉は毛布をずらして、ソファに上半身を起こした。

「この子はもうすこし寝かせとこ」爽子は席から立って、支倉とはテーブルを挟んだソファに歩み寄ると、小夜子の寝顔をみて囁いた。毛布を直してやりながら、支倉に言った。

「通報のない今のうちに、朝ご飯買ってくる。なにがいい？」

他の署員に見つからないよう、七時すぎに小夜子を起こし、身支度を調えさせる。小夜子は眠たげにぐずぐずしてたが、朝食の菓子パンと牛乳はしっかり食べた。

朝の早い署員が出勤し始め、当直者たちも気の早い者は、引き継ぎに備えて書類を整理する。夜のうちに停滞していた署内の空気が、急にざわざわとかき回される。

支倉が身だしなみを整えに席を外した爽子にかわり、小夜子の相手をしていると、缶コーヒー片手の伊原が刑事部屋に姿を見せた。

「お、なんだ、その子は？」

「いえ、その……」

支倉は、さっと背後に回って隠れた小夜子をかばって、口ごもる。

「支倉の子か、それとも吉村の妹か？」

「……なんで私の場合は子どもで、主任は妹なんですか？」

「それはまあ、普段の印象の違いだよなあ」

伊原は朝早いにもかかわらず、馬鹿笑いを響かせて言う。「まあいいけどよ、署長《オヤジ》や副署長《ちゃん》には見つからんようにしろよ。あとがうるせえからな」

了解、と支倉がいい加減な挙手の敬礼をすると、小夜子も支倉の腰の後ろからひょっこり顔をのぞかせ、りょうかい、と招き猫のような敬礼をした。

手引き者がいれば、庁舎内での潜伏は容易だ。とはいえ、立花梨花はなかなか迎えに来なかった。

警察署を託児所と勘違いしてるんじゃないのか、吉村主任は明け番なのに待ってるっていうのに……。支倉が小夜子にではなく、身勝手な母親に苛立ちを募らせた頃、昼前になってようやく、梨花は多摩中央署に現れた。

「どうもこの子がお世話になっちゃって、ほら、小夜、お礼を言いなさい」

支倉は爽子とともに、小さな小夜子の頭を押さえて下げさせる梨花を見ていると、何とはなしに不快になった。小夜子の世話をしたというより、母親の尻ぬぐいをさせられた気持ちの方が強い。

「お陰様で、孝夫さんも二週間ほどで退院できるって、病院で。あのこれ、つまらないものですけど、皆さんで……」

「そうですか、良かったですね。でも、そういうのは受け取れないんですよ。お気持ちだけで」爽子はにこにこと笑った。「ところで、ちょっとご相談があるんです」

爽子はビニール袋に入れられた、小夜子の血痕つきのパンツを取り出した。

「これを、任意提出していただけないでしょうか」

「あの、……それはどうして」梨花は戸惑ったのか、窺うように爽子を見た。

「ここに血痕がついてるのは、おわかりになりますよね？　ですから証拠品として」

「え、でも、刺したナイフなんかは、もう……」

「ぜひお願いします」爽子は笑顔のまま身を乗り出した。

「これは幼い女の子の眼の前で凶刃が振るわれた、動かぬ証拠になります。裁判でも罪の重さが違ってきますし、法廷でどんな言い逃れも許さないためにも、必要なんです」

「言い逃れを許さないため、ですか」

ええ、と爽子が大きくうなずくと、梨花は決心したのか言った。「解りました」

任意提出書に記入を済ませると、梨花と小夜子の親娘を支倉と爽子は署の玄関まで見送った。小夜子が繋いでいないほうの手を、バイバイ、と振りながら見えなくなる。

やれやれですね、と苦笑混じりに支倉は爽子を見た。そして、怪訝な顔になった。

爽子の端整な顔から、ついさっきまでの笑みが完全に消えていた。洗いざらしのシャツを、熱いアイロンが一撫でしたように。

「主任……？」

「あと二週間は安全、ってことね」爽子は呟いた。

「安全って……。それ、どういう意味ですか？」

「最初に違和感を持ったのは、臨場したときだった」爽子は自販機の置かれた一角のベンチに座り、支倉にジュースを手渡すと、自分のをひとくち飲んで言った。

「居間の窓が開いていたのは覚えてるでしょ？」

「ええ……。血の臭いが充満したからかな、と思いましたけど。クーラーがつけっぱなしだったし」

「私も最初はそう思った」爽子はうなずいた。「でも、芳香剤か消臭剤の匂いまでしたのは、ちょっとおかしいと感じたの」

「あっ、そういえば、部屋には置くタイプの芳香剤や消臭剤は、ありませんでした」

ならば、スプレー式の芳香剤か消臭剤を撒いた、ということだ。

「とすれば、撒いたのは立花梨花と考えるのが自然でしょ？　でも、どんなに血の臭いに嫌悪感があろうと、内縁の男が刺されて血を流してるのに、する行動とは思えない……。だから、小夜子ちゃんをかえりみないほど狼狽《ろうばい》してたのに、芳香剤か消臭剤を撒いたのは、なにか理由があった、と思った」

なるほど、それなりに筋は通ってる、と支倉は思ったが、言った。

「でも主任は、立花梨花が犯行時に居間にいなかったんじゃないかって言われましたよね」

「うん」爽子はこくりとうなずく。「それは、立花健が幸田孝夫を刺す瞬間には、居間にはいなかったってこと」

「じゃ、どこにいたんです？　立花梨花は」

「お風呂に入ってたんだと思うな」爽子は言った。

え、でも……と支倉は言った。「でも証言では三人とも居間にいた、と。――どうして嘘なんかつくんです」

「聴取したとき気にならなかった？　立花梨花の石鹸の匂い。それに、化粧も落としていた」爽子の目が、すっと流れて見詰めてきた。「梨花が嘘をついたのは、〝犯行時に居間にいた〟と私達に信じさせるためよ」

「どうして、ですか。なんの必要があって」

「立花健が幸田孝夫を刺した動機が、恐喝なんかじゃなく、もっとおぞましい出来事のせいだったから」

「おぞましい出来事が、動機」支倉は言葉を繰り返し、爽子を見た。「というと？」

「……小夜子ちゃんは、一緒に帰庁するなり入浴したいって言ったわね？」

爽子はこちらを向き、強い視線を向けてきた。すこし気圧されながら答える。

「ええ」

「私はあの子の服をたたんでて、血痕に気づいた。そしてもうひとつ」爽子は言った。

「茶色く変色したシミにも。私は目を近づけて調べてみた。もちろん、臭いもかいでみた」

まさか……、支倉は言葉を飲んだ。

「そして私は確信して、……とても悲しかったけど、小夜子ちゃんの身にまだ痕跡が残ってるかも、と咄嗟にあなたたちに声をかけたけど、お湯で洗い流されていた」

昨夜、寮の風呂で爽子が突然に声を掛けてきたのは、私と小夜子の話の内容のせいでも下着の血痕のせいでもなく、このためだったのか。

「入浴したいって希望は、あの子の精一杯の訴えだった……。あんな小さな子でも、身を穢される哀しみは知ってるもの」

では、あのパンツの茶色いシミは――、精液斑《せいえきはん》だったのか。

支倉にも、ようやく事件の絵が見えてきた。

「立花梨花が入浴中に、幸田孝夫が小夜子ちゃんに悪戯しているところへ立花健が入ってきて、それで……！」

警察が駆けつけたとき、独特な精液の臭いが漂っていれば、犯行前に幸田が小夜子に何をしていたか、感づかれてしまう。だから梨花は窓を全開にし、消臭剤スプレーを撒いた。

「悪戯」爽子は無味乾燥に言った。「イタズラ。――そんな言葉じゃごまかしきれない、強姦、強制猥褻、れっきとした少女姦《しょうじょかん》よ」

「でもどうして、実の娘がそんな目に遭わされながら、立花梨花は幸田を偽証してまでかばうんです？」

「娘より、男の方が大事だからよ」爽子は吐き捨てた。

しばらく二人は、無言だった。激した空気に、自販機のモーター音だけが低く響いた。

「パンツを穿き替えさせていたら、ばれなかったのに」支倉は言った。

「確かにそうだけど、動けない幸田とまた刺すかもしれない立花健を残して、下着を取りには行けなかった」爽子は静かな口調に戻って言った。「覚えてる？　私たちに預ける前に、梨花は小夜子ちゃんを抱き寄せて大きく息を吸った。あれは、臭いが残ってないか確かめたのね、きっと。それに、まさかもう一度、ここで入浴するとは思わなかったんでしょう。いえ、男のことで頭が一杯だった、ってところでしょうね」

「梨花はそうだとしても、立花健まで何故なんです？　動機を言わないんですか」

支倉は怒りで、思わず言葉で投げつけていた。……立場を利用して幼い少女を蹂躙する卑劣な男、それを隠そうとする内縁の妻。刺した少女の父。怒りは愚かな大人に向けられていたが、その中には、同じ現場を見ながら気づかなかった自分自身も含まれている。

「そうすれば……」

「それは多分、梨花が立花健に因果を含めたから」爽子は言った。「〝あんたが小夜子がされたことを警察にしゃべれば、この子は前科者の娘ってだけじゃなく、世間からもっと嫌な目で見られる〟。そう迫られれば、立花健は動機を隠して口裏を合わすのに、従わざるをえないでしょう。でも梨花の立場からすると、立花健が公判中に心変わりして本当の動機を暴露する危険がある。そうなったとき幸田の少女姦を否定するために、梨花はその場にいたことにする必要があった……。ね？　だから任意提出のときに、証言を翻させないためって言ったら、食いついてきたのよ」

支倉は息をついた。「どうしようもない女ですね、立花梨花は」

「ええ」爽子は言った。「行動にも整合性があるんだかないんだか」

「でも」支倉は顔を上げた。「小夜子ちゃん、健気《けなげ》ですね。昨日の晩もあんなに明るくて」

「幼すぎて……ことの意味がわかってないからかも。むしろ、理解したときの方がこわい」爽子は言った。「でも、明るかったのはきっと父親――、立花健のおかげね」

支倉は、え？　と爽子を見た。「それは……？」

「精液斑のＤＮＡ鑑定の結果を告げれば、正直に話すと思うわ」爽子は缶コーヒーを握りしめて、立ち上がった。「これ以上は絶対に、あの子を傷つけさせない」

「私もお手伝いします」支倉は立ち上がり、爽子の厳しい横顔に目を据えた。

「いいえ、小夜ちゃんのために手伝わせてください！」


「どうぞこちらへ」爽子は庁舎の玄関で、手を伸べて迎えながら言った。「退院されてすぐなのに、申し訳ありません」

「あ、お荷物はお持ちします」支倉も手を差し出して、笑顔で言った。

「まったく、こっちは怪我してるんですよ」幸田孝夫は腹の傷が痛むのか、立花梨花に支えられながら言った。「すこしは考えてくれてもいいでしょ、なんで退院したその日に」

孝夫くん、と梨花が形ばかりたしなめる。「小夜もお世話になったし……」

それはね、と支倉は笑顔の奥で幸田に答えた。――あんたが小夜ちゃんを傷つけられないようにするためよ。

二週間後、幸田孝夫と立花梨花は退院したその足で、多摩中央署に寄っていた。爽子がそうするように連絡したからだった。

名目は供述調書の作成だったが、この二週間というもの、支倉は爽子と今日のために内偵を続けてきた。

エレベーターで刑組課のある三階へ上がる間、支倉はそっと幸田孝夫を観察した。目鼻立ちは悪くないが意志薄弱そうな平板な顔、油でも塗ったような妙につるりとした肌。爽子なら、〝昔、防犯係で吐くほど見せられた、猥褻ビデオに出てきた男たちそっくり〟とでも言うだろう。

けれど、支倉の見る爽子は内心を隠したまま、三階についてエレベーターのドアが開くと愛想良く促した。「あ、では幸田さんはあちらの調べ室へどうぞ」

「ご足労です。お待ちしてましたよ」廊下で待ち受けていた伊原が言った。

「あれ、吉村さんが担当じゃないんですか？」梨花が、すこし意外そうに聞いた。

「いえ、調書はこの伊原が担当します」

「ええ。——じゃあ始めますか。おい三森、荷物をお持ちしろ」

まったくよお、とぼやきながら伊原たちと調べ室に向かう幸田が、このあとどれだけ精神的に叩きのめされるかは考えないようにして、支倉は爽子とともに、梨花へ向き直った。

「すこしお話が」爽子は笑みを消した有無を言わさない目で、簡潔に告げた。

取調室で梨花を座らせると、支倉は、机を挟んで席に着いた爽子の脇に立った。

「よく聞いて下さい」爽子は梨花の目を見詰めて前置きして、支倉に話した内容を次々とぶつけ始めた。

もちろん、内偵で裏付けをとっている。支倉と爽子は梨花のいないところで小夜子に会い、幸田孝夫にされた行為を聞き出していた。子ども心にも口にしにくい事柄を話させるにあたり、爽子は海外の資料も調べた上で米国の児童調査官と同じ方法、つまり小夜子に人形を与えて自分のされた行為を少しずつ再現してもらう方法をとった。

そして、小夜子の下着の精液斑と幸田孝夫の血液のＤＮＡが、鑑定で一致した決定的な事実を告げた。

「……なんてことを、とは思いました……。でもこんな不景気に親子で生きてくには、あんな人でも、縋《すが》らなきゃならなくて……」

立花梨花は聞き終えると肩をふるわせて、ハンカチを眼に当てた。「ほんとにひどいと思いましたけど、小夜子を育てるためには……」

鼻を鳴らす湿った音が、狭い取調室に満ちた。

支倉は梨花を見下ろしながら、ひどい母親と憤る反面、こんな世の中なんだから、とわずかながら憐憫もあった。それに悪いのは幸田孝夫だ……と思いながら爽子に目を移した。

えっ……？　支倉は怪訝な顔になった。

爽子は微笑んだまま、うつむいて嗚咽する梨花を見詰めていた。けれどそれは同情の笑みではなかった。真夏の雪のように白く、冷たい笑みだった。

爽子は表情を変えず一喝した。「母親みてえなこと言っててんじゃねえ！」

梨花のうなだれてふるえていた肩が、ぴたりと止まった。

「あんたはずっと、小夜子ちゃんが穢され続けているのを知っていた」爽子は続ける。「それも、見て見ぬ振りどころじゃない、幸田孝夫に小夜子ちゃんを差し出してたんだ。実の娘を男をつなぎ止めておくためだけに。あの子のためだなんて二度と言うな！」

梨花は、盛大な声で泣き始めた。

「好きなだけ泣けば」爽子は素っ気なく吐いた。「涙を出せなくなるまで、いつまでも待っててあげる。時間はいくらでもあるから」

しばらく梨花は泣き声で抵抗していた。が、二人の女性捜査員の平然とした様子に無駄だと悟ったのか、昂然と顔を上げた。

「だってしょうがないじゃない」梨花は涙の筋を頰に残したまま、乾いた声で言った。「タカくんは小さい子とするのが好きなんだから。子が親のために多少の我慢をするのはあったりまえだし、あの子がちょっと言うこと聞いてりゃあ、タカくんとはずっと一緒にいられるのよ！」

「あらそう」爽子は言った。「果たしてそうかな」

無言の敵意を伝えてくる梨花の眼を爽子は見返した。

「小夜子ちゃんは、性的虐待と流血沙汰を一度に体験しながら、それを感じさせないほど、ここではとても明るかった」爽子は言った。「どうしてだと思う？」

小夜子は爽子に言ったのだった。——〝ほんとのパパが、たかおパパにおしおき、してくれたから。だってたかおパパ、さよに……とってもいやなことするんだもん〟

立花健も取調室で追及して、ようやく認めた。あの夜、警察官の到着を待つ間に〝小夜、ほんとごめんな。父ちゃんが守ってやるからな〟と告げた、と。

爽子は父娘から聴取した内容を伝え、続けた。「だから、守られてるって安心感があった……」

「なにが言いたいのよ、え？」

「こんど立花健が出所したとき、幸田孝夫とあなたが無事に済むと思う？」

梨花の顔から、噛みつくような表情が消えた。

「強姦も強制猥褻も親告罪、つまり被害者が訴えなければ捜査できないくらいは知ってるようね？　でも、それは法律の話。今回は傷害ですんだけど、立花健がほんとうに小夜子ちゃんを取り戻して、あんた達に復讐しようとすれば、誰にも止めることはできない。一生つけ狙われ、怯えながら暮らすことになるでしょうね」

「そんな……」梨花は呆然と呟いた。「そんな、一生って——」

「性根をすえて、よく考えなさい。ろくでもない男と暮らすために、小夜子ちゃんを犠牲にしたあげく一生命を狙われるか。それともも一度、小夜子ちゃんと一緒にやり直すのか」

「そんな……あたし……タカくんと別れるなんてそんな……あり得ない！」梨花は髪を両手で掻きむしりながら、頭を激しく振った。「じゃ、じゃあ私からタカくんを説得します！もうあんなことしないでって！　約束します！　だから」

「知ってる？　刑務所に入ってる性犯罪者の八割は、再犯なのよ」爽子は言った。「あいにくと私は、性犯罪者が簡単に更生すると思うほど、楽天家じゃないの」

「じゃあどうすれば、私……」

「言ったでしょ、二つに一つよ」爽子は立ち上がって見下ろした。「死んだつもりになって考えなさい」

支倉は爽子に促されてドアに向かいながら、ちらりと振り返る。悄然と机に目を落とす梨花の背中があった。

「実際、選んだ答えによっては死ぬかも知れないけど」

支倉が取調室から出ると、爽子はことさら音を立てて、重いスチール製のドアを閉めた。

「お疲れさまです、主任」支倉は缶コーヒーを手渡した。

爽子はふう……、と息をついて微笑んだ。「ありがと」

「すごい気迫でしたね」支倉は本心から言った。

「ええまあ……」爽子はすこし照れくさそうだった。「こういう事案には、ついムキになっちゃう。冷静じゃなかった」

「でも、ちゃんと論点はおさえてたし——」

「いいえ」爽子は真顔になった。「冷静じゃなかった」

そうですか、と支倉は胸の内で呟き、プルタブを引いた。

「ほんとよ」爽子は横から支倉をのぞき込んでいった。「私が立花梨花に感じてたのは、怒りや嫌悪だけじゃなかったから」

……？　支倉は前を向いた爽子の横顔を見た。

「ひとりで気持ちを昂《たか》ぶらせて……そのせいで払う犠牲もどうでも良くなってしまう」爽子は言った。「この女と私は似たもの同士っていう、——共感だったのかも。それがいやで、冷静さを無くした……」

ふたりの女性捜査員は、しばらく黙っていた。

「それでいいです」支倉は、爽子を見た。「私は、そういう主任が好きですから」

爽子は束の間ぽかんと支倉の顔を見ていたが、やがて髪で顔を隠すようにそらす。

言ってから気恥ずかしくなって前を向いた支倉の耳に、爽子が呟くのが聞こえた。

「……ありがと」

「あ、いえ――」

「さて、戻りましょ」

そう告げて缶コーヒーを一気に飲み干す爽子の表情は、いつもの物静かな上司の顔に戻っている。

「小夜子ちゃんのためにも、梨花の今後の相談にのってあげなきゃ」

支倉もコーヒーを喉に流し込むと、缶をゴミ箱に投げ入れ、爽子の後を追った。

第七話　相勤者

「ほんの少し、家を離れただけなんです」

三畳ほどの取調室で、三十路《みそじ》前の女が栗色の髪で顔を隠すように呟くのを、爽子は真正面から見詰めていた。

「どうして離れたんですか？」爽子は言った。

事件の現場は、目の前でうつむいた吉住智佳子のマンションで、通報者も彼女だった。

吉住智佳子はアパレルメーカーに勤める二十九歳。勤め先は池袋、渋谷、赤坂で主に若者向けの衣料品販売を手がけており、吉住智佳子は赤坂店を任されているらしい。

そして被害者、さらに加害者も自分の店の店員だった。

昨夜、吉住は同僚達とビアホールで騒いだ後、そのまま須藤優奈と三沢正吾を自宅の鶴巻町のマンションへと誘った。須藤優奈は二十四歳、三沢正吾は二十六歳、両人とも直接の部下だった。

「私のマンションで、三人で飲んでたんです。それで、お酒がなくなっちゃったんで、私があの二人を残して、近くのコンビニに買いにいったんです。でも……」

一時間ほど飲み続けた二十二時頃、買い置きのビールもなくなり、吉住は須藤優奈と三沢正吾を残して出かけた。十五分ほどで戻ってくると——。

吉住智佳子の長い髪に縁取られた端整な顔が、痛ましげに歪んだ。

「でも戻ったら、あんなことに……！」

玄関に入り、お待たせ、と須藤と三沢に声を掛けながら台所からリビングへと入ろうとした瞬間、絶句したという。

つい十数分前、三人で囲んでいたテーブルは壁際にカーペットに跡を残して押しのけられていた。集められていたビールの空き缶が、はじき飛ばされ、転がっている。

須藤優奈は仰向けになって倒れていた。しかし、酔いつぶれたのでないのは一目瞭然だった。吉住に悲鳴を上げさせたのは、須藤優奈のシャツがまくり上げられているうえ、なにより穿《は》いていたジーンズと下着が脱がされ下半身が露わな状態だったから。肌の白さが眼に残酷なほど痛々しかった。

抱え起こした須藤優奈が、意識は朦朧としているものの、幸い命に別状はなさそうだと吉住は安堵した。

が、この状況はどう見ても強姦だった。

だがどうして？　部屋には三沢正吾もいたはずだ。なぜ守ってやらなかったのか。

その答えもまた、室内にあった。三沢正吾も横向きに床に転がっていた。けれど、乱入してきた暴漢から優奈を守ろうとして倒れたとは、思えなかった。

それは、三沢正吾のズボンもトランクスも、だらしなく右足首に下ろされ、ひとかたまりになっていたからだった。

親しい同僚が犯罪の被害者と加害者になる……。それも同時に、自分の部屋で。

混乱のラッパが耳元で鳴り響く吉住智佳子にできたのは、力の入らない手で携帯電話を握り、震える声で一一〇番通報をすることだけだった……。

「それからすぐ、お巡りさんが来てくれました」

「ええ」爽子はうなずき、手元の報告書に目を落とした。「それからのことは、ここに」

通報から七分後、ほぼ平均のレスポンスタイムで交番勤務員が現着。寝こんでいた三沢正吾を叩き起こし、問い質したが朦朧としていて要領を得ない。次いで駆けつけた自ら隊が呼気検査を実施したところ、アルコールの血中濃度が二・二ミリと判明、判断力低下に十分な中度酩酊と判明した。

強姦か、強制猥褻か。それともいずれかの未遂か。勤務員らも判断はつきかねたが、須藤優奈が運ばれた病院へと駆けつけた宿直の捜査員の報告で、事態は決定的になった。

須藤優奈に外傷はなかった。だが、診断の結果、性器から精液が検出されたのだった。

三沢と同じく須藤優奈も中度酩酊で証言はとれず、採取された精液が三沢のものかどうかは鑑定結果がでるまでわからない。しかし、容疑が濃厚である以上、三沢は傷害容疑で現行犯逮捕された。


そして、事案を当直の盗犯係から引き継いだのが、爽子と佐々木だった。

「え、……あの、佐々木さんと、ですか」爽子は微かな戸惑いを押し隠して、言った。

「ああ」堀田係長は目を瞬かせて答えた。「伊原長は三森君や高井君らと、この間の傷害事案で手が離せんし、支倉君は諏訪町の不審者と連続色情盗《下着ドロ》との関連捜査をしてるからね」

「ええ、それは解ってるんですけど……」

佐々木祐輔巡査長。強行犯係の同僚となって四ヶ月になる。けれどいまだに難解な人物であることはかわらない。なにしろ、感情鈍磨を疑いたくなるほど表情を変えず、発言もいたって短い。聞き込みではほとんど相勤者の後ろで相手を観察する役回りだが、反面、取り調べには定評がある。

情理を尽くして落とすのか、それとも、過酷な尋問で被疑者の自尊心を粉々に粉砕して吐かせるのか……。

実はそのどちらでもなく、ただ調べ室で被疑者に対峙すると、佐々木はただ黙ったまま見詰め続けるのだ。

爽子も実際、自分の目で確かめるまで、そんなことで被疑者が落ちるのは信じられなかった。だが、やや面長な青白い顔の、切れ長でちょっと意外なほど濁りのない眼に睨みすえられると、ふてぶてしい被疑者もやがて落ち着きを失い、最後には自供した。

ついたあだ名は、〝歩く氷柱《つらら》〟〝永久凍土《ツンドラ》〟――〝死神〟。もっとも、署内で面と向かって口にする勇気のある者はいなかったし、言われたとしても佐々木の表情は変わらないだろう。それに、気味悪がられてはいても、佐々木は人の悪口を言わず、礼儀正しい男だった。……まあ、そこはいいところなんだけど。

「吉村主任、僕が相勤だとなにか」佐々木が席から、係長席の脇に立つ爽子に言った。

「あ、いえ」爽子は少し慌てる。「ただ、性犯ですから女同士の方が話しやすいかな、と思っただけです」

「ご心配なく」佐々木は立ち上がり、背もたれから上着をとった。「うまくやりますよ」

その佐々木が壁際の取調べ補助官席でノートパソコンを叩く微かな音を、爽子は背中越しに確かめてから、机を挟んだ吉住智佳子に注意を戻す。

「三沢君が、あんな酷いことする奴だとは思いませんでした」智佳子は唇を噛んだ。「よく知ってるつもりだったのに！」

「知り合って長いってことでしょうか？」爽子は言って、語気を強める。「それとも……？」

智佳子は口を閉じ、潤んだ黒目がちな眼を机に落とした。キーを叩く音も、潮が引くように消える。

「ええ」智佳子は一瞬かたく閉じた眼を上げ、爽子を見た。「……どうせお調べになるでしょうから、いいます。三沢君とは、付き合ってました」

「――そうですか」爽子は再び規則正しくキーが響き出す中、小さくうなずいた。

上司でもあるが恋人でもある女の部屋で、三沢は同僚の女性をレイプした。二重の裏切り……。目の前の女性は恋人を最悪の形で失い、生活の場にさえ汚辱を塗りつけられた。

「ですから、正直いって口惜しいんです。それに、いくらお酒に酔ったからって、いつも顔を合わせてる仲間にあんなことを……前の夜に私と――」智佳子は、言いかけてぷつりと口を閉じた。

「前の夜に」爽子は繰り返した。「三沢となにかあったんですか」

智佳子は形の良い眉を顰《ひそ》めて目をそらした。「……私と、ホテルに行ったんです」

爽子は言葉を探さず、ただ黙ったままゆっくり瞬きした。

「でもまあ……三沢君とは、お互いにほんとに好きな人が現れるまでとりあえず、って感じではありましたけど」

「お辛いでしょうね、お察しします」爽子は口元だけで微笑んだ。「それなのに、優奈さんをずっと励ましてあげたんですね」

気丈なひとだ……、と爽子が向けた視線に、智佳子は美しく整った顔を上げた。

「こんなこと赦せないからです、誰であろうと。――優奈ちゃんは私が面接して採用しました。元気でまっすぐな子なんです。それを……」智佳子は言葉を濁した。

爽子と佐々木は、帰って行く智佳子を署の玄関まで見送った。

「ひどい事件ですけど」爽子は遠くなってゆく智佳子の背中を見送りながら呟いた。「マル害の須藤優奈さんが、良い上司に恵まれてるのだけが、救いかも知れませんね」

返答はなく、爽子は傍らの佐々木を見上げた。佐々木は、じっと智佳子の消えた道路を凝視していたが、やがて言った。

「――あの女、ちょっと怪しいんじゃないですかね」

爽子はすこし意表を突かれて、佐々木のモアイ像じみた顔をまじまじと見た。

「なにか、気づいたことでも?」

いいえ、と佐々木は孤島の石像の表情を崩さずに答え、きびすを返した。「次はマル害の聴取ですね。車、借りてきます」


私はなにか聞き逃しただろうか……?

爽子は多摩市内の病院へと向かう捜査車両の助手席で、吉住智佳子の証言を反芻した。

恋人でもある上司と親しい同僚と飲酒していた。だが交際していた女性が席を外し、なにより酩酊で判断力が低下したことで欲情、暴行した。犯行時の概要はこうだ。

たしかに、買い物に出た吉住智佳子が十数分で戻るのは予想できることで、その間に須藤優奈を暴行するのは、三沢正吾にとってリスクが高すぎる。だけど、と思う。

――性欲に取り憑かれれば、男は自己中心的な獣だ……。

性犯罪は、いつどこで起こってもおかしくはない。犯人が、ここなら大丈夫と思った場所なら、そこは犯行現場になりうる。そもそもそういう手前勝手な男だからこそ、女性に殺されるに等しい苦しみを与えることができるのだ。

そう考えると犯行の状況に不審はない。しかも被害者女性から決定的な証拠となり得る精液まで採取されている。

　にもかかわらず、佐々木は吉住智佳子の証言のどこに引っかかっているのだろう？

「あの……佐々木さん、なにが気になってるんですか？」

「いえ」運転席の佐々木は、自動販売機並みの素っ気なさで短く答えた。

「でもさっき、吉住智佳子があやしいんじゃないかって」

「まあ……」曖昧な答えの割に、答えに窮したわけではない無表情な顔で佐々木は言った。

なんなの、もう……！　爽子も口をへの字に曲げて、白けた顔を前に戻した。

　爽子の胸で、小さな疑問がくすぶっていたのはほんの十数分だった。須藤優奈が収容された、四階建ての総合病院に着いたからだ。

　爽子と佐々木は、病棟の受付で病室の番号を教えてもらうと、三階の病室へと向かった。

「……僕は君の力になりたいんだ」

　爽子は病室の中から聞こえてきた男の声で、ドアをノックしようとした手を止めた。耳を澄ますと女の声が何か答えたが、小さく弱々しくて聞き取れなかった。

「なんでも言ってくれ、な？　なんでもするよ、だから、な？」

「放っておいて下さい！」女の叫び声がした。「ありがとうございます！　だからもう、いまは放っておいて下さい！　お願いですから……！」

語尾に泣き声が混ざりはじめたところで、爽子はドアをノックして開けた。

ベッドには、上半身を起こした須藤優奈が伏せた顔を両手で覆い、肩を震わせている。

その脇の丸椅子から身を乗り出していた若い男が、あ……、とこちらをみて立ち上がった。強姦被害者への見舞いには似合わないほど垢抜けたスーツ姿だと爽子は思った。職場の関係者だろうか。

「多摩中央署の吉村、と申します」爽子は近づいてきた若い男に手帳を開いて見せた。「……いまはあまり無理強いしないほうがいいですよ」

「ああ、刑事さんですか。僕は」

差し出された名刺には、トレンドコンプリート代表取締役、久我喜一郎とあった。

「あ、優奈さんの職場の方」爽子は久我をじっと見上げた。「経営者でらっしゃる」

ええ、と硬い表情で答える久我に、爽子は言った。「あとでお時間をいただけますか？　これから須藤さんにお話をうかがうので」

解りました、と答えた久我の背を押すようにして病室から出し、廊下の佐々木に任せてから、爽子はドアを閉めた。

「私、正直いって……よく覚えてません」須藤優奈は言った。「吉住さんが出かけてからあと、記憶がなくなっちゃって……」

「そう」爽子はうなずいて、優奈の幸いなことに傷ひとつない顔を見た。「辛いのはよく解るの。でも、すこしだけ思い出してほしいの。……あの時、部屋にいたのは三沢だけで、誰かが入ってきたわけではないのね？」

「はい……！」優奈は幼さの残るつぶらな眼を固く閉じた。「でも……でも、私ほんとになにも覚えてないいんです！　気がついたら、ここにいて……。覚えてたとしても、思い出したくない……！」

「でもそうすると、三沢があなたにした酷いことの罪が問えなくなる」爽子は言った。「ずっと軽い罪になってしまうの」

「それは、吉住さんから聞きました」優奈は目を開けた。「あんなこと、許しちゃいけないって……。悲しいけどされたことは事実なんだから、って」

「勇気を持ってくれるのね？」爽子は書き留めるように言った。

優奈はまっすぐ爽子の目を見返して答えた。「私、あいつを告訴します」

「須藤君は、どう言ってるんですか」久我は言った。

夏の陽が照りつける病棟の屋上には、誰もいなかった。

「申し訳ないんですけど」爽子は口を開いた。「それはお話しできません。須藤さん自身のプライバシーに関わりますから」

「そうですか」久我は呟いた。

「ところで、こちらに来られたのは」爽子は言った。「吉住さんからお聞きになられて、ですか？」

「いえ」久我は首を振った。「優奈……、いや須藤君本人から今朝、携帯に直接連絡をもらいました。混乱してて、なかなか要領を得ませんでしたが、なんとか聞き出して」

え？　と爽子は思った。須藤優奈の直接の上司である吉住智佳子が報告したのなら解る。けれど経営者に直接、それも携帯電話に須藤優奈が連絡を入れるとは。それはつまり――。

「ええ」久我は爽子の表情に気づいて、答えた。「僕と優奈は、付き合ってるんです」

爽子が佐々木を見ると、眼があった。久我の病室での言葉にも納得できた。

「刑事さん、お願いします」久我は頭を下げた。「どうか、あの野郎に厳罰を与えて下さい……！　じゃないと、俺があいつを殺したくなる」

できるだけの努力はします、と約束し、爽子と佐々木は久我と別れた。

一瞬で崩れた、二組の恋人。爽子は階段を下りながら、やりきれない気持ちになった。

酒が、三沢正吾の心に魔がつけいる隙間をつくったのか。それとも獣じみた本性を浮かび上がらせたのか。朝の取り調べでは三沢は、自らの犯行を告げられて呆然となった、ごく普通の、どちらかといえば大人しそうな若者に見えた。

——「俺、……俺、覚えてないんです！　ほんとです、嘘じゃないです！……でも、俺が須藤にほんとにそんな真似したんなら……。どうしたら赦してもらえるんだ……」

救いがあるとすれば、須藤優奈を診察した医師から渡された診断書だけだった。

須藤優奈に外傷はなかった。また検査の結果、感染症もなかったのだ。

不幸中の幸いなの……？　爽子は安堵した反面で、佐々木の言葉があったせいか、微かな疑念が湧いたのも事実だった。


だが、そんなささやかな疑念を粉砕する知らせが、署で爽子と佐々木を待っていた。

「科捜研から連絡があってな」伊原が缶コーヒー片手に席から声を掛けてきた。「須藤優奈から採取された精液と三沢正吾のＤＮＡ、一致《ヒット》したってよ。通知書は明日、逓送便《ていそうびん》でどくと」

どうも、と爽子は礼を言って席についた。手を組み、細いおとがいを載せ、小さく息をついた。勘違いだったかな……。

精液ほど、性犯罪において決定的な証拠はないのだから。損なわれず採取され厳密な鑑定が行われれば、数百万分の一の確率で被疑者のＤＮＡ型を特定する。その証拠能力が圧倒的なのは今時の中学生でも御存知だし、被疑者の苦し紛れの嘘や黙秘など簡単に吹き飛ばしてしまう威力を持つ。

ましてやすこし夏バテ気味の、下っ端捜査員の小さな疑問など……というところだ。

また小さく息をついて、自分に疑問の種を植え付けた佐々木が、同じ伝言を受けてどんな反応をしてるかとちらりと窺ったが、佐々木は平然と無表情に報告書を書き始めている。

——なんなの、一体……。呪っちゃうわよ、もう。

が、藁人形と五寸釘で仕返しされてはたまらないので、爽子は諦めた。


とはいえ、佐々木の吉住智佳子への疑念の根拠はともかく、それを口にした佐々木本人の捜査員としての技量はどれほどのものなのか？　考えてみれば爽子は知らなかった。

そこで、昼休みに評価を聞くにはもっとも適当な相手を探した。その人物は、署内の自動販売機の置かれた一角のベンチにいた。

「あ、高井さん」爽子は精一杯の偶然を装う。「私も、冷たいものでも飲もうかな……。となり、いいですか？」

「ああ、主任」高井は笑顔で、如才なくベンチを手で払った。「どうぞどうぞ」

爽子は自販機から買った紅茶を手にベンチに座った。さてどうして切り出そうか……、と迷う爽子が口を開く前に、高井が言った。

「佐々木さんのこと、ですか？」

「え？　いえ、別に……」爽子はすこし慌てた。「そういうわけでは……」

「そうですか。じゃあ僕の勘違いです」高井は微笑んだ。「しかし、佐々木さんと組んだひとは、大概、聞きに来ますよ」

「あ、やっぱり」爽子はくすりと笑った。

形ばかり紅茶に爽子が口をつける間、わずかな沈黙が落ちた。

「妙な人ですからね、佐々木さんは」高井は言った。「どんなときでも、本当に表情が変わらない。でも冗談を言えば返してくるし、人を避けるわけでもない。僕も最初は感情が乏しい人なのかと思いましたし、薄気味悪いと毛嫌いする人もいます。しかし、よく組まされるうちに、僕自身の印象はかわりました」

「どういうふうに、ですか」爽子は尋ねてみた。

高井はちらりと爽子を見てから、また前を向いた。「感情を表に出さないことで、何かに堪えているような」

「いつから……あんな風に？」爽子は高井の横顔を見た。

「僕の知る限りでは、数年前の大森署での連続強盗事件以来らしいです」高井は膝の上においた缶を見ながら言った。「……佐々木さんは、地取りの一員として捜査に当たったそうです。ですが捜査は進まず、長期化しました。結局、逮捕されましたが、でも……」

「でも？」爽子は口ごもる高井を、反問と視線で促した。

「ええ」高井は言いにくそうに間を置いた。「マル被は、佐々木さんの担当区の住人だったそうです。それも何度も何度も通って佐々木さんがシロ、と判断していた男で。佐々木さんは責任を問われましたし、捜査専務から外されそうにもなったそうです」

地取り捜査、つまり現場周辺の徹底した聞き込みは、捜査の基本である以上、捜査員個々人の矜持《きょうじ》が掛かっている。それで下手をうった、となれば責任問題だ。

「だから、佐々木さんは……」

「ええ、でも面白いのはこのあとです」高井は続けた。「それまで佐々木さんは、同じようなミスをちょくちょくしてたらしいです。でもその事件以降、一切そういうミスがなくなったそうです。それどころか、初動の段階でたった数分聴取しただけの事件関係者の中からマル被を言い当て、後の捜査で立証されたことが何度もあったそうです」

爽子は、吉住智佳子の場合と同じだ、と驚きながら言った。「どうして佐々木さんには解るんでしょう？」

「いや、それが謎なんです」高井は頭を掻く。「誰に聞かれても答えないんだそうです。

この話をしてくれた知人ももちろん尋ねたそうですし、僕自身も雑談に紛れて聞いてみました。でも、答えてはくれませんでした」

なんなんですかね、と苦笑する高井に礼を言って、爽子は立ち上がった。全く同感だった。


さてどうするべきか……。爽子は席に戻って考え込む。

状況、証拠、供述、すべては三沢正吾の犯行を示している。疑う方が難しいほどに。

しかし霊感か直感か、相勤は証言者の吉住智佳子がなにか犯行に関わっていると疑っている。私自身もごくわずかではあるけれど、マル害の受傷状態に腑に落ちないものを感じている……。

けれどそれは根拠にするには弱すぎ、なにより決定的かつ圧倒的な精液のＤＮＡ鑑定結果の前では、吹き散らかされる程度の重みしかないではないか。

三沢正吾は、傷害罪で検察に送致せざるをえない。

強姦については？　自分自身が説得した結果ではあるが須藤優奈が告訴を決意した以上、受理し、捜査するしかない。だがこれも立証されてるのも同然で、心神耗弱が減刑事由として考慮されるだろうが、裁判で有罪になるのは間違いない。

でも、と爽子は思った。私と佐々木の勘違いではなかったとしたら……？

三沢正吾を〝濡らす〟……罪を着せてしまうことになるのではないか。

——とはいっても、まさか科学捜査に喧嘩を売るわけにはいかないし……。

科学捜査、か。爽子は呟き、ふと思った。……でも見方をかえれば、三沢正吾の犯行を証明しているのは科学捜査のもたらしたＤＮＡ鑑定、これだけだ。

決定的すぎるのは解っている。でも、三沢の供述は犯人しか知り得ない秘密の暴露どころか、酩酊していたとはいえ曖昧すぎる。被害者の須藤優奈も同様。そして、ＤＮＡ鑑定に次いで有力な証言をしたのは、吉住智佳子だ。

——疑うほうがむしろおかしいけど、少なくとも裏付け捜査として調べることはできる……。

まずは決定的証拠のでどころからだ、と爽子は思った。


「すげえ臭いだなあ」伊原が、うえっ、とマスクの下で声をもらした。「因果な商売だぜ」

「全くです」三森もくぐもった声で答える。「おかげで、当分したくなくなります」

「なに言ってんのよ」と支倉。「彼女なんていないでしょ。男のくせに文句が多すぎ」

「しかし吉村主任、佐々木さん」高井が手を止めて言った。「もしこの中から見つからなかったらどうします？」

「それでいいの」爽子は口元のマスクをずらした。「無いのを確かめるために、してるんだから」

「ああ、そうなんだ」佐々木も言って顔を上げた。「御苦労ですが、頼みます」

爽子を含めた全員の忙しく動いていた手がとまり、佐々木の半分マスクに覆われてさらに表情の窺えない顔をまじまじと見た。が、それも一瞬のことで、全員すぐに手元に目を落として作業を再開した。


「突然お邪魔して、申し訳ありません」爽子は詫びて、床のクッションに座った。

「いいえ」吉住智佳子は、麦茶のグラスを二つ載せた盆をテーブルに置いた。「それで、優奈ちゃんの事件で、なにか進展でも？」

犯行現場となった、智佳子のマンションのリビングだった。事件の痕跡は、もちろん一切残ってはいなかったが、部屋の隅には家財道具が詰められているらしい段ボール箱がいくつか積まれていた。

「ここからは、引っ越されるんですか？」

「ええ、……あんなことがありましたから」智佳子は答えた。「近いうちに」

「そうですか。でも」爽子は智佳子に大きな目を据えた。「事件のせいとおっしゃるなら、引っ越しの必要はないかもしれません」

智佳子はグラスを取り上げた姿勢のまま、爽子をじっと見詰めた。

「なにがおっしゃりたいの？」

「三沢正吾は須藤優奈さんに乱暴していないかもしれない、ということです」

爽子と智佳子が互いの表情を探り合って動きを止めると、レースのカーテンだけが微風に吹かれ、気だるげに揺れた。

「最初からお話しします」爽子は口を開いた。「まず最初の不審な点は、優奈さんの身に、怪我のないことでした。……通常、被害女性は抵抗し、激しい暴力をうけます。顔面の打撲や鼻の軟骨骨折、唇の裂傷、乳房の咬傷。テレビや映画と違って、本当に痛々しくて凄惨な状態です。そして、三沢正吾が酩酊して欲情し、犯そうとしたのなら、当然目的を遂げるために見境のない暴力を振るうのが当然です」

「それは……どちらもお酒で意識が朦朧としてたからでしょ？」

「朦朧としていたのは、確かでしょう」爽子はうなずいた。「でもそれは、アルコールのせいではありません」

「では、どうして」

「病院に収容された優奈さんは検査を受けました。性病やＨＩＶの検査です」爽子は言った。「その時、採取された血液は冷凍保存されていました。それを科学警察研究所に鑑定してもらったところ、睡眠薬ハルシオンの成分が検出されました」

「それは」智佳子は言った。「優奈ちゃんや他の女性に、今度みたいなことをするつもりで三沢君が持ち歩いてて、あの夜――」

「すでに酩酊した状況で、ですか」爽子は問い返す。「それに、優奈さんだけでなく三沢も、睡眠薬を飲まされたんだと思います」

「はあ？」智佳子は小馬鹿にしたような声をあげ、顔をしかめた。整っているだけにいっそう毒々しい表情だった。「じゃあ、なに？　私が二人を寝込ませたっていうの？　なんのために？　それにだれが優奈ちゃんにあんなことしたの？　もしかして、それも私だと言いたいのかしら？　〝そう見えて、実はお前男なんだろう〟って？」

　爽子は無言だった。

「でしょう？　吉村さんね、私がどうしてそんなことしなきゃならないのよ？　それに第一、さっきもいったけど、私には生物学的に無理ね」

「そう思わせるために、あなたは偽装した」爽子は智佳子を凝視したまま言った。

「勝手なこと言わないでよ」智佳子は吐き捨てた。「それに、優奈ちゃんの身体に残ってたものの説明はどうしたのよ！　女の私には無理だと何度も言ってるでしょう！」

「いいえ、無理じゃない」爽子は厳しい視線をそらさないまま首を振った。「三沢と深い関係にあったあなたなら、精液を入手できた」

「……だから？」智佳子は語尾を跳ね上げて言った。「そんなの私にも可能性があるというだけでしょ、私がそれを手に入れてつかったことの証拠にはならないわ！」

爽子は言った。「あなたは事件の前の晩、三沢とホテルに行ったと言いましたね？」

智佳子の顔から、居丈高な表情がすっと消えた。

「多分あなたは、三沢の性欲を強調したくて、つい口が滑っちゃったんでしょう？　そのホテルで、三沢の精液の入ったコンドームを持ち帰った」

智佳子はなにか言おうとしたが、口を閉じた。

「私たちはホテルのゴミを、すべて調べた」爽子は続ける。「幸いあなたと三沢が利用した日のゴミはまだ、処分されていなかったから。その結果、三沢のＤＮＡに合致する精液の入ったコンドームは、見つからなかった」

智佳子がなにかを言おうとしたが、爽子は機先を制した。「使わなかった、なんて言い訳は無駄よ。三沢は確かに使ったと証言してる。ゴミ箱に捨てたのもね」

使用済みのコンドームを、わざわざホテルを出た後に捨てる者はいないし、持ち帰ったのなら理由があるはずだった。

「馬鹿馬鹿しい」智佳子は吐き捨てた。「ぜんぶ状況証拠じゃない。確かな物的証拠なんかなんにもない。その持って帰ったっていうコンドームはどこ？　あの二人を眠り込ませた睡眠薬は、どこから手に入れたの？」

「それはわからない、まだ」爽子は静かに言った。

「ふざけないでよ！」智佳子は憤然と立ち上がろうとした。

「動かないで！」

爽子は気迫を込めて言い放ち、内ポケットから取り出した紙を広げて突きつけた。

「捜索差押許可状。いまからこの部屋を傷害容疑で捜索します。なんにも触らないで！」

玄関のドアが開く音がして、待ち受けていた伊原たちの入ってくる足音が聞こえた。


二時間後、押し入れの天袋で発見があった。

睡眠薬ハルシオンだった。

医師の処方箋もなく所持するのは薬事法違反であり、吉住智佳子は逮捕された。

爽子と佐々木が取調室で追及したところ、智佳子は強姦偽装を認めた。

「おっしゃった通りです。二人に部屋で睡眠薬入りのビールを飲ませて……。ホテルから持ち帰ったコンドームに穴を開けて、あの女の膣に中身を絞り出しました」智佳子が表情をなくした顔と声で言った。「飲み会を開いて三沢君とあの女が家に寄るように仕向けたのも、三沢君とホテルに行ったのも、事前に計画していました」

「なぜこんなことを?」爽子は言った。

「社長が……久我さんが好きでした」智佳子はぽつりと言った。「でも久我さんはあの女と」

智佳子は須藤優奈を徹底的に排除するだけでは飽きたらず、辱めて貶めたかったのだと、爽子は思った。

智佳子は強姦されたと信じ込むにたる状況を演出すれば、須藤優奈に精神的打撃を与えられると考えた。そうすれば職場から去らせるだけでなく、そのうえ男性不信に陥らせて久我の前からも抹殺できると。

だが、偽装だけでは須藤優奈が果たして本当に被害にあったのか、と疑念をもつ可能性がある。だから疑念を払い、思い込ませ、さらに確信させるために、智佳子は優奈に告訴することを強く勧めた。

心理学でいう偽記憶のできあがり、という訳か、と爽子は思った。時間の経過とともに優奈は被害の瞬間を、自ら頭の中でまざまざと作り出し、それを記憶だと錯覚して、一生苦しみ続けただろう。

「あなたは人の心を操って、無茶苦茶にしようとした」爽子は言った。「あなたの罪は、法律の罪名以上に重いんです。ひとが生きていくうえで大切な、記憶そのものを捏造《ねつぞう》しようとしたんですから」

智佳子は涙をこぼし、頭を垂れた。「ごめんなさい……」

「でもあなた、一線を越えることにためらいはあったんですね」爽子はそっと差し出すように告げた。「捕まえられて良かった。あなたは償えば、あの社長さんと一緒にはもうなれないけど、苦しまなくてもすむ。……利用された三沢正吾さんも、気の毒な須藤優奈さんも」

「あの、佐々木さん。……ひとつお聞きしたいんですけど」

「なんでしょう?」佐々木は太い支柱にもたれ、煙草をくわえたまま答えた。

なにが、なんでしょう、よ。爽子はいささかどころではなく内心むっとしたが、歩み寄った。

署の中庭、駐車場に面した喫煙場所だった。夏の西日の中で、競技会が近いのか、青い制服姿の交機隊白バイ隊員たちが、大声で動作確認しながら訓練しているのが見えた。

に。

「……どうして、吉住智佳子が怪しいと思ったんですか」爽子は足を止めて、言った。呆れたことに、佐々木は裏付け捜査の最中にも、爽子がいくら尋ねても明確に答えなかったのだった。一歩間違えば誤認逮捕の責任をとらされる、一蓮托生状態だったというのに。

「高井あたりに聞いたんじゃないですか、私のことは」佐々木は前を向いたまま言った。

「なら知ってるでしょう、疑った理由を誰にも話したことがないのは」

「ええ」爽子は素っ気なく答える。「でも知りたいんです、どうしても」

「どうしても、ですか?」

「ええ、どうしても、です」爽子はこくりとうなずく。「教えていただけるまで、離れません」

しばらくの間、佐々木は煙草の紫煙が漂うのを見上げ続け、爽子は佐々木のそんな横顔を凝視し続けた。

ストーカー宣言だけではだめだったか。こうなったら目の前に回り込んで下手くそなウインクのひとつでも……、と爽子はふと思い、自分らしくないことを考えたのは佐々木から不思議な魅力を感じているからだと気づいた。

「参ったな、こんなにしつこいひとは初めてだ」佐々木は短くなった煙草を吸い殻入れに投げ込むと、呟いた。「誰にも言わないのなら、いいですよ」

「はい、もちろん」爽子はこくこくとうなずく。

佐々木は支柱から離れて向き直ると、口を開いた。

「吉住智佳子から聴取したとき、〝ああ、この人はいい人なんだな〟と思ったからですよ」

佐々木の言葉が、爽子の脳に浸透するまで、幾ばくかの時間が必要だった。

「……え？」爽子はきょとんとして、佐々木の無表情なままの顔を見上げた。

いい人に思えたから？　普通、逆ではないか。なぜそう思ったひとを疑うのだ？

――私をからかってるの……？

爽子はそう思ったけれど、見上げる佐々木の顔には揶揄する表情は微塵《みじん》もない。もっとも、あまり変化はないが。

「どういう意味ですか」

「言ったとおりです」佐々木は言った。「私が地取りで被疑者を見逃していたのはご存じでしょう。それまで何度も同じような間違いがあったのも」

「ええ」爽子は目をそらして小さくうなずく。

「私もさすがに情けなくなりましたが……そのとき、気づいたことがあるんです」

「なにに、ですか？」

「私がいい人だと判断するひとは、上辺《うわべ》はどうあれ、悪い奴だってことに」

つまり根拠は直感に過ぎなかったってことか……。爽子はいまさらながら、胃のあたりが冷たくなってゆくのを感じた。

「それからは……気づいてからは、逆にこの天の邪鬼さを利用してやろうと思い立ちました。おかげで、たいした実績もありませんが、捜査員を続けてられます」

「ではその、いつも無……、じゃなくて穏やかなのは？」爽子は問いかけた。「丁度おなじ頃に、佐々木さんがいまのように変わられたと聞きました」

「もう一つ、気づいたからですよ」佐々木は呟いた。「私が信頼なり好意をもった人たちは、みな不幸になってゆくことにね。……ほとんど例外はなかった」

爽子は、あっと思い当たった。高井は佐々木を評していった。……感情を表に出さないことで、なにかに堪えているような、と。

――だから、身近な人間のためにと信じて……。

「私は、人を不幸にしたくないんです」佐々木は言った。「私自身の存在がどうであれ、周りには笑顔がたくさんあって欲しい……、それだけです」

口を閉じた佐々木を、ちょっと呆気にとられて見る爽子の頭に浮かんだ言葉は、妄想知覚、だった。なんでもないことや偶然に、重大な意味を与えてしまうのを意味する心理学用語だ。

「佐々木さんが不幸にした証拠はありませんよ」爽子は言った。「単に直感的に結果を見通したのを、信頼や好意とすり替えてるのかもしれませんよ？」

ええ、と佐々木はそんなことは解っている、という顔で答えた。

私がこの場で思いつく程度のことは、佐々木自身も一度は考えたに違いない。なによりそう信じてしまってる……。そう思い、爽子は説得するのを思いとどまった。

「私は、人の生き方や考え方、感情は他人が強制してはいけないって思ってます」爽子は言った。「だからこれ以上はなにも言えません……」

「ええ。主任がどう思われようと、私自身の下した結論です」

これ以上なにも言うことはない、と佐々木は歩き出した。

肩先を通り過ぎて、庁舎の入り口へと向かう佐々木の背中は、爽子にはもう〝死神〟には見えなかった。

爽子からすれば間違った認識をしていようと、周りの人間を大切にする、温かな心を胸におさめた男の背中だった。

「私のことは、信頼して下さってても大丈夫ですよ」爽子は声を上げた。

佐々木の背中が止まり、わずかに振り返って片頬が見えた。

「不幸にならなかった最初の人間になる自信は、ありますから！」

佐々木は答えずに歩き出した。

けれど――、身体が向き直る前のほんの一瞬、片方の頬に浮かんだのは、確かに微笑みだったと爽子は思った。

爽子が警察官になったと知ったかつての同級生達は、学生時代の爽子からは想像できないと驚いた後、決まって同じ質問をするのだった。

「ね、捕まえた人達が刑務所を出てから仕返しに——お礼参りって言うの？　そういうとしにくるってほんとなの？　テレビの刑事ドラマなんかで、よくあるじゃない」

爽子は小さく笑って首を振ったものだ。刑を終えれば、突発的に罪を犯した者はむしろ警察に関わるのを避け、職業的犯罪者なら警察に慣れはしても敵対的な態度はとらない。よく聞かれるけど現実にはないと思う、と爽子が答えると、相手は安心したような、少し拍子抜けしたような、どちらともとれるような表情になる。

けれど爽子は、警察を恨み続けて隙を狙う人間が現実にいることを、初めて知った。

「だから！　そんなこと言ってないでしょう」爽子は声を上げた。

「あ、じゃあなんだあ？　あんたはセックスが汚いと言うつもりかあ！」伊原が言い返す。

多摩中央署三階、刑事部屋。朝の引き継ぎも終わり、ざわついている。

「言ってません、そんなこと」爽子は声をおさえ、うんざりしながら辛抱強く繰り返す。

「ただ朝からセックスセックスと繰り返すのが、お、か、し、いと言ってるだけです」

「いまあんただって連呼したじゃねえか」伊原がふんぞり返る。

それは、と爽子がむっとして言い返すまえに、聞いていた三森が笑い出した。

「よしましょうよ、主任」支倉が言った。「伊原長の病気は、いまに始まったことじゃないんですから。二年前に移ってきてから、ずっとですもん」

「ふつうの会社なら駄目だと思いますけど」高井が呟いた。

「ふつうの警察でも駄目だろ」佐々木が言った。

「馬鹿野郎、こういうこと考えないようになったら人間終わりだ」

このセクハラ野郎。……ほかに考えることはないのかしら、と爽子が不毛な口論を打ち切って深いため息をついた途端、無線室からのブザーが鳴った。

「中沢三丁目、妻が首をつったと夫より一一〇番入電！　関係所属は臨場の上、事件性の有無を報告されたい！」

爽子達が捜査車両で駆けつけたのは、古めかしいが瀟洒《しょうしゃ》な洋館だった。すでに現場の門前には方面自ら隊の白黒ＰＣが乗り付けられ、黄色いテープで規制線を張っていた。

立派なお宅……、と爽子は少しだけ感心しながら先頭の堀田係長に続き、規制線をくぐると広い玄関から家に上がった。

板張りの廊下をゆくと、そこが現場らしい戸口のそばで、どちらもジャージ姿の男性が二人、クリップボードにボールペンを立てた自ら隊員に事情を聞かれていた。

「おい」伊原は爽子の傍らで足を止め、呼びかけた。「あんた桑原さん、だな」

二人の男性のうち、白いジャージの男が自ら隊員に向けていた顔を伊原に移した。

「……あんたか」

歳は四十代初めめか。健康そうに日焼けし、ぎょろりとした眼が特徴的だった。茶色く染めた長い髪を後ろになでつけている。

「知ってるんですか」爽子は白いジャージの男を見たまま伊原に囁いた。

伊原は答えず、じっと桑原と呼んだ男を凝視している。その顔は、刑事部屋で見せた〝セクハラ総監賞最多受賞者〟と同一人物とは思えないほど、張り詰めている。

獲物を前にした猟犬のように……？　いえ、と爽子は思い返す。むしろ、一度逃した獲物に再度であって、舌なめずりをしているような——。

「ああ」伊原はわずかにうなずき、爽子に小声で答えた。「あとで教えてやる」

「行こうか」

堀田に皆が促されて歩き出すと、伊原は白いジャージの男とすれ違いざまに言った。

「いや、俺よりホトケさんが教えてくれるんじゃねえか？　こいつがどんな野郎かは」

「あんた、まだそんな……！」

白いジャージの男——桑原が気色ばみ、何か言いかけるのを背中で聞きながら、爽子達は居間に入った。

窓の大きくとられた、余裕ある広さの居間だった。古いが趣味の良い家具が並んでいる。開いた両開きの窓辺には籐椅子があり、草木の茂った英国風の庭が見渡せた。

そして、テーブルのよけられた部屋の真ん中にシーツが広げられ、中年の女性の死体が床に横たえられていた。

爽子は片膝をつき、白手袋をはめた手を合わせてから、上から覗き込むようにかがみ込んだ。

女性は四十代、身長は一五〇センチ弱。パジャマ姿で、長い髪を背中に敷いている。通報では縊死、ということだったから、さっき廊下ですれ違ったジャージ二人組が下ろしたのだろう。現場保存の観点からすれば、すでに荒らされてしまったわけだ。

だが事件性となると……と爽子は思う。

確かに下顎に沿って紐状の物の食い込んだあとが、白い肌に暗紫色に刻印されている。ずれもなく、縊死による縊溝とみて矛盾はない。

そしてなにより吉川線がない。これは、被害者が締め上げる紐を取り除こうとして喉をかきむしった痕をさし、事件性を決定づけるものだ。

「第一臨場は……、ああ君か」堀田が自ら隊員に質問する声が、頭上から降ってきた。

「状況を頼む」

「はい、マル害は主婦、桑原泰子さん、三十八歳。夫の桑原興一さん……廊下にいた白いジャージのひとですが、日課の散歩から帰ったところ、そこの帽子掛で首をつってるマル害を、近所に住む友人と共に発見したそうです。軸に沿って、屈み込むような姿勢だったそうです」

爽子は上体をおこし、顔をあげた。部屋の隅に、古風でがっしりした今時珍しい帽子掛があった。高さは二メートルほどか、完全に床から足を浮かせるほどぶら下がるのは無理だったろう。倒れてしまう。非定型的縊死、というわけか。

「支倉さん、ペンライト持ってる？」

爽子は礼を言って受け取ると、女性の穏やかな顔に手を伸ばし、そっと瞼をめくり上げた。

顔には溢血点がそばかすのように散っていて、つまみ上げ、ペンライトで照らした瞼の裏も同じだった。定型的縊死なら溢血点はみられないはずだが、非定型的ならおかしくはない。

事件性は感じられないけど……。爽子は身を起こしながら思った。

実際、縊溝の不吉なネックレスがなければ、夏の朝寝坊を楽しんでるようにさえ見える。家具調度の品の良さもあって、桑原泰子の死に顔にもどことなく気品がある気がした。

「どうだ」伊原も屈み込んで、爽子に言った。

「私の見る限りでは事件性は……」

「解らねえぞ、まだ」伊原が決めつけた。「もっとちゃんと探せ」

「じゃ、ご自分で視てください」爽子はふっと鼻で息をつき、ペンライトを差し出す。

貸せ、とひったくった伊原に、爽子は言った。「マル害の夫、さっきの桑原ってひとですね？　知ってるんですか」

「ああ」伊原はうるさそうに答えた。「十代の頃から前歴がドロドロの、腐った野郎だ」

数年前、伊原は都内の所轄署で、土地持ちの老人失踪事件の捜査に当たっていた。

一人暮らしで身寄りがなく、また代々の金持ちにありがちな生活力のない老人に、言葉巧みに近づき、老人から多額の借金をしていた男。

それが桑原興一だった。最有力の被疑者として取り調べられた。

当時は同じような資産家老人が狙われる事案が続いていたこともあり、マスコミもこぞって注目した。

だが、高校を中退するまでに恐喝、強姦と罪を重ね、その後もずっと、一度として正業につかず、世間と刑務所を何度も往復して生きてきた桑原は、したたかだった。

老人の遺体が発見されなかったのを幸い、黙秘を押し通した。

捜査本部では桑原を扱いあぐねた。そこで、通常は警部補以上が担当する取り調べに、熱意をかわれた伊原が当たることになった。

伊原は容赦せず、桑原を峻烈《しゅんれつ》に責め立てた。

だが結局――老人の行方について自供が得られず、桑原は不起訴となった。

マスコミの注目は失望と嘲笑にとってかわり、桑原は雑誌に〝殺人者にされかけた私〟などと手記まで寄稿し、地団駄を踏む捜査員らの怒りの火に油を注ぐ真似さえした。

起訴前の段階で、判決で無罪とされた訳ではなかった。けれど警察の失点は大きく、内部で責任の押し付け合いが始まった。そして、手記の中で〝I巡査部長ってひとはほんとにひどかった〟と半ば名指しされた伊原は、上層部にとって失態の鉛を呑ませるに、さしずめ好都合な存在だった。

その結果が、いま爽子の目の前にいる伊原という訳なのであった。

「たとえ過去がそうであっても」爽子は言った。「冷静にお願いします」

「無理だね」伊原は言った。「俺ぁ奴の本性を知ってるからな」

「確かに犯歴者には――」爽子が言いかけた。

「クズはな、いつまで経ってもクズだ。何度ムショにぶち込まれても、奴らの性根はかわりゃしねえ。同房の奴から仕込まれた、新手の手口を身につけはしてもな」

伊原は押さえた小声で続ける。「一度犯罪に味を占めたやつは、直りゃしねえ。獲物がいりゃ忍び寄って食らいつく……、それが奴らの習い性だ。習慣なんだ」

習慣。確かに、人間は習慣の動物だけど、でも――。

爽子は過去に冤罪事件を引き起こした理由が、大きく二つあるのを知っていた。

ひとつは、現場へ上層部あるいは外部から圧力がかけられたとき。

そしてもうひとつは、初動の段階で〝こいつが犯人に違いない〟と決めつけること、つまり見込み捜査に走ったときだ。警察がその気になれば、目をつけた人間を中心に、いくらでも簡単に、事件の相関図《チャート》を描くことはできるのだ。

「不審な点があれば、必ず気づきます。慎重に」

「なんだあんた、上司みてえじゃねえか」伊原は少し口元を歪めた。「聞いたぜ、あんただって捜一にいた頃にゃ――」

「そのお話はまた今度」爽子は聞きたくもない、と立ち上がる。「発見者に話をききませんか？」


「いや、朝の散歩はね、毎日の日課ですわ」

桑原と共に泰子の遺体を発見した、黒いジャージ姿の吉野誠三は廊下で言った。

「退職してからこっち、まあすぐに再就職が見つかるご時世じゃありませんからな。ならまあ、健康のために歩いてみるか、ってわけでしてね。……それがまあ、泰ちゃんのあんな姿を見ることになるとはなあ」

「泰子さんとは、以前からお付き合いがあったんですか？」爽子が尋ねる。

爽子のとなりには伊原もいた。桑原興一の聴取は堀田らが当たっている。

「ええ、私もここに住んで長いですから。泰ちゃんは小さい頃から知っとりますよ。小さな頃の、言葉は古いが深窓の令嬢って雰囲気が、あの歳になっても抜けきらないような。まあ身体が弱いのもあって、学校を出てからずっとこの家で暮らしてました」

「そうですか。立派なお家ですが、御主人、興一さんといつご結婚を」

「この家は確か、貿易会社をやってた彼女のお祖父さんが建てたもんらしいです。会社は人手に渡ったが家だけが残った、ってところですな。……ああ、すいません。興一君ですか、三年ほど前になるかなあ。泰ちゃんが珍しく男連れで歩いてたんで聞いたら、〝私、結婚しちゃいました〟って。幸せそうでしたがねえ」

「で、発見時の状況は」伊原が短く質した。

ええ、と吉野の顔から、追憶の笑みが消えた。「自宅から蓮正寺公園まで歩くのが、いつもの私のコースなんですが。それで汗だくになって帰ってきたとき、興一君に呼び止められたんですよ。〝そんなに汗かいて熱中症になりますよ。ちょっと家によって、一緒に冷たいものでもどうですか〟って。それで、一緒に居間に入った途端に、泰ちゃんが……魂消《たまげ》ました」

縊死の状況は、自ら隊員から聞いた話と大差はなかった。両端を結んで輪にした紐を帽子掛のフックに掛け、亡くなっていた。

睡眠薬でも飲ませない限り、いかにがっしりしているとはいえ、あの帽子掛に泰子が抵抗もせず吊されるはずがない。

「それで、二人して床に横にさせた、と」

「はあ、まあ」吉野は伊原の口調に微かに混じった、現場を荒らしやがってという苛立ち私もね……。遺体を感じ取り、すこしむっとしたようだった。

「興一君が叫びながら、必死になって泰ちゃんを抱きかかえるもんだから、私もね……。

そりゃあんた達警官なら見慣れてるでしょうが、私、葬式や病院以外で見た初めての遺体でしたからな」

「そうですね」爽子はぽつりと言った。ここにも事件性はない。

「こういった事件じゃ、興一君もいろいろ調べられるんでしょうが。これだけの家作だし」吉野は言った。「まあ、私の印象じゃ、あれは演技じゃやなかったなあ」

「いろいろとどうも」

爽子は曖昧な笑みでごまかしただけだが、伊原は、判断はこっちの仕事だと言わんばかりに短い挨拶を残して、背中を向けた。

やれやれね、と爽子は内心ため息をついて、顔を向けた。「あの、それじゃ吉野さん、ありがとうございました」

お役に立てたかどうか、と呟いて廊下を行こうとした吉野は、立ち止まって爽子を見た。

「泰ちゃん、可哀想になあ。人に言えない悩み事があったんだろうなあ……。小さい頃の、お兄ちゃんお兄ちゃんと長い髪を翻して走り寄ってくるのを、思い出しますよ」

爽子はうなずいた。たしかに、肩胛骨のしたに届くほど、長い髪だった。

「黒髪をいつも自慢してたなあ。それがさっきは、ロープと首の間に挟まってて、痛々しかったな……」

「——女にとって、髪は大事なものですから」爽子は一瞬言葉に詰まってから言った。「どんなときでも。またご連絡するかと思いますが、よろしくお願いします」

それでは、と吉野は夏の白光のなかを帰って行った。

「また一から話させる気か！」桑原は、堀田と佐々木と入れ違いに部屋に入った爽子に、ソファに座ったまま喚いた。「こっちは妻を亡くしたんだ、いい加減にしてくれ！」

部屋には、もうもうと煙草の煙が霞みとなって漂っていた。六畳ほどの部屋で、小さなテーブルに大きなガラス製灰皿が載っていて、桑原が吸ったのだろう、何本も吸い殻が投げ込まれている。

「どうか、落ち着いて」爽子は手のひらを押しとどめるように向けた。「掛けてもよろしいですか？」

下手《したて》にでられて、桑原はふっと息をついた。「ああ、座ってよ」

桑原は立て続けに、煙草を吹かした。三口ほど吸っただけで、灰皿で押しつぶすのを繰り返す。なるほど、と爽子はそれを見ていて思った。目の前の桑原がどんな悪党であれ、習慣の動物である人間には変わりない。癖なのだろう。

「――お宅の伊原さん、僕をまだ疑ってんの」桑原が煙草の火口に目を落として、言った。

「しつこいってだけじゃない、僕になにか恨みでもあるのか……！」

「数年前、都内の事件で伊原と関わりがあったそうですね」

爽子は言いながら観察した。桑原の身長は一六〇センチあるかないか。額に汗して働いたことのないのは、なで肩と爪の綺麗な指、なにより自分自身への厳しさのない表情から解る。

「ああ、そうだよ」桑原は吐き捨てた。「やってもないことを根掘り葉掘り、朝から晩まで。僕を、どうしても犯人に仕立てたいようだった。頭おかしいんじゃないの」

最後の部分には同意したかったけど、爽子は礼だけ言って立ち上がった。

「僕は、泰子を愛してたんだ」桑原は呟いた。

爽子は背筋に、消毒用アルコールを一滴垂らされたように思わず身震いした。

「だったら、泰子さんとお祖父さんの家を大切にしてあげてください」爽子は内心を見透かされまいと思わず口にしてから、しまった、と内心ほぞをかんだが続けた。「火の始末には、特に」

「え？」桑原は煙草を口元でとめて、爽子を見上げた。

「煙草です」爽子は眼で灰皿を示した。「吸い殻、灰皿の底にはずいぶん短いのや根元まで吸ったのがありますね。ご愁傷ではありますけど、気をつけられた方がいいですよ」

「桑原泰子は縊死、自殺と見て現場に矛盾はないが、どうかな？」

堀田が廊下の隅に爽子達を集めて、言った。

「はい。帽子掛、遺体の直下と思われる場所に、失禁の痕がありましたし」支倉がノートをめくりながら報告すると、三森もうなずいた。

「…………」伊原はただ、中空を睨みすえている。

「争った形跡も、侵入した跡も見あたらなかった。――吉村君？」

「…………」伊原は腕を組み、目を閉じた。

爽子は横目で伊原を窺いながら、口を開いた。「桑原泰子さんの遺体の状況と、私の見た限りでは、非定型的縊死と思います。ただ――」

「ありゃ殺しだ」伊原が開いた目を剝き、声を押し出した。「数年前の、ちっとばかり金持ってるだけの憐れなじいさんと同じで、あの野郎が手ぇかけやがったんだ！」

「伊原長」堀田が厳しい目で手を挙げた。「落ち着け」

「伊原さん、すこし頭をさまして――」爽子は言いかけて、佐々木を見た。「佐々木さんは桑原興一をどう見ました？」

佐々木の霊感だか直感だかに、爽子は期待した。いや、桑原犯人説に凝り固まった伊原をなだめられるのなら、なんでも良かったのかもしれない。こういう場面ですかさず緩衝材の役割をはたす高井は、桑原の聴取を続けている。

佐々木は無表情な顔を、頭ごと巡らして爽子を見た。「善良とは言いかねますね」

一言で口を閉ざした佐々木に、爽子が呆気にとられていった。「あの、それだけ？」

ええ、と無表情のまま重々しく佐々木がうなずくと、伊原が押し殺した叫びを上げる。

「馬鹿野郎、こいつがどんな印象もったかなんざ、どうでもいい！　あんたこそさっきなんか言いかけただろ、言えよ！」

途中で邪魔したのはあんたでしょ、と爽子は毒づいてやりたいのを、はっと息をついて堪えると、注視してくる全員を見回した。

「吉村主任、なにか気づいたのかな」

「ええ」爽子は堀田に促され、口を開いた。「でも、これから私が話す疑問点は、それ自体ではなんの証拠能力もありません。そのつもりで聞いてもらえると……」

鵜呑みにして欲しくない、と確認をしてから、爽子は説明した。

「私が疑問に思ったのは、三点なんです。

まず第一に、桑原と一緒に発見した吉野誠三の証言です。遺体を紐から外すとき、桑原泰子の髪が紐と首の間に挟まっていた、と。……自殺の特徴はいくつかありますけど、刃物なら衣類をめくって直接刺す、そして縊死なら髪の毛を紐の外にだす、といいますね。

第二は、なぜ寝室ではなくこの居間を、桑原泰子さんが選んだのか。

第三は、桑原興一の聴取時の挙動です。ひっきりなしに喫煙していましたけど、吸い殻の長さにかなりばらつきがあるんです。私や、多分、係長達のときも同様だったはずですけど、半分吸った程度でもみ消しました。おそらくそれが普段の習慣だと思うんですけど……、でも灰皿の底には、かなり短くなった吸い殻もあったんです。もしかして短い吸い殻は、聴取の前に思考を集中していたせいなのかも、と」

一気に話して、爽子は苦笑した。「第一点はともかく、あとのは私の心証にすぎません。居間を選んだのはマル害なりの理由や想い出があったのかもしれないし、第三点は悲痛のせいで、手元が留守になっただけかもしれませんし」

「確かにどれも絶対とはいいきれないね」堀田は眼を瞬かせた。「第一点の髪の毛は、桑原泰子の自慢だったのを考えれば、死後も身体を損ないたくない自殺者の心理と矛盾する。だがそれも、夫が妻は最近ノイローゼ気味で、とでも証言すれば飛ばされるような話だ」

「それにですね」三森が伊原をちらちらと窺いながら言った。「桑原興一って、一度不起訴になってるんでしょ、この事案がもしほんとに自殺だったら……。マスコミ相手に、なに言い出すか解りませんよ。警察内部的にもかなりまずいでしょうし」

「三森てめえ、それでもデカか！」伊原は噛みつかんばかりの口調で吐いた。

「あー、そういう感情的な説得は……」

議論が崩れ始めたその場から、爽子はわずかでも静謐《せいひつ》を得ようと眼を閉じ、沈思黙考した。――堀田係長のいうことは、いちいちもっともだ。

ほとんどの状況は縊死による自殺をしめし、皆に話したとおり三つの些細な疑問点があるが、犯罪現場において、すべての疑問が合理的に説明できるわけではない。むしろ犯人を逮捕して自供させたら、あれだけ頭を悩ませたのはなんなのかと拍子抜けする事柄の方が多い。

でも、と爽子は思い、目を開いた。でも――。

「あんだと三森てめえ、もう一度言ってみろ！」

「いや、だから伊原長――」

呆れたことにまだ伊原と三森は言い合っていた。

はあ、と息をついて踵《きびす》を返した爽子に、うんざりした顔で〝お話し合い〟を眺めていた支倉が気づいた。「あ、主任、どこへ」

「マル害にもう一度会ってくる」

爽子はそう言い置くと、強行犯係の輪から抜けて、居間へと戻った。

桑原泰子は、床の絨毯の上で横たわり続けている。掛けられたシーツの白さと身体の凹《おう》凸《とつ》で、壁からおろされた彫像に見えた。

爽子は床に膝をついて、そっとシーツをはぐった。すると、桑原泰子の穏やかな、年齢にもかかわらずどこか儚《はかな》げな印象の、端整な顔が露わになった。

――でも、……でも、もし犯罪なら。

爽子は穏やかな死に顔を見詰め続けた。亡骸の表情は、なにも教えてはくれない。けれど泰子の面差しには、発見者であり泰子を幼いころから知っていた吉野誠三のいうとおり、年齢でも隠しきれない幼さが残っている気がする。職業的犯罪者どもにとっては、格好の獲物だっただろう。

お人好し、不注意……。確かに泰子は古い言い方をすれば、世間知らずの令嬢だったのかも知れない。しかしそれが、騙され、さらには殺されても良い理由になり得るか？

――なるわけない。確信犯の前では、どんな世知に長《た》けたと自分では思い込んでいる人間も、苦もなく被害者にされてしまうんだから……。

もし桑原興一の犯行なら、この家のささやかな財産をしゃぶりつくし、消えるだけだ。そして次の獲物も、女性かも知れない。

見逃すわけにはいかない、と爽子は結論し、シーツを掛け直して居間を出た。

「まあまあ、伊原長も三森も……」

「係長」爽子は、伊原と三森の不毛な〝お話し合い〟を仲裁していた堀田に声を掛けた。

「些細な点でも、関係者を含めた状況にも疑問があるなら、調べてみるべきかな、と」

「そうか」堀田は目をしょぼしょぼさせた。「吉村主任もか……。ほかの者は？」

「吉村主任に賛成です」支倉が手を挙げた。

「あいつは悪党だというのに一票」佐々木が言った。

「あ、あの僕は……」

「みい、つう、もぉおり」伊原がゆっくりと低い声を押し出した。

「わかりました！」三森が悲鳴混じりに言った。「わかりましたよ……」

「やれやれ、優秀な部下ばかりで胃に穴があくよ」堀田はぼやいて、顔を上げた。

爽子は堀田の表情を見て自然と背が伸びた。とぼけたところが消え、眼光に往時の鋭さが戻っている。

「よし、やってみるか」堀田は断を下した。「伊原長、捜索差《ガ》押え検証《ツ》許可状をとれ！　吉村主任、現場鑑識と検視官に臨場要請！　きめたからには徹底的にやろう！」

「吉村主任さんよ」

「はい？」

「あんたがうちの署に来てから、仕事が増えてかなわねえ」

「どうもすみません」

爽子は微苦笑して首をすくめるように頭を下げた。が、そう言った多摩中央署鑑識係長、近藤の日焼けした初老の顔は、だから迷惑というものでもなかった。

爽子と近藤が見守る桑原家の居間で、紺色に黄色の配された活動服姿の鑑識係員が作業していた。要請に応えた多摩鑑識センターから、水色ライン入りのワゴン車が三台駆けつけたのだ。

やってきた第二鑑識の係長は、階級が上位にもかかわらず、近藤にひどく丁寧だった。聞けば、昔本部鑑識時代には近藤の部下だったという。警察には徒弟制度じみたところが少なからず残っている。

その、特に作業せず戸口で監督しているように見える近藤が、言った。

「で、ホトケさんは署に搬送されて検視中か」

「ええ」爽子はそろそろ立ち会いの佐々木から連絡があってもいい、と思いながら答える。

「しかし、大博打を張ったんじゃねえのかい」

確かにその通り、と爽子は内心でうなずかざるを得ない。

桑原興一は最初、現場の検証をすると告げられると抵抗した。が、令状を伊原が示すとやむなく従い、いまは高井に監視されながら、別室で結果を待っている。

けれど、爽子には桑原の抵抗が、上辺だけの、演技ではないかと感じられた。

見つけられるものなら、見つけてみろよ……。多分、不規則な長さの吸い殻を灰皿に盛り上げながら、内心で薄笑いを浮かべてそう思っているのではないか。

爽子が踏み出した以上は負けられない、と思った時、業務用の携帯電話が鳴った。

「はい吉村です」

「佐々木です。主任の見立て通り、非定型的縊死、だそうです。外表所見も、主任のいった通りでした。めぼしいものはまだですが、見つかりしだい携帯鳴らします」

よろしく、と携帯電話をしまった爽子は、本部鑑識係長がやってくるのに気づいた。

「近藤さん、その、なにも出ません」鑑識係長が言った。

「馬鹿野郎」近藤は錆びた声で言った。「それじゃなにか、俺らが相手にしてんのは幽霊か、ん？　現場で誰かが犯行《ヤマ》を踏みゃ、かならず痕跡を残す」

「しかしです、所々床に拭いた痕もあって……。ごく普通の、関係者の足跡しかなく」

「だったら家具や敷物を移動して、床全体に粉かけろ。いいか、あるはずの物だけじゃねえ、あっちゃいけねえものも探せ」

はあ、と不得要領な顔をして、鑑識係長は居間に戻って行く。

鑑識課員たちはそっと持ち上げた家具や巻いた絨毯を、爽子の脇を通って廊下に運び出して行く。なんだか申し訳なくて、爽子も上着を脱いでシャツの袖をまくり上げて手伝った。

壁際以外から家具がなくなり、ぽっかりと開いた居間で、鑑識課員たちの床を舐めるような採証活動が再開された。

そして二十分後――。

掃除の行き届いていた床は、痕跡を検出するためのマグネシウム粉末で、何年も放置されていた空屋の床のようになっていた。そこで部下とともに屈み込んでいた本部鑑識係長が、顔を上げて叫んだ。

「近藤さん！　面白いことになってきましたよ！」

「で、なんですか話っていうのは」桑原は高井と三森に挟まれて、様変わりした居間に連れてこられると、不機嫌そうに言った。「なんかみつかりましたかあ?」

爽子ら強行犯係だけでなく、近藤や本部鑑識課員らも居並んでいた。

「ああ、面白いもんがな」戸口で待ち受けていた伊原が、顎で室内を示した。「見ろよ」

　室内は、鑑識課員がアルミ粉末やニンヒドリンで浮き出させた足跡が、入り乱れている。

　だが、そこには空白の帯があった。その空白帯は桑原泰子が首をつっていた帽子掛の位置から、窓辺に向かっている――。

「桑原よう、おめえ上手いことしたつもりだったんだろ。首絞めて殺せば、垂れたしょんべんで引きずった痕も残る。だが尿や足跡は拭いちまえば消せるし絨毯で隠せばいい、そう考えたろ?」

「はあ?　なんの話だよ」

「まだ解んねえのか、拭いたその痕自体が、残ってるんだよ!」

　そしてその空白帯の先には――窓辺の籐椅子があった。

「随分うまく偽装してたけど、無駄だったみたいですね」爽子が腕組みしたまま言った。「桑原さん、あなた、朝起きてきた泰子さんが、そこの籐椅子に座るのを見計らって、後ろから首に、輪にした紐をかけたんでしょう?　そして、背もたれごしに背中同士をあわせるようにして、引っ張ったのね?」

　地蔵背負い――。さながら石仏の首に縄を掛けて運ぶような有様から、この手口はこう呼ばれる。

「ちょっ、ちょちょっと、勘弁してほしいなあ」桑原が言った。「愛する妻がなくなったその日に、今度は犯人扱いですか、え？　そこの床は、たまたま掃除しただけですよ。それに泰子がそんなことされて、なにも抵抗しなかったはずないでしょ」

「いいえ」爽子は言った。「だからこそ、あなたは寝室ではなく、わざわざこの居間で犯行に及んだ。あなたの体格では、正面からではかなり抵抗されて、あからさまに絞殺の痕跡が残ってしまう。でも、一緒に暮らしているあなたは、泰子さんが起きるとまず籐椅子に座ることを知っていた。……検視官の話では、頸動脈洞が急激に圧迫されると、心肺が急停止することがあるそうです。だから吉川線が残らず、あなたはこれ幸いとそのまま背負って、帽子掛に掛けたのね」

「…………」桑原は黙り込んだ。

「それともう一つ、この部屋を殺害場所に選んだ理由は、吉野さんを確実な証人に仕立てるため。でも、散歩の帰りにお茶に誘うのはいいとして、口実をつけて寝室に行き、泰子さんの遺体を発見するのは作為的すぎる、と考えたのね？　それよりも一緒に発見した方が、衝撃とより説得性がます、と。実際、吉野さんはあなたの様子に全く疑いをもってなかった。一緒に発見したという事実もできる。アリバイ工作のつもりだった？」

「ちょっとまてよ、俺はやってない！　ちゃんと帽子掛のしたに失禁あとが」

「危うく騙されるところでした」支倉が言った。「籐椅子のクッションを、帽子掛のしたで絞ったんでしょ」

「でも完全にクッションは吸い取ることはできない。籐椅子を鑑定に出せば、浸透した尿が検出できるもの」爽子が言った。

「たとえ殺人としても」桑原が呻いた。「いまあんたらが並べた中に、俺が犯人だと名指しするものはひとつもない……！」

「鑑識なめんじゃねえ、スケコマシ」近藤が言った。「いいか足跡にはな、歩長、歩幅、歩角ってのがあるんだ。それぞれ両足一歩ごとの、踵《かかと》と踵、小指と小指、それに進行方向にどれだけ左右の爪先が開いてるかを示す。――解ったか？　じゃあ あそこを見ろや」

籐椅子から続く拭いた痕の帯のそばに、跨《また》いだ足跡が一個だけ横向きに、残っている。

「あれがなんだ」桑原は無表情に言った。「僕が泰子を引きずったときの足跡とでも言うつもりか！　いつ付いたかもわからんだろう！　たった一つじゃ、なにをしてたときのものかも判らないいじゃないか！」

「確かにな」近藤が言った。「一個だから歩長や歩幅は解らねえ。でもな、ありゃホトケの尿を踏んでついたもんだ。それに、だ。拭いた痕に対して歩角が直角に近いのは、重いホトケさんを後ろ向きに抱えて引きずったとき、足が開いてたからだろうが！」

勝負あった、……と爽子は思い、熟練の鑑識職人に事実を告げられた桑原を見た。

桑原は少し血の気の引いた強張った顔をしていた。けれど表情には驚きも、まして観念もない平板さだった。

警察ずれした犯罪者の、典型的な無表情さだ、と爽子は思った。

「もうどんなご託も通用しねえ」伊原は言った。「数年前とは違うぞ、みっちり吐かせてやる」

「なあ、あんた、桑原の動機に俺への復讐が含まれてると思うか？」

捜査が一段落した二週間後、伊原が刑事部屋で言った。

現場であらためて鑑識が二次検出した足跡は、桑原興一のそれと一致した。

さらに桑原の犯行を示す状況証拠が、次々と挙がっていた。泰子が加入していた、桑原が受取人に変更された高額の生命保険。旧知の、いかがわしい〝整理屋〟と目される不動産業者との接触。もっとも、桑原本人は、雑談には応じるが調書にとれるほどの供述はしていない。

「さあ？　私は取り調べてないから……解りません」

爽子は書類整理を続けながら口では短く答えたが、心の中では続けた。

多分、犯行の動機には、苛烈な取り調べをした伊原への復讐が含まれていた、と。

だが、主たる目的かというと、それは違う気がする。

なぜなら、桑原と泰子の結婚は三年前で、伊原が転属してきたのは二年前だからだ。

だから、前後逆な以上、桑原の目的はあくまで、世間とは没交渉だった泰子の保険金や財産が目的だったのは間違いない。過去に因縁のあった捜査員を敗北感の汚泥へ叩き落とすのは、副次的な、いわば後付けの目的の筈だ。

だが、――この時期を桑原があえて選んだのは、多分、伊原が多摩中央署にいることを、偶然に知ったからではないか。

復讐が直接の動機でもなく、泰子が殺害されるという結果はかわらないにせよ、自分の存在が動機に関わっているかもしれない……。責任を感じる必要はないとは解ってはいても、やはり心の重い負担にはなる。さらに、数年前の取り調べで落とせなかった悔恨を抱える伊原は、特に。

だから、爽子はあえて口にしなかった。

「あいつみたいなクズの動機は、すべて金だ。だがな」伊原は続けた。「取り調べの合間に、桑原と話す機会があってな」

「え？」爽子は顔を上げた。

「あいつのほうから俺を呼んだんだよ。――で、あいつは調べ室で二人だけになるとこう言いやがった。〝俺は確かにクズだ。けどいくらクズでも、面と向かって何度もクズって言われりゃ、頭にもくる。とくに、口先だけじゃなく、心底からそう思ってる奴に言われりゃな〟ってな」

「だから伊原さんから二度目の不起訴を、と？」爽子はちらりと、横目で伊原を見上げる。

「奴もいよいよ観念したんじゃねえかな」伊原は爽子に答えず言った。「自供するまえに、これだけは俺に直接、言いたかったのかもしれん。となりの部屋から見てた連中も、そう思っただろうな」

「復讐だったのなら、いえ、ならなおさら、逮捕できて良かったと思います」

「まったく、やりきれねえ」伊原は、首を振った。

「へえ」爽子は目を見張って見せた。「伊原さんでも、そんな風に感じること、あるんですね」

ふん、と伊原は鼻息をついてから、爽子を見た。「けどまあ、今回はあんたに助けられたな」

「ちょっと借りがありましたから」

「お礼に、チューしてやろうか」

「ぶっ飛ばしますよ」爽子は冷ややかに吐いて、顔をしかめた。

第九話　至急報

〈前略　すこし考えましたが、結局、手紙を書くことにしました。

　そうきめてからふと、警察学校を終え卒業配置されて以来、初めてお母さんに宛てた手紙だと気づきました。

　お母さんには、入校が必要な講習や転属を、メールや留守番電話に残したメッセージで簡単に知らせるばかりでしたね。用件だけで終わってしまって、なにかお母さん自身にかける言葉がほかにあったかも、とあとから思い返すのはいつものことだけれど、お母さんから返事がないのもいつものことです。

　そういえば、警察学校時代には教官や助教に、くじけそうになったら家族に手紙を書くようにと奨められました。

　なにしろ学生時代とは違い、被服の畳み方やベッドの整理にいたるまで規則だらけで、座学はともかく、身体を鍛える術科は本当に辛かったのを思いだします。そういえば、令気道の助教はとても綺麗な女の人でしたが、道場で大きな声の出せない私は、女みてえな声を出すな！　とよく叱られました。

そしてお母さんも知ってのとおり、私は十歳のあの日からずっと、ひとりぼっちでした。教場で机を並べる仲間は三十九人でしたが、同期全体では女子だけで百三十三人、男子を含めると四百九十九人もいて、いろいろな人間の集まりです。結城麻子のように親しくなれたのはごく少数でしたけど、私を嫌う人、もっとはっきりいうと私に悪意を持つ人も同じくらいいました。

私は自分の性格がよく解っています。だから悪意をもたれる理由は解ります。でも、理由はわかっても心の痛みがやわらぐことはありません。

そのために私は、夜、消灯までのわずかな間に、寮でお母さんに何枚も手紙を書きました。苦しくて苦しくて、ささやかないたわりと慰めがほしくて。

何通だしたか思い出せないけれど、返事は一度だけ、葉書でしたね。一言、元気そうね、とだけ書いてあった。ちゃんと読んでくれたのだろうかと悲しくて、涙で字はぼやけてしまったけれど、葉書の白さは眼に刺さったように覚えてる。

そんなわけで、正直、気のすすまない手紙の筆を執ったのは、先日の事件がマスコミにすこし大きく取り上げられて、私のこともちょっとだけ載ったからです。心配するとは思わないけど、気に掛けてくれなくてもいいから、って。

私は、……爽子は元気です。〉

爽子は、鏡の中の自分の目を見つめながら、庁舎内にある寮の自室で髪を整えていた。多摩中央署に転属した頃はおとがい程度だった髪が、後ろで結んでまとまるほどに伸びていた。下ろした前髪のほかは、口にくわえていたヘアバンドできつめに束ねる。髪に隠れていた頬から口元の線が露わになって、きりりと引き締まった印象になる。ふと息をつく。

──なんだかようやく、自分自身を取り戻した……そんな気がする。

本部捜査一課から移って、半年。出勤の身支度を終え、いつもの紺のパンツスーツ姿で目をやった窓の外は、初秋の高くなりかけた空だった。コバルトブルーの空は澄んでいた。

ちょっとだけ、自分の汚れを意識させるほどに。

──さて、今日もまた一日が始まる……。頑張らなきゃ。

汚れた人間のしでかした犯罪を扱えるのは、同じく汚れた人間しかいないのだから。

そんなことを考えながら階下の刑事部屋へ出勤した爽子に、小さな訪問者があった。

「けーさつ手帳、見せて」少女は刑事部屋をでた廊下で言った。

背の高くない爽子の腰まで届かない、六歳くらいの女の子だった。

「ちょっと小春《こはる》……！」母親は傍らから囁きでたしなめた。「あ、あの、すみません」

爽子は、いいえ、小さく首を振ってから手帳を左内ポケットから取り出して、開いて見せた。まあ、提示を求められたら応えるのは規則でもある。

「これでいい？」

「わっ、ほんとにけーじさんなんだ！」少女は目を見張った。

「信じてもらえた？」爽子は微笑んだ。「なにか、困りごとの相談かな」

「どうもお忙しいのに、申し訳ありません」母親は再度、恐縮して口ごもった。「この子がどうしても、って聞かなくて……」

「コウタが、いなくなっちゃったの」少女は爽子にこくりとうなずいた。

その少女、更級《さらしな》小春の相談は、飼っていたシーズーがいなくなってしまった、というものだった。

「それでこの子、とても心配して……あちこち探し回っては見たんですけど――」

が、母親同士の立ち話で、最近はペットがこの界隈でよく行方不明になってるらしい、と聞くや、誰か悪い人にさらわれたのかも知れない、と小春は余計に不安がった。

交番に相談に行ってみる？　と母親は提案したが、「やだ、けーじさんじゃないとやだ」と言い張り、こうして連れてきてしまったという。

なるほど、と爽子は思った。ペットは、盗まれれば刑組課盗犯係、迷惑を掛ければ生活安全課、保護されれば会計課の所管だが、ただ行方不明というだけでは、警察は手の出しようがないし、そんな人手もない。二本足の猿の相手だけで手一杯なのだ。

けれど、地域住民サービスや体感治安の向上という建前もある。無下にも追い返せず、形ばかり話を聞くだけにせよ、女性警察官のほうがあたりが柔らかいだろう……、と誰かが考えてお鉢を回してきたらしい。

「ほんとにすみません」母親は何度目かの詫びを口にする。「私はもう半分、諦めてるんですけど――」

「ママ、だいじょうぶだよ！」と小春。「このけーじさんが、絶対見つけてくれるもん！　コウタは悪い人に捕まってるだけなんだから、……だから、だから」

小春はぎゅっと口をへの字に結び、つぶらな瞳に涙をにじませてうつむく。

爽子はペットを擬人化して可愛がっている気になっている人種が、好きではなかった。けれどそういった次元と違い、この少女にとってシーズーのコウタは、ともに温もりや鼓動を共有した存在なのだろう、とふと思った。物言えぬ家族への、素朴な愛情。

「解りました」爽子は言った。「今すぐに、とはいきませんけど、できることをします。コウタ……でしたっけ、その子の写真をお持ちですか？」

母親は写真と連絡先を記したチラシを差し出し、小春も、お願いします！　と頭を下げた拍子にぴょこんと可愛らしくお下げを跳ねさせて、帰って行った。

爽子が刑事部屋に戻ると、気配から察したらしい伊原が席から声を掛けてきた。「熱心だね、あんたも」

「別に」爽子は言い捨てて、席に戻らずそのまま記録を管理する刑組課記録係に向かい、被害届をまとめた簿冊を貸してもらった。

――ペットの行方不明が頻発している……？

席で簿冊をめくり始めた爽子に、隣の支倉が言った。「伊原長じゃないですけど、気になるんですか？　やっぱり、その、子どもが言ってきたから――」

「まあ、それもあるけど……」爽子は書類をめくりながら言った。「小動物失踪の頻発は、ある種の犯罪の兆候でもあるから」

「それは……？」支倉が言った。

「特異犯罪」爽子はぽつりと言った。「つまり、猟奇的な犯罪」

世間を震撼させる異常犯罪者には、三つ特徴がある。いずれも性衝動が原因と言われる。それは夜尿と放火、そして――動物虐待。

簿冊を読み進めて、爽子は眉をよせた。……確かに増えている。今月だけで、しかも被害届が出ているだけで八件。実数はもっと多いのではないか。人気のある種類のペットばかり狙った窃盗でもなさそうだ。なぜなら共通しているのは連れ去りやすい小型犬や猫という点だからで、いなくなったなかにはサルまでいる。

時間がとれれば、調べてみる必要がありそうだ……。

爽子はそう思ったが、何しろ地球上で最も始末の悪い動物が専門の手前、なかなかその暇がなかった。だから、この日からしきりと捜査の進展状況を聞きに来るようになった小春に、爽子はもう少し待って、と頼むしかなかった。そのたびに、史上最年少の女性監察官は、ぷっと頬を膨らませて地団駄を踏んだ。


だが、小春の願いどころでは無くなる事件が起きた。

多摩市内、松が谷の住宅地で白昼、主婦が玄関先で刺された――。

爽子たちが堀田を先頭に九方面自ら隊、三機捜に続いて臨場したのは、切り分けたケーキのような建て売り住宅が並ぶ、典型的な住宅地だった。

爽子たちは道路を埋めた捜査車両の間を縫い、すでに張られていた規制線の黄色いテープをくぐる。足カバーをつけ、鑑識が静電気シートで足跡を採証中の、申し訳程度の庭を過ぎた玄関が、犯行現場だった。

グレーのタイルの三和土に飛び散り滴った血痕が、まるで心理学のロールシャッハテストの模様のように残っているのが、屈み込んだ鑑識の背中越しに見え、三角錐型の鑑識用表示板が地面に林立している。

「ご苦労さん、マル害は」堀田が、自ら隊の制服警官に言った。

「はい、この家の主婦、白駒《しらこま》律子。右腕と手を刺され病院に搬送中です。出血は見ての通りですが、意識は受傷のわりにはっきりしてます。〝家にいたところ玄関のチャイムが鳴ったので出てみたら、いきなり刺された〟と」

「人相着衣《にんちゃく》は」と聞く伊原に、自ら隊員は答えた。「黒いニット帽にサングラス、とだけ。機捜がひとり救急車に同乗したから、おっつけ報告が――」

「周辺の検索はどうでしょう」爽子が言った。

「現在、機捜やおたくの地域を合わせた二十名ほどでやらせてるが、確保はまだだ」

「五キロ圏配備で網を打ってるが、よろしく頼むよ」

堀田が言ったときだった。大勢の足音が、道路から向かってくる気配がした。

振り返った爽子は、丈の低い塀とその向こうに集結した警察車両のルーフ越しに、こちらへと早足で突き進んでくる集団を見た。

と、集団より一足先に規制線をくぐった、背広姿に捜一の腕章をした若い男が、爽子たちの前に来ると、ぴたりと足を止めて、言った。「ご苦労さん、あんたたちは下がって」

「……はあ？」伊原が眉根を寄せた。

「だから！　所轄はひっこんでろ！」若い男は上気した顔で、高らかに宣言した。

その場の緊張した空気が、崩壊しかけた。

……一般の想像では、警察において本部と所轄の格付けは雲泥の差、ということになっている。けれど現実には、民間の本社と支社の関係と変わらない。本社が中枢であっても、手足の支社が無ければ機能しないのだから。また、一定以上の規模のあらゆる組織と同じように、警察にも転属がある。そうである以上、本社あるいは本部風を吹かしていた者が、支社あるいは所轄に転属すれば、どのような目に遭うのか、自明の理というものだ。従って内心はどうあれ、あからさまな態度にしてだす者はまれだ。

さらに警察の場合、それだけではない。

「……おまえ気でも触れてんのか」伊原がようやく言った。「おい、おまえ拝命はいつだ？　捜査講習は何期だ？　いや……ほんとにサッカンか？」

テレビドラマと違い、階級の縦系だけがヒエラルキーでもない。様々な技能講習や部署での経験といった横糸もある。

捜一に配属されて初めての臨場かも知れないけど……、爽子も軽い目眩《めまい》を覚えながら思った。捜一捜査員には捜査一課長に直々に選ばれた、という強烈な自負がある。が、その捜一課長にしたところで、職制上は警察署長の方が格上なのだ。現に捜一課長はその激務の見返りに、大規模署の署長に栄転するのだから。

警察官なら誰でも心得ていることが頭から消し飛んでしまっている若い男を、その場にいる全員が呆然と見ていた。普段は無表情な佐々木までもが、ぽかんとしている。

吉村さん、と声をかけられて、爽子はようやく我に返った。

「警部！」爽子は相手を見て言った。「柳原係長！」

すらりと背が伸び、三十路にいくつか踏み込んだ女が、捜一捜査員の群れの先頭に立っていた。長い髪を後ろでまとめているのは規則通りだが、すこし癖のある黒髪が縁取るのは、煙るような難解な笑みが似合う、端整な顔立ち。かつての爽子の上司であり、捜一の数少ない女性係長、柳原明日香だった。

柳原は、元気そうね、と爽子に向けて薄い笑みを浮かべてから、堀田に目礼した。「堀田係長、ご無沙汰しています。部下が大変な失礼を……」

「ああ、いや、まあ」堀田がうなずく。

「そんな、柳原係長が謝ることは――」失礼な若い男が慌てていった。

「源田くん、ここはもういいから外回りへ」柳原は若い男を見ずに言った。

「目撃者《マルモク》にあたるんすね？」無駄に勢い込んだ返事。

「なにもしなくていい」柳原が艶やかな唇から吐いた。「ここから消えてくれるだけで」

え、でも……と言い返そうとした若い男、源田に柳原は杏形の眼を据えた。

「自分の言ったことが解ってる？　堀田係長の係が無能な訳がない。それにね、私はそこにいる吉村主任をよく知ってる。あなたは足元にも及ばない」

雌豹の視線で柳原が源田を追い散らすと、ようやく弛緩《しかん》した現場に緊迫感が戻った。

「柳原係長が、事件番だったんですね」爽子は言った。

「ええ、事件続きで、それで第二特殊犯捜査四係《とくよん》の出番」柳原は微笑含みの顔に戻って、言った。「どこも忙しくて、なかなか教育まで手が回らなくて……。失礼しました」

「いえ」爽子は嬉しそうに微笑んだ。「心強いです」

柳原はかつての上司というだけでなく、爽子の一番の理解者だった。それだけでなく、半年前の事件では、おそらく職を賭してまで爽子を守ろうとした恩人でもあった。

ありがと、と柳原は呟いてから、笑みを消した捜査指揮者の顔を上げた。「捜査員は集合！　地取りの区分けをします！」

多摩中央署に、捜査本部が設置された。

白昼の住宅街での犯行、及び被疑者が逃走中なのが勘案された結果だが、ただし、殺人を筆頭にした重大事案のための特別捜査本部《とくそう》ではない。

よって、爽子たち多摩中央署強行犯係と柳原ら捜一特殊犯捜査四係《とくよん》、そして三機捜から三名という、こぢんまりとした編成となった。

が、たとえ二十人に満たないささやかさでも、放たれた猟犬のような捜査員たちはそれぞれに獲物をくわえ、夜、本部の置かれた署の四階の講堂へと戻ってきた。

被害者の白駒律子三十八歳は、右下腕及び掌を刃物で刺され、全治三週間の重傷ながら命に別状なし。在宅していてチャイムが鳴り、玄関に出たところ、〝黒いニット帽とサングラスの男〟にいきなり刺された、と証言。男に面識は無く、肌の浅黒さから外国人かも、との印象をもったという。

犯行時、長男で中学二年の基樹も在宅していたものの、「僕は部屋にいたから……」となにも見ていないと証言。日中、家にいたのは不登校児だかららしい。

父親は海外に長期出張中。

地取り班の報告。犯行時刻、近所の住人複数が、白駒律子の「なんてことするの！」という叫びを聞いている。ただし、被疑者本人及び逃走方向の目撃はなし。

報告が終わり、翌日の方針が簡単に確認されると、散会した。

「ああ、いいお湯だった。――たまには大きなお風呂も悪くないわね」柳原が長い髪にタオルを巻き、ジャージ姿で言った。「ま、若い子と一緒なのはちょっと恥ずかしいけど」

庁舎内、中央寮の爽子の自室だった。

捜査幹部は、その日に提出されたすべての報告書に目を通す義務があり、どうしても帰宅は深夜になる。ちなみにそれを逆手にとって、気に入らない上司へは提出を深夜に遅らせるのはよくある嫌がらせの手口だ。それはともかく、柳原は爽子に泊めてと頼んできたのだった。

「そんなこと……、ないです」爽子は寝る支度をしながら言った。「係長、とても綺麗だって、みんな言ってました」

同僚のすけべな主任がとくに熱心に、と胸の内で付け加える。

「いい歳よ、もう」柳原は乾いた声で笑った。「それにしても吉村さん、元気そうね。安心した」

「まあ……なんとか」爽子は呟いた。「ありがとうございます」

柳原が泊まり込んだのは、深夜の帰宅が億劫《おっくう》なせいだけではなく、自分の身を気遣ってくれてのことだとは、爽子も気づいていた。

「ここの食堂のご飯っておいしい？」

「あ……、やっぱり揚げ物が多くって」

「へえ。でも吉村さん、あんまり体型かわってないじゃない？」

「小さな頃から、痩せっぽちなのは変わらなくて……」

爽子は床に敷いた布団、柳原は譲られたベッドでそれぞれ横になると、電気を消した。

「——あの、係長」爽子は闇の中で言った。「事案のことなんですけど」

なに？　と促す柳原に、爽子は言った。「私は、マル被はほんとに外国人なのかな、って」

「どうして？」柳原の静かな声が問い返す。「根拠は？」

「些細なことなんですけど、マル害の叫び声です」爽子は薄闇を見詰めて言った。「〝なんてことするの〟と白駒律子が叫んだと、複数の証言でありましたね。……でも、それに違和感があるんです」

「——違和感、か」柳原のつぶやきが聞こえた。「どういうこと？」

「それはまだ……」爽子は敷き布団から上半身を起こした。「あ、あの、すいません。曖味なこと言って」

「いいえ、大事だと思う」柳原は横になったまま言った。「覚えておいて。怖いのはね、そうやって感じたことに、自分勝手な理屈をつけて納得し、忘れることよ」

「……はい」爽子はうなずいて横になり、布団を被った。

ところで、と柳原は話題を変えた。「ね、……彼とは、藤島さんとはうまくいってる？」

「あ、あの……、係長、もう寝ません？」爽子は布団に潜り込んだ。


けれど、爽子はひとつ忘れていた。

「おねえちゃん！　吉村おねえちゃん！」

爽子は朝の捜査会議を終えて聞き込みに出ようとしていた署の玄関で、舌足らずな甲高い声の主に思い当たると、すこし後ろめたい気持ちで足を止め、振り返った。「……小春ちゃん」

「うん、小春ちゃんだよ」更級小春が走り寄って見上げた。「コウタ、見つかった？」

なんすかその子、と相勤になった源田の向ける冷たい目から庇うようにして小春を廊下の隅に連れて行き、爽子は屈み込んだ。「ごめんね、忘れた訳じゃないんだけど、でも……」

ふーん、とつぶらな瞳一杯に不信を溢れさせて、小春は言った。

「じゃあいいよ、コウタはあたしが助けるもん。きっとあのお兄ちゃんが、悪い人だから」

「え？」爽子の顔から笑みが消えた。「よその家のペットを連れ出そうとする人を見たの？」

「うん」小春はうなずく。「うちの近くのね、友田さんちのゴロー。知らないお兄ちゃんだった。あたしが石投げると走ってきたから、逃げてきちゃった」

「小春ちゃん……！」爽子は小春の眼をまっすぐ強く見詰めた。「いい？　またそのお兄ちゃんがいても、絶対に近づいちゃ駄目！　ね、約束よ？　私と約束して！」

小春が気圧されたようにうなずくと同時に、背後から、組まされた源田の「まだっすかあ」と不機嫌な声が聞こえた。爽子は聞こえないふりをして、小春に言った。

「忘れないでね。――じゃあ、一緒におうちに帰ろ。送ってくから」

地域課に不審者の件は報告しておこう、と爽子は思った。そして、現場までは少し遠回りになるが、不満げな小春を自宅まで送ってゆくために手をつなぎ、庁舎をでた。

「子どもが相手では大変ね」柳原は報告書が積まれた捜査本部の長机の席で、小さく笑った。「ま、いつも世話してるお母さんたちはもっと大変だろうけど。――どうしたの？」

　爽子は更級小春の自宅、古いアパートでみた光景を思い出していたのだった。

　母親は姿の見えない娘を案じていたのか、爽子に連れられた小春の姿に心からの安堵の表情をみせ、それでも厳しく言い聞かせていた。

　その様子をどこか微笑ましく感じながら、アパートのドアの隙間から広くはない六畳間が窺えたとき、不意に、記憶が溢れた。

　似てる、と爽子は思った。――私が育ったのも、古くて小さなアパートだった……。

　ひとしきり小春に言い聞かせて恐縮している母親に、爽子は尋ねた。お父さんは……？

　仕事ですけど、と母親は怪訝そうに答えたものだ。当たり前すぎ、また失礼ですらある質問を思わずしてしまうほど、圧倒的な既視感だった。

　爽子はアパートをあとに捜査車両にもどりながら、小さく首を振った。――決して裕福な家庭ではない。でも、小春の物怖じしない性格は、大切に育てられているのを感じさせる。それに、小春には父親がいる。私には……？

　――記憶の中でさえも、背中を向けている母しかいない……。

「なに、ぼんやりしちゃって」柳原の声が聞こえた。

「あ……、いえ」爽子は顔を上げた。「すいません」

「ま、それはいいとして」柳原は口調を変えた。「こっちもちょっと妙なことが」

「妙なこと、ですか？」

これを見て、と柳原は書類を差し出した。

「科捜研の鑑定書。採取された物証《ブツ》に、おかしなものが混じってたらしいの」柳原は顔の前で指を組んだ。「こういう事案では、マル被が凶器で自分を傷つける場合があるから、血痕も調べるわけだけど、その中に――」

「〝人血試験の結果、試料の滴下血痕は人間ではなく、動物の血液である可能性が高い〟……？」爽子は書類を捲《めく》り、読み上げた。「被害者宅でペットを飼ってる様子は無かったですけど」

「なにか意味があるのかしらね。鑑識が採証したってことは、まだ真新しかったからのはずだし」

たしかに変だと爽子も思い、言った。「確認します」

ええ、と柳原はうなずいた。「私もなんとか動物を特定できないか、頼んでみる」

爽子は行きかけたが、柳原が呟くのが聞こえた。

「それにしても逃走経路にはなにもなくて、現場にはおかしな血が残ってるなんてね……」

……

「うちにペットなんか、いないです」白駒基樹は無表情に言った。

西日の射す、白駒宅の前庭だった。基樹はシャツに半ズボン姿で手に水の出ているホースを持ち、昨日には無かった花壇に水をやっていた。爽子は母親が在宅か聞いたが、通院でいないと基樹はぼそぼそと答えた。

「そう。誰かお友達が連れてきたことは？」

基樹は爽子の方を見ようともせず、黙って首を振った。

頑なな基樹の横顔から、爽子は花壇の黄色い花に視線を落とした。「綺麗ね、なんて花なんだろう？　ユリの一種かな」

基樹は相変わらず花を水責めにし続けるだけで、答えなかった。

「お母さん、お花がお好きなのね」爽子は辛抱強く続けた。「怪我をされたばかりなのに、植えるほどなんだから」

独り言になるかなと半分諦めていた爽子に、基樹は意外にも真正面から顔を向けた。

「ていうか、……やなこと忘れたいから」

職業柄、捜査員《わたし》たちの目つきの悪さは定評があるけど、と爽子は基樹の眼を見詰め返しながら思った。それでもせいぜい猟犬か猛禽類程度だろうけど、この子の目は、まるで爬虫類のようだ……。

「マル害、白駒律子について、ちょっと気になる点が」

夜の捜査会議で、ロの字形に並んだ長机の一角で堀田が言った。

「現場から五百メートルほど離れた住人が、犯行時刻直前、歩いているマル害を見かけています。そして、手には買い物らしい白いビニール袋を提げていた、と」

「ちょっと待ってください」機捜の捜査員が言った。「マル害は家にいたのを襲われたと」

「ああ、その点は私もくどいほど確認したんだがね……」

その住人は目撃した際、ちょうど携帯電話でメールを打っていたという。携帯電話に残った送信時間の記録からみて、犯行直前に間違いなかった。

「すると」特四の、爽子と入れ違いに配属された主任が言った。「襲われたのは帰宅直後、ってことになるが」

「しかし、現場に買ってきた物なんかあったか」誰かが言った。「証言とも矛盾する。なんで白駒律子は、家にいたと嘘をついたんだ」

嘘をついた理由か……、と爽子は思った。人は何かを隠すために嘘をつき、それには必ず理由がある。悪意、憎悪に限らない。人は善意、愛情ゆえに嘘をつくこともある。

その時、携帯電話の呼び出し音がした。皆が懐に目を落としたが、取り出したのは柳原だった。着信表示された相手を確かめると、事件に関係があるのか中座せず、席に着いたまま耳に当てた。

「柳原です。……そうですか、……解りました。わざわざありがとうございました」

なんとなく注目する爽子達に、柳原は口を開いた。

「科捜研から、現場から採取された人間以外の血液について報告がありました。……おそらく猿ではないか、とのことです」

「猿？　なんでそんなもんが。あの家にはいなかったぞ」

「ここら辺りがいかに自然豊かと言ってもなあ……」誰かが言った。

それはそうだ、と爽子は吐息まじりの苦笑をしようとした。だとすればペットということになる。そういえば最近、目に――。

あ……！　爽子は目を見開き、顔を上げた。そうか……。

白駒律子が虚偽を並べた理由、そして、被疑者の動機が、解った。

「筋が見えてきたわね」柳原が上座で言った。「吉村主任、意見があるなら言って」

「被疑者は……」爽子は言った。「押し入ろうとした外国人じゃ、ありません」

「続けて」柳原が言った。

「玄関から出ようとしていたマル被は、買い物から帰宅した白駒律子と鉢合わせした。そして、白駒はマル被が手にしたものを見て声を上げた。それが、付近の住民の証言した〝なんてことするの〟、という叫びです」

「マル害は刺される前に叫んだのか」

「はい。それに、〝なんてことするの〟って言葉も、誰かを特定して行為を咎めているニュアンスがあります。普通なら〝なにするの〟とか〝助けて〟の方が……」

「じゃあ、白駒律子はなにを見たんだろう?」堀田が言った。

「瀕死の猿、だと思います」爽子は言った。「先ほど報告された血痕は、その時についた。多分、マル被はほかにも多くの動物たちを手に掛けてます。……昼間、庭に真新しい花壇がありましたから、その下に」

「マル被は叱責されてパニックになり、咄嗟に持っていた刃物で刺した……」柳原は呟いた。「では、ぼろの出るリスクを冒して、白駒律子が買い物帰りなのを隠したのは?」

「凶器を運ぶのにビニール袋を使ったから、と思います」爽子は言った。「買い物から帰宅直後に犯行にあいながら、現場に買ってきたものが無いのは不審をもたれる、と咄嗟に判断してしまったのでは」

　捜査本部の皆も、薄々は感じていた疑念に確信を持った様子だった。

「話の通りならよ、マル被はひとりしかいねえな……」伊原が呟いた。

「ええ」と柳原。「息子の白駒基樹を行動確認《こうかく》対象。御苦労だけど、今夜は全員で張り込んで。明朝一番に任意同行します」

　捜査車両に分乗し、夜通しの張り込みに向かった爽子たちは、白駒家で切歯扼腕《せっしやくわん》することになった。

　爽子たちの車両は、夜も更けた住宅地の目立たない場所に停車した。白駒基樹の在宅を確認すべく、家々の明かりが漏れた道路を徒歩で向かう。

　慎重に行わなくてはならなかった。基樹が張り込みに気づけば、母親を人質にしたり身に危険が及ぶ可能性があった。

　白駒家の道路に面した窓には、明かりはなかった。

「なんだか、静かすぎませんか」爽子が柳原に囁いた。

「ええ」柳原は答え、爽子を見た。「ついてきて。直接、確かめるしかなさそうだから。女二人なら警戒しないし、何事もなければ、確認したいことがあったので、とでも言えばいいわ」

　爽子は玄関のチャイムを鳴らした。ドア越しに、家の中で虚ろに反響している。返事もない。ドアノブを回した。すると――。

「係長、……鍵が開いてます！」

瞬間、爽子は異常を察知した。

柳原も無言で大きくドアを引いて、二日前に犯行現場となった三和土に踏み込み、爽子も続いた。

途端に焦げ臭いにおいが鼻孔を直撃し、家の中から流れ出して来た熱気に取り巻かれた。煙の充満した廊下の中ほどに、オレンジ色の揺らめく光に溢れた戸口が見えた。

「柳原係長……！」爽子は咄嗟にハンカチを当てた顔を柳原に向けた。

散らばっていた捜査員らが駆けつける足音が響き、柳原はドアを開けたまま振り返った。

「か、係長……！」予想もしなかった事態に、誰もが浮き足だっている。

「落ち着いて」柳原は簡潔に命じた。「消防に通報を！」

一人の捜査員が慌てて携帯電話を引っ張り出し、ボタンを押す。

「白駒基樹が放火し、逃走した可能性がある」柳原は言った。「中に母親が倒れているかも知れない……」

「俺が行こう」伊原は上着を脱ぎ捨て、機捜の捜査員三名もそれに倣った。

「……伊原長、ご無事で！」三森が感極まった顔で、無責任な声援を放った。

「あんだと、てめえも来い！」

柳原は感謝を込めてうなずき、言った。「家の周りに五名を配置、そのほかの人たちは住民に周知しながら検索！——ではかかって！」

混乱のうちに、一夜が明けた。

火災は大事にいたる前に、居間を燃やしただけで、消防に消し止められた。不幸中の幸い、というべきだったが、問題はここからだった。

白駒基樹の姿はなかった。

白駒律子は台所に倒れていたのを、煤《すす》だらけになった伊原と機捜隊員らに救出された。しかし、倒れていたのは火事が原因ではなく、刃物で腹を刺されていたからだった。

二日前にも搬送された病院での緊急手術の結果、一命を取り留めた。

「……私を刺したのは、うちの子です。基樹です」白駒律子は麻酔から覚めると、ベッドの脇で丸椅子に座った爽子に言った。「最初に玄関で刺したのも……」

律子は枕に頭を沈めたまま、目を閉じた。「ドアを開けた途端、あの子の姿を見て、目を疑いました……」

「息子さんは、動物虐待をしていたんですね」爽子は言った。

管内の動物失踪は、白駒基樹の仕業だったのだ――。とすれば、更級小春が目撃した若い男も、基樹だった可能性が高い。

「あの子はぐったりしたサルの首を、無造作につかんでぶら下げてました」律子の声はかすれていた。「まだ……完全に死んでないのか、手足や長いしっぽが、びくびくと震えていて……私、思わず〝なんてことするの〟、と叫びました」

庭でとどめをさすつもりで用意していたらしいナイフで、基樹は母親を刺した。

「でも刑事さん、うちの基樹はほんとは優しい子なんです……！　きっと病気なんです、それにあのサルだって、うちの子に悪さをしたから――」

「この書類に、拇印を戴けますか？」爽子は、シーズーのコウタを案じる更級小春を思ったせいで噴き出しかけた怒りを押し隠し、任意提出書を差し出した。


「どうだった？」柳原明日香が、捜査本部に戻った爽子に言った。

「基樹に刺されたことを認めました」爽子は答えた。「任意提出書への拇印も」

そう、と柳原は答えて、机の上に積まれたノートやメモの束を見やった。

堀田や伊原たちを含めて捜査本部全員が出払い、母親を刺したうえ放火して逃亡中の基樹を追っていた。それだけでなく、緊急配備が発令され、警視庁全体でも捜査の網が打たれている。

爽子もできるならば、追跡の群れに加わりたかった。どれも中途半端な犯行だったとはいえ、一線を越えて暴走を始めた基樹が次になにをしでかすかと思うと、気が気ではなかった。高揚と自暴自棄が混ざって爆発すれば、無差別殺人でも起こしかねない。

が――、こうして居残っているのは柳原の指示だった。白駒宅から持ち帰った基樹の書いた物を分析し、行動予測を試みるためだった。

爽子は席に着くと、すっと息を吸い込んでから、四隅がめくれて手垢に汚れた大学ノートを捲った。

シャーペン、あるいはボールペンで荒々しく走り書きされているのは、自分を受け入れない学校を含めた社会への怒り、憎悪であり、幻想とも妄想ともつかぬ不気味な自己正当化だった。

〈弱いことはそれ自体が罪である。罪を負うものには理由がある〉

〈僕はドロ人形たちに囲まれている。でも社会がヤツらを人間と呼んでいるので、殺してはいけないらしい。そんなのおかしい。社会がおかしい〉

〈こんな世の中にいたら、僕までケガレてしまう。生きれば生きるほど、ケガレてゆく〉

深い溝を挟んでしまった社会への呪詛だ……、と爽子は思った。反社会性人格障害の特徴が読みとれる。そして、最後の行の真新しい書き込みを見た。

〈僕にツブテを投げた者に復シュウを！　腐った社会に鉄ツイを！〉

爽子は大きく息をつき、ノートを閉じた。

「なにか解った？」柳原に声を掛けられ、爽子は首を振った。「いえ、まだ」

次にメモ類を当たる。その多くは、動物の死体のスケッチだった。

首を折られた小型犬が、稚拙なゆえに余計に生々しく感じられる筆致で描かれている。

……小春の大切なコウタだろうか、と爽子は思った。

――もし、コウタが生きていない証拠がみつかれば、それをどう告げれば……。

爽子はそう思い、ふと顔を上げた。

〝あたしが石投げると走ってきたから、逃げてきちゃった〟――更級小春は、署を訪れて私にそう言った。

ツブテ、礫とは……石のことでは無かったか？

爽子はメモを押しのけ、ノートを手繰り寄せた。紙が皺になるのにかまわず、音を立ててノートを捲った。あった。〈僕にツブテを投げた者に復シュウを！　腐った社会に鉄ツイを！〉

まさかこれは、抽象的な意味ではなく……？　爽子は息を止めた。

白駒基樹は、弱い者は無価値だと考えている。そんな人間が、幼い女の子に石を投げつけられた。激怒しないはずがない。

さらに、年齢を重ねるごとに穢れてゆくと信じている基樹にとって、無垢な少女から投げつけられた石は、世界からの圧倒的な拒絶に等しかったのではないか。

無垢なる者を損なうことで、社会への復讐を完成しようとしている……？

勘違いだろうか、と爽子は顔を上げ、目を見開いて思った。そうであって欲しい。だがそれは確認しない限り、確実ではない。

「柳原係長！」爽子は立ち上がった。「私、出ます！」

「事情はわかったけど、相変わらずね」柳原は捜査車両を運転しながら言った。

「……すいません」爽子は助手席で、相手の呼び出し音が鳴り続ける携帯電話を耳に当てたまま、頭を下げたが、相手が出ると慌てて言った。「更級さん、更級さんのお宅ですね？　私、多摩中央署の吉村です。小春ちゃん、いますね？」

どうか家にいて欲しい……、そんな爽子の願いを裏切って、母親は言った。

「いえそれが、私も姿が見えなくて探してるんです。あの子、テレビで事件を知って、どうしても吉村さんに話したいことがあるって聞かなくて……。もしかしたらひとりでそちらに——」

マスコミは白駒基樹を十四歳の少年、としか伝えていない筈だが、小春はそれが自分が目撃した人物と同一だと気づいたのだ。それを私に伝えようと……。

「解りました、小春ちゃんがもしひとりで署に来ようとした場合、最寄りの公共交通機関はなんですか?」

鎌倉街道でバスに乗る可能性が高いという。爽子は礼を言って電話を切り、運転する柳原に伝えた。

「取り越し苦労であって欲しいわね」柳原はアクセルを踏み込んだ。

捜査車両は街道に出た。幹線道路をバス停に差し掛かるたびに柳原は速度を落とし、爽子は眼を皿のようにして、反対車線のバス停で待つ人の列に、ちいさな小春の姿を求めた。

胸が焦りでじりじりする。息苦しい……。

ん? と柳原は幾つめかのバス停で運転席で身を乗り出した。「あの子……?」

「どこです!」爽子も身を乗り出した。

いた! 子どもを連れた主婦、背広の会社員に交じって、更級小春が澄まし顔で立っている。はあ……、と安堵の息をついて爽子の眼がふと逸れた、その瞬間。

バスを待つ列の最後尾に、見覚えのある若い男が立っているのを捕らえた。

「白駒基樹……！」小さな叫びが、爽子の口から漏れた。

声こそ上げなかったものの、柳原も端麗な顔立ちを驚愕に染めてブレーキを踏んだ。

路肩で、捜査車両はブレーキを鳴らして止まった。

「私、行きます！」爽子はシートベルトをはね除け、ドアを開けようとした。

「待ちなさい！」柳原は爽子の腕を掴み、無線のマイクを握った。「応援が先よ！」

「でも、係長！　あの子が……！」運転席の柳原の方へ身をねじった爽子の目に、ハザードランプを点灯させながら、ゆっくり路肩に近づく路線バスの姿があった。

爽子は柳原の腕をふりほどいて、助手席から道路に飛び出した。

悲鳴のような急ブレーキの音、罵声が幾つも重なる道路を爽子は無我夢中で走った。

「至急至急！　多摩中央、主婦傷害放火本部、柳原から警視庁！」

喧噪の中、柳原が無線で至急報を告げているのが聞こえた。

爽子は幹線道路を渡りきると、息を切らしながら発車寸前のバスに回り込み、降車口のステップを踏んだ。

爽子が乗り込むと同時に、ゆらりと車体を揺らしてバスは走り出した。

爽子は並んだ背もたれの取っ手を握り、静かな息を繰り返しながら車内をそっと観察した。

席は七割ほど埋まっている。前部に基樹はいない。——爽子は振り返った。最後尾の一番幅のある座席に、白駒基樹と更級小春が並んで腰掛けている。

小春は魅入られたように基樹を見上げていた。基樹はすこしねじって上半身を向け、乱れた前髪の下から無表情に小春を見詰めている。基樹は右手をジーンズ地の上着のポケットに差し込んでいる。

バスが揺れた途端、右手に握っている抜き身のナイフが、ちらりとのぞいた。

最悪……、と爽子は胸の中で呻いた。これで基樹が降りたところを確保する、という選択肢は無くなった。だが、表情は変えず近づいた。

「吉村おねえちゃん……！」小春は爽子に気づいて、ぱっと安堵の笑みを浮かべた。「あのね、このお兄ちゃん、悪い——」

「ええ、小春ちゃん、大丈夫」爽子は押しとどめるように言った。

「あんたか」基樹が無表情に言った。

「私がここにいる理由は、解ってるわね？」爽子は努めて静かに言った。

爽子と基樹の発散する緊張が、車内の客にも伝染し始めた。何事かと背もたれ越しに振り返る気配と、乗客同士の不安げな囁きあいが聞こえる。

「……お客さん、どうかしましたか」運転手が、スピーカーを通じて言った。

「うるせえ！」基樹は突然、声を爆発させた。「いいから黙って走らせろ！　止まるんじゃねえぞ、ぶっ殺すぞ！」

「警察です！　大丈夫、皆さん落ち着いて！」

しん、と車内が静まりかえった。エンジンの響きしか聞こえない。

「お母さんは無事よ」爽子は基樹に目をもどして言った。「病院でお話しした。だから、あなたはまだ誰も手にかけていない」

基樹は能面のまま、言った。「死ねば良かったんだ」

「どうして、そう思うの」

「あいつは母親じゃない、牢獄の主だよ」基樹は暗い眼に、薄笑いを浮かべた。「……僕がどうして昨日の晩に刺したか、話そうか？」

「ええ、聞かせてくれる？」爽子は言った。少なくとも話している間は安全だ。

「あいつは言ったんだよ、〝お母さんが絶対ばれないようにしてあげる。だから、これから先もずっと、お母さんの言うとおりにしなさい、いい？〟って」

人格障害の絡む犯罪では、支配的な親、とりわけ母親に起因する場合が多い。爽子は律子の言葉を思い出す。――うちの子はほんとは優しい子なんです……。

息子が、たくさんの罪もない命を玩具《おもちゃ》にしたのを知ってからもそう言った。

「小さなころからずっとそうだった。あの子と遊んじゃいけない、そんな風に考えたら周りから変だと思われる……。身体だけでなく、心にも自由なんて無かった。あいつを殺さない限り、僕の魂は牢獄に繋がれたままなんだ！」

そうかも知れない、と爽子は思った。人格性の問題だけでは将来は決定されない。ある環境に生まれついて初めて、犯罪として発現させてしまう。でも……。

「でもあなたはいま、解放されている。そうでしょ？」

「うるさい！　ドロ人形に囲まれてる限り、解放なんかないよ」基樹は言った。「僕は大きな事ができるんだ。この子を殺して、このままバスでどこかに行く。ドロ人形がいないところまで。もともとそのつもりだったんだ」

すべては周りの責任……？　もしそうなら、より良い生き方を見いだそうとする人間の意志や希望は、どうなるのだ？

「世間の人間はみんなドロ人形なんでしょう？」

爽子は強い眼差しで基樹を捉えたまま言った。小春への注意を少しでもそらしておくためだった。

「それなのにどうして、自分が大きな事ができると示す必要があるの？」

基樹はなにか言おうとして口を閉じ、爽子を敵意ある視線で見た。

爽子も基樹を見詰め返しながら、バスの周囲を集結した捜査車両が囲み、併走し始めているのを視界の隅に捕らえた。けれど安堵するには早すぎる。なぜなら――。

――応援がどれだけ集まっても、今この場で乗客たち、なにより小春を守れるのは、私だけなんだ……。

爽子は決心し、口を開いた。

「そんな風に考えるようになったのは、お祖父ちゃんかお祖母ちゃんを亡くしてから？それとも、昔、飼ってた生き物が死んでしまったとき？」

基樹は驚いた表情になった。

「その時から、目に見えない命のありかが気になって気になって仕方がない？」

「……なに言ってんだよ、おまえ」

「ひとつ教えておいてあげる」爽子は薄氷を踏むような気持ちだったが、無表情に言った。「命のありかが知りたければ、自分自身の中に探しなさい。それを人を傷つける言い訳にするな！」

基樹は奇声を発して、ポケットからナイフを引き出そうとした。

それこそ、爽子の狙っていた瞬間だった。

爽子は飛びかかって、基樹のナイフを握る右手を両手でつかんで叫んだ。

「小春ちゃん！　逃げて、早く！」

だりゃあ！　と喚く基樹を、爽子は小柄な全体重をかけて座席に押しつけようとする。

その隙間を縫って、小春が座席に挟まれた通路へ小鳥のように飛び出す。

爽子は、基樹のニキビと産毛《うぶげ》のような髭が生えはじめた頬と、額が接するほど身体を密着させていたが、腹が衝撃で押し上げられ、足が浮いた。

「離せよ、馬鹿ぁ！」基樹は膝を何度も突き上げながら、喚いた。

「大人しく……しろ！」爽子は腹の痛みと顔に降りかかる唾をものともせず、基樹の目を睨んで怒鳴り返した。

……絶対に離すもんか！

だが、手負いの獣の凶暴さで、基樹は身体全体でのし掛かる爽子を押し戻そうとする。

そして爽子と基樹は、揉みあったまま立ち上がった。

くそ、馬鹿力なんて出して……、爽子は相手の腕をひねり上げようとしながら、それでも基樹の目から視線を外さない。見開いて血走った基樹の目には、ぎらぎらした明確な殺意があった。

——取り押さえるのがむりなら、これしかない！

「運転手さん、スピードを上げて！　はやく！」爽子は咄嗟に決意して、叫んだ。「誰か、小春ちゃんを……！」

通路の端で、両手のちいさな拳を口元に当て震えながら格闘する爽子を見ていた小春に、中年の女性が手を伸ばして引き寄せる。「お嬢ちゃん、おいで！」

基樹の手首に力を込めてにらみ合いながら、爽子は待った。エンジンの高鳴りと、身体が慣性に引っ張られる感覚を頼りに。

そして、基樹の手首を握り込んで、爽子は叫んだ。

「みんな何かにつかまって！――運転手さん、急ブレーキ！」

ブレーキの金切り声が上がるのが先か、身体全体が圧倒的な力で宙に浮き、基樹ともども前に投げ出されるのが先だったのか。乗客達の悲鳴は聞こえなかった。

爽子と基樹は床に叩きつけられ、そのまま通路を滑った。

基樹は運転席わきの料金箱に頭を打ちつけ、爽子も乗降口近くの支柱に頭から激突した衝撃で、意識の明かりがふっと消えた。

……持ち上げられ、何か柔らかいものの上に横たえられた感覚がした。

「吉村さん、吉村さん！」

「吉村君、おい、吉村君！」

「無茶するんじゃねえ、馬鹿野郎！」

「主任……、吉村主任！」

「ねえちょっと、大丈夫なんですか！」

「吉村巡査部長！」

大勢の、聞き慣れた人たちの声がする……。

爽子は意識が曖昧なまま、ストレッチャーの上で薄目を開けて、周りを見た。

捜査車両の赤い警光灯の点滅がやたら眩《まぶ》しい。その中に、母親の首に取りすがって泣く、幼女の姿があった。

――小春ちゃん、無事だったんだ……。良かった。

爽子に気づいた小春が、「吉村おねえちゃん！」と叫んだが、再び意識を失った爽子には、聞こえなかった。

ただ、私のお母さんはどこ？　と幼い自分の声が聞いてくるのが聞こえた。


〈お母さん。

私はあなたの娘です。それはお互いに選べることではありませんでした。私が小さな頃からそれをどう感じていたのか、親子とはいえ口に出すつもりはありません。

ただひとつだけ言わせてください。お母さんが私を許さなかったのは、私自身の罪だったのでしょうか。

私はお母さんを許します。そうすることによって私自身にも赦しが与えられる、そんな気がするからです。

では、御身くれぐれもお大事に。

かしこ〉

主要参考文献

黒の紋様 警視庁指紋捜査官レポート・塚本宇兵・新潮社　指紋の神様の事件簿・塚本宇兵・新潮社　捜査一課秘録・三沢明彦・新潮社　警視庁捜査一課特殊班・毛利文彦・角川書店　警視庁捜査一課殺人班・毛利文彦・角川書店　指紋捜査官・堀ノ内雅一・角川書店
東京検死官・山崎光夫・講談社　鑑識捜査三十五年・岩田政義・中央公論新社　科学捜査の事件簿・瀬田季茂・中央公論新社　警視庁刑事の事件簿・杢尾堯・中央公論新社　警視庁検死官・斉藤充功・学習研究社　科学鑑定・石山昱夫・文藝春秋　警察記者33年・井上安正・徳間書店

この作品は2010年7月に徳間文庫として刊行されたものの新装版です。
なお、本作品はフィクションであり実在の個人・団体等とは一切関係ありません。

徳間文庫

警視庁心理捜査官

KEEP OUT
〈新装版〉

2021年6月15日　初刷

著者　黒《くろ》崎《さき》視《み》音《お》
発行者　小宮英行
発行所　株式会社　徳間書店
東京都品川区上大崎三—一—一　〒141—8202
目黒セントラルスクエア
電話　編集〇三(五四〇三)四三四九
　　　販売〇四九(二九三)五五二一
振替　〇〇一四〇—〇—四四三九二
印刷
製本　大日本印刷株式会社

ISBN978-4-19-894649-4　(乱丁、落丁本はお取りかえいたします)